KB083777

아이들 나라의
어른들 세계

일러두기

1. 이 책에 등장하는 '터전'이라는 표현은 '도토리 마을 방과후'의 공간을 뜻하고, '아마'라는 표현은 아빠와 엄마의 줄임말로 학부모를 뜻합니다.

2. 이 책에 등장하는 아이들의 이름은 실제 이름이 아닙니다.

3. 이 책에 실린 글은 코로나로 인한 사회적 거리두기를 시작한 2020년부터 2년 동안 쓴 글입니다.

아이들 나라의
어른들 세계

박민영
박상민
손요한
한은혜
지음

베르단디
VERDANDI

들어가는 글

"안녕! 오늘은 내가 1등으로 온 거야?"
헐레벌떡 터전 문을 열고 들어오는 1학년 아이가 하이 파
이브를 하려고 한 손을 들어 올리며 묻는다. 아이와 손뼉
을 마주치며 인사를 나누면 그제야 터전의 하루가 시작
된다.

　학교를 마친 아이들이 집처럼 편안하게 드나드는 곳, 선
생님이 아니라 별명으로 불리며 함께 어울려 지내는 곳,
이곳은 공동육아 초등 방과후다.
　공동육아는 교사와 부모가 마을을 기반으로 아이들을
함께 키우는 것을 말한다. '육아'라는 말에서 그 대상을 영
유아에 한정하기 쉽지만, 초등 시기에도 무엇보다 돌봄이

필요하다는 사실은 주위를 둘러보면 쉽게 알 수 있다. 많은 아이들이 학교를 마치고 여러 개의 학원을 도는 것은 꼭 공부에만 목적이 있는 건 아니다. 경제 활동을 하는 보호자가 아이를 돌볼 수 없어 여러 개의 학원을 전전하는 것이다. 물론 요즘 같은 경쟁 사회에서 누구보다 강한 학습 경쟁력을 갖추게 하려고 학원을 보내기도 한다. 그런데 도토리 마을 방과후 아이들은 낮 시간에 동네를 돌며 놀기만 하다니, 이런 곳에 아이들을 보내는 분들은 도대체 무슨 생각을 하는 거지? 그 이유가 궁금할 것 같다.

방과후는 아이들에게 《피터팬》의 '네버랜드'이거나, 《15소년 표류기》의 '체어먼 섬'이며, 이곳의 어른들은 '웬디'가 되기도 하고, 체어먼의 '모코'이자 '케이트 아주머니'이기도 하다. 떨어진 그림자도 꿰매 주고, 자장가도 불러 주며 요리도 하고 간호사도 되어 주면서 말이다. 하지만 바깥 시선으로 보는 네버랜드는 그저 동화일 뿐이고, 체어먼은 아이들의 안위가 걱정되는 무인도일 뿐이다. 그렇지만 과연 그 안에서도 그럴까? 누구나 경험했지만, 이제는 잊어버린 '아이의 나라'를 여전히 경험하며 살아가고 있는 어른들의 세계를 보여 주고 싶다. 그곳에서 무슨 일을 하는지, 어떤 일들이 일어나는지, 그리고 어떻게 살아가는지 말이다.

　지난 2년간 우리는 코로나를 겪으며 그간 볼 수 없었던 다양한 단절을 경험했다. 바이러스가 사람 사이에 이렇게 크게 자리 잡을 거라고 누가 생각이나 했을까? 아이들은 어른들의 당혹스러움만큼 어쩌면 그보다 더 많이 혼란스러운 시간을 보냈다. 그 단절의 시기에 오히려 만남과 연대를 고민하며 여러 시도를 할 수 있었던 건 교사로서의 사명감이 아니라 아이들과의 일상을 유지하고 싶었던 우리의 간절한 바람 때문이라고 생각한다.

　이 책은 도토리 마을 방과후 교사들의 고민과 그 속에서 만난 아이들의 모습을 담고 있다. '아이들이 어떻게 하면 재밌게 놀 수 있을까?', '어떻게 하면 즐겁게 지낼 수 있을까?'를 생각하던 교사들의 담담한 자기 깨달음의 기록이라고 할 수 있다. 무엇보다 아이들이 잘 노는 게 경쟁력이라고 믿는 어른들의 이야기이며, 협력하고 소통할 줄 아는 다정함이 자라고 있는 아이들의 모습이다.

그리고 세상의 화려한 조명 대신 함께 있는 사람들의 웃음이 더 값진 응원임을 믿는 돌봄 노동자들의 조용한 목소리이자, 잘 보이지 않았던 돌봄 노동자들이 자신을 드러내 보이는 시도라고 생각한다. 우리의 이야기가 어딘가에서 돌봄의 가치를 지키기 위해 노력하고 계신 많은 분들과 누군가의 일상을 위해 애쓰시는 분들에게 조금의 위로와 응원이 된다면 기쁘겠다.

도토리 마을 방과후는 지금도 여전히 분주하게 항해 중이다. 새로운 어른 선원들과 함께 어린이 나라를 향해서 말이다. 그 항해의 길에 무엇을 만날지 정말 기대가 된다.

_박민영, 박상민, 손요한, 한은혜

차례

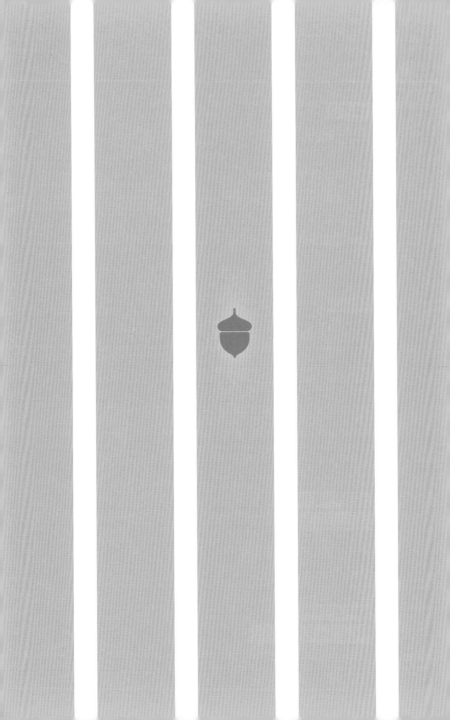

선생인 듯
선생 아닌
선생 같은 나!

무슨 일 하세요?

처음 만난 낯섦과 어색함을 못 견뎌서 내뱉는 뻔한 말들이 있다. "어떤 음식 좋아하세요?", "이 영화 보셨어요?" 그리고 "무슨 일 하세요?"가 그 뻔한 말이다. 새로운 사람을 한창 만나던 시절에는 자연스러운 대화를 위해 몇 가지 질문 거리를 미리 준비하기도 했다. 무슨 오지랖인지. 주로 취미나 음식, 여행지 따위였다. 하는 일이나 직업은 상대가 묻거나 꼭 이야기해야 할 상황이 아니면 되도록 하지 않았다. 물론 처음부터 그런 건 아니었다. "무슨 일 하세요?"라는 질문에 곤혹스러운 일을 자주 겪다 보니 저절로 그리되었다.

**나의 일이란 게 이리도
설명하기 어려운 일인가?**

한때는 나의 일을 궁금해하는 사람들에게 참 열심히도 이야기했다. 나의 신념과 우리나라 교육 현실까지 보태 장황하게 설명한 다음에도 "그래서 뭐 가르쳐요?"라는 질문을 수없이 듣기 전까지는. 이런 상황이 반복되다 보니 이제는 일에 관한 이야기는 굳이 꺼내지 않거나 꼭 해야 하면 '방과후 교사'라고 짤막하게 말하고 만다. 제대로 말하려면 또 구구절절 이야기해야 하고 실컷 듣고 나서도 도대체 무슨 일을 하는 건지 모르겠다는 얼굴을 마주하느니 일을 다물고 말지.

내가 하는 일을 오랜만에 이야기할까 보다. 좀 구구절절할지라도.

나는 '터전'이라고 부르는 곳에서 일한다. 아이들과 교사들이 생활하는 '공간'의 다른 표현이다. 우리끼리 선생님들이나 조합원 는 편하게 도토리 정식 이름은 도토리 마을 방과후 라고 부르기도 한다. '방과후에 다녀요.'라고 하면 학교에서 일하는 방과후 선생님으로 오해하기 쉽고 '터전'이라고 말하면 낯선 표현이라 대부분 고개를 갸웃한다. 초등학생 조카에게 '터전' 이야기를 여러 번 해 주었지만, 그저 동생부터 형까지 모여 노는 곳이라고 생각하는 듯하다.

처음에는 제대로 알려 주고 싶어서 일부러 터전이라는 표현을 쓰다가 나중에는 교실이라고 하고, 직장이라고도 했다. 나 역시 설명하는 말이 그때그때 달라지는 걸 보니 사람들의 반응이 이해가 되기도 했다.

터전 사람들은 대부분 이름 대신 별명을 부른다. 아이들이 중심이 되는 공간인 만큼 어른의 권위를 내려놓기 위한 장치이다. 이곳에서 나는 '분홍이'다. 벌써 십 년 넘게 분홍이로 불리다 보니 진짜 이름보다 '나'를 더 잘 담고 있는 것 같기도 하다. 요샛말로 하면 '본캐'를 넘어서는 '부캐'? 처음 별명을 지을 때 별명대로 살게 되니까 잘 지어야 한다는 선배 교사들의 이야기를 그냥 흘려들었는데 십 년 넘게 분홍이로 불릴 줄 알았으면 좀 더 멋지고 모양새 나는 이름으로 지을 걸 하는 후회도 살짝 든다.

지금이야 여러 단체는 물론 회사에서도 별명을 쓰는 곳이 제법 있지만, 몇 년 전만 해도 일상적으로 별명을 사용하는 건 낯선 일이었다.

한번은 비슷한 일을 하는 선생님들이 모이는 큰 행사가

있었는데, 마침 집에서 멀지 않은 곳이라 끝나는 시간에 맞춰 동생이 데리러 왔다. 주차장은 전국 각지에서 온 선생님들이 서로 인사를 건네느라 북적거렸다. 주차장을 간신히 빠져나오자 동생이 웃으면서 한마디 한다.

"어째 사람이 한 명도 없어?"

"어?"

이게 무슨 말이람. 인사하느라 야단법석인 현장에서 방금 막 나왔는데 사람이 한 명도 없다니.

"사람은 한 명도 없더구먼. 전부 무슨 동물에, 색깔에."

"아⋯. 별명!"

그제야 무슨 말인지 이해가 되었다. 동생은 가까이에서 터전 이야기며, 내가 분홍이라는 걸 오랫동안 들었는데도 눈앞에서 사람들이 별명을 부르며 이야기하는 걸 보니 신기하고 재미있었나 보다. 사람이 한 명도 없다는 이 신박하고 낯선 표현이 나의 일에 관해 사람들이 느끼는 감정이 아닐까 어렴풋이 짐작해 본다.

터전에서 분홍이로 아이들과 하루를 보낸다. 하루를 보내는 데 거창할 게 없다. 몸에 좋고 지구에도 좋은 음식을 먹고 좋은 마음으로 논다. 자기가 먹은 그릇을 닦고 놀았던 장난감을 정리하고 친구 이야기를 잘 들으려고 하고, 자기에게 좋은 것만 찾기보다 상대를 존중하는 법을 배우며 지낸다. 아이들은 열심히 놀고 어른들은 아이들이 그 시기에 열심히 놀아야 그 힘으로 잘 살 거라고 믿는다. 가끔 불안해하는 어른들끼리 괜찮다 다독이며 살아간다.

아이들은 해마다 새로 입학하고 졸업한다. 하지만 이곳을 설명하려면 여전히 시간이 걸린다. 내가 아웃사이더라는 사실을 새삼 깨닫는다. '무슨 일 하세요?'라고 묻는 말에 '터전에서 분홍이라는 이름으로 아이들과 지내요.'라는 대답이 신박하지도 낯설지도 않을 때가 올까.

나는 마을
방과후 교사입니다

사람들은 직업마다 특정한 이미지를 가지기 마련이다. '의
사' 하면 흰 가운을 입고 진찰하거나 수술하는 모습을 떠올
린다. '파일럿' 하면 제복을 입고 비행팀 무리 선두에 서서
공항을 걸어가는 모습이나 관제소와 교신을 주고받는 모
습을 그린다. 우리가 생각하는 직업에 대한 이미지의 실상
은 직접적인 경험보다 매체를 통한 간접 경험으로 기억되
기 쉽다.

　그렇다면 사람들은 '교사'에 대해 어떤 이미지를 가지고
있을까? 대개 교사라고 하면 아이들 앞에 서서 무언가를
알려 주는 모습을 떠올리는 경우가 많다. 대부분의 사람
에게 교사란 누군가에게 무엇을 가르치는 사람으로 기억
된다.

　나는 마을 방과후 교사이다. 사람들에게 방과후 교사라

고 이야기하면 "무슨 과목을 가르쳐요?"라고 되묻곤 한다. 교사라고 하니 가르치는 사람인 것 같긴 하지만 떠오르는 이미지는 거기에서 나아가지 못한다. 그들에게는 저 사람이 무엇을 가르치는지 구체화가 필요한 것이다.

그럼 지금부터 도토리 마을 방과후에서 일어나는 몇 가지 장면을 떠올려 보자.

색연필과 사인펜이 한곳에 뒤섞여 있다. 누군가 사용한 흔적이 가득한 책상 위에는 가위와 종잇조각들이 흐트러져 있다. 아이들이 주는 단서를 통해 몇 명으로 추려지면 거론되는 아이마다 다가가 말을 건넨다. 1학년일 경우 정리 방법을 몰라서일 확률이 높다. 그렇다면 자기가 사용한 물건을 정리하는 법을 다시 설명해 주어야 한다. 3학년 이상일 경우엔 습관적으로 그럴 수 있으니 혹여나 어디에 정신을 빼앗겼는지 확인해야 한다. 우선 아이의 이야기를 들어 본다. 다른 곳에서 놀던 친구가 자기 쪽으로 와 보라며 재촉을 하더란다. '무슨 일이지?' 싶은 궁금증에 따라가 새로운 놀이에 빠져들다 보니 조금 전까지 하고 있던 종이 오리기가 이미 머릿속에서 사라졌다나. 같이 종이를 오리던 다른 친구가 치울 줄 알았다는 마지막 말을 덧붙였다. 나는 무엇을 하든 스스로 뒷정리를 꼭 해야 한다고 알려 준다. 한편, 색연필과 사인펜이 뒤섞인 통을 보니 사인펜을 넣어야 하는지, 색연필을 넣어야 하는지 혼란스러웠던 것 같아 통에 이름표를 붙인다.

이번 장면은 터전 밖이다. 바깥에서 신발 뺏기 놀이가 한창이다. 주변에서 놀이를 지켜보던 아이들도 재미있어 보였는지 한두 명씩 함께하자고 다가온다. 놀이에 참여하는 아이들이 많아지면, 목소리가 커지는 아이가 있기 마련이다. 점점 승부욕이 발동해 마음대로 규칙을 바꾸려고 고집도 부린다. 함께 놀던 아이들은 중간에 규칙을 바꾸는 것이 불합리하다고 문제 제기한다. 자기들끼리 서로 다른 의견을 수정하고 받아들이는 모습을 곁에서 바라본다. 그때 살며시 그 자리를 빠져나오는 한 아이가 보인다. 천천히 다가가 뭔가 불편한 마음이 있는 것은 아닌지 물어본다. "나는 규칙을 좀 바꾸자고 그냥 이야기한 것뿐인데, 자꾸 형들이 나한테만 뭐라고 하잖아. 승철이는 지난번 자기도 그랬으면서…. 나만 그랬다고 또 거들고 말이야." 지난번 일까지 끄집어내는 친구가 힘들었던 모양이다. 논쟁보

다 놀이를 그만두는 것을 선택한 아이의 이야기를 잘 들어
주고, 다른 아이들에게 지난 일을 들추기보다는 지금 상황
에 대해서만 논의할 수 있도록 중재한다.

피곤한 모습으로 연신 무기력하게 이곳저곳을 배회하
는 한 아이가 눈에 띈다. 책을 들고 읽었다가 집중하지 못
하고 몇 차례 친구들이 모여 있는 곳을 바라본다. 이내 한
숨을 쉬며 북극쉬는 공간 이름으로 올라가 이불을 펴고 눕는
다. 아이에게 다가가 어디가 아픈지 묻는다. 친구들과 어
울리지 못해 불편한 것 같다. 마음이 불편하면 머리가 아
프다고 말하곤 하는 아이였다. 어떻게 하면 아이가 답을
찾을 수 있을지 고민이 된다. "무슨 일이 있었던 거야?" 처
음엔 머리가 아프다며 말하기 꺼렸지만, 조금씩 어제의 이
야기를 꺼내 놓기 시작한다.

"아니… 어제 애들이랑 같이 놀았는데, 내가 조금 흥분
해서 목소리가 커졌나 봐."

"그랬어? 너는 기분이 무척 좋았던 모양이구먼! 그랬는
데 왜?"

"아니, 그랬더니 애들이 나한테 조용히 좀 말하라고 그
러는 거야."

"너는 기분이 좋았는데, 친구들이 그걸 이해 못하고 되레 뭐라고 한 것 같아서 속상했구나?"

"나만 그렇게 말한 것도 아닌데 나한테만 하지 말라고 하는 게 속상했어. 기분이 안 좋고."

"그랬구나. 어제 친구들이랑 어떻게 놀았는지 이야기해 줘 봐."

아이와 질문을 주고받으며 친구들에게 섭섭한 마음을 돌아보며 자신의 감정을 이해하도록 한다. 그리고 아이가 자기감정을 표현하는 것을 도와준다.

마을 방과후 교사인 나의 일상 단면들이다. 이제 조금 구체적으로 이해할 수 있을까? 무엇을 가르치냐는 질문에 꼭 맞는 답이 없다는 걸 말이다.

나는 날마다 아이들과 만나며 일상에서 그들의 삶이 그 자체로 빛날 수 있도록 질문하고 또 고민한다. 아이들이 스스로 주체성을 발휘해 일상에서 배움이 일어나기를 원한다. 그렇기 때문에 내가 하는 일은 그저 아이들에게 무언가를 가르치는 일로만 채워지지 않는다.

일의 가치는 그 자리에 맞는 사람이, 일에 대해 어떻게 정의하고 있는지에 따라 달라진다.

방과후 교사가 하는 일은
교사라는 이름보다 의미에 집중해야 한다.

아이들 곁에서 그들의 이야기에 귀를 기울이며 아이들이 왜 헤매고 있는지, 무엇을 놓치고 있는지를 함께 고민하며 질문하고 이야기 나눌 사람. 나는 그게 방과후 교사라고 생각한다.

우치다 다쓰루는《좋은 선생도 없고 선생 운도 없는 당신에게 스승은 있다》민들레, 2012에서 '스승은 발품을 팔아 스스로 찾아내는 것'이라 했다. 이 말처럼 방과후 교사의 역할은 아이들이 스승을 찾도록 돕는 것이라고 생각한다. 가르침과 깨달음을 얻는 일상이 아이들에게는 늘 스승을 만나는 일인 것이다.

나는 아이들이 스스로 삶의 주인이 될 수 있도록 그들에게 삶을 가르치고 나 역시 배워 나간다. 아이들이 이곳 도토리 마을 방과후에서 좋은 스승을 만나고 가치를 깨달았으면 좋겠다.

너는 누구냐?

너는 누구냐? 논두렁. 알다가도 모르겠고, 천방지축으로 살아가는 호기심 많고 흥 많은 네가 어쩌다가 교사가 되었는가. 너란 사람이 어떻게 아이들을 만난단 말인가.

나는 여전히 내가 교사로 일하고 있는 게 놀랍다. 우연히 이 길에 발을 들인 이후부터 교사, 아이들, 학부모는 나를 본명이 아닌 '논두렁'이라고 부른다. 나는 그렇게 '논두렁'이 되었다.

이 세계에서 별명은 곧 나의 이름이다. 내가 '논두렁'이 된 건 2014년 2월 발달장애인 대안학교에서 첫발을 내디디면서이다. 첫 출근 날 동료 선생님들이 내게 건넨 첫 질문. "별명 정했어요? 한번 정하면 꼬리표처럼 계속 쫓아다닐 테니 잘 생각해서 정하세요. 일주일 시간 줄게요!"라고 말했다. 출근 첫날부터 나는 고민에 빠졌다. 한번 지으면 끝까지 간다는 별명. 그렇다면 의미도 있고, 아이들이 부르기 쉽고, 기억에 오래 남고, 자연 친화적인, 이 세상에 아무도 부르지 않는 별명을 짓고 싶었다. 참 거창하다. 하지만 내게 주어진 시간은 단 일주일. 충분히 생각하기에는 촉박했다. 일주일 동안 밥 먹을 때도, 화장실 갈 때도, 산책할 때도 계속 생각했다. 이렇게 아무 결정도 내리지 못한 채 금세 일주일이 지났다.

별명을 공개하기로 한 당일 빈손으로 출근하자 주간회의마저 뒤로 미룬 채 모든 동료 선생님들이 나의 별명 짓기에 동참했다. 생태 도감을 펼쳐 두고, 이것저것 생각나는 대로 온갖 사물, 동물, 곤충 등의 이름을 말하였다. 한 이십 분쯤 대화를 주고받았을 때, 갑자기 '논두렁'이 내 입에서 툭 튀어 나왔다. 역시 영감은 가볍게 생각할 때 나오나 보다. 신기하다. 이처럼 '논두렁'은 생각지도 못한 순간 탄생했다.

'논두렁'의 의미를 살려 별명을 지은 것이 아니라 별명을 짓고 의미를 만들었다. '논두렁'은 사전적 의미로는 논과 논의 두둑이라고 한다. 논두렁은 농부들이 매일 걸어 다니는 길이다. 논두렁을 생각하면 농부가 해 질 녘에 하루의 일과를 모두 마치고 조용히 논두렁 길을 걸어가는 모습이 인상 깊다.

　내가 논두렁이라는 이름에 담은 의미는 교사로서 매일 최선을 다하는 사람이 되는 것. 그리고 농부에게 꼭 필요한 길이 된 논두렁처럼 나도 아이들에게 꼭 필요한 사람이 되는 것이었다. 그래서인지 이직하고 나서도 역시나 나의 별명은 '논두렁'이었다. 새로운 별명을 잠깐 고민했지만, '논두렁'이 여전히 가장 자연스럽고 어울린다. 이처럼 마음에 쏙 드는 '논두렁'이 지금까지 내 이름이다.

　그렇다면 논두렁으로 일해 온 이야기를 해 볼까? 그전에 어떻게 도토리로 오게 되었는지 그 이야기를 먼저 해야지. 내가 일하던 도심에 있던 대안학교가 강화도로 옮겨 간다고 했다. 솔직히 나는 시골에서 지낼 자신이 없었다. 그때 나이 스물여덟, 호기심 많고 새로운 경험에 목말라 하던 나는 모든 걸 제쳐 두고 낯선 시골로 가는 게 쉽지 않았다. 그러던 중 우연히 마을공동체를 지향하는 성미산 마을을 알게 되었고 숲과 자연, 건강한 먹거리, 놀이를 강조하는 공동육아의 교육 철학이 무척 매력적이었다. 게다가 지원

조건에 제한이 없는 점, 무엇보다 아이를 바라보는 관점과 태도를 보겠다는 채용 심사 기준이 마음을 움직였다. 나는 그렇게 도토리에 지원했고 이렇게 일하게 되었다.

내가 도토리에 들어올 무렵 서로 다른 두 개의 방과후가 도토리 마을 방과후로 통합되었다. 아이들은 같은 곳에 다니고 있지만, 두 방과후의 문화는 확연히 달랐다. 성미산 마을 방과후는 고학년 중심으로 거침없고 자유분방했다. 부모님들도 열의가 넘쳤다. 반면 도토리 방과후는 공동육아 최초의 방과후로 역사와 전통이 깊었고, 관계와 생활을 중심으로 교육 활동이 이루어지는 곳이었다.

서로 다른 문화를 가진 곳에서 자란 아이들은 틈만 나면 불평했다. "우린 예전에 이렇게 지냈어.", "이건 싫어.", "왜요?"라는 말을 끊임없이 했다. 통합 초기에는 물리적인 통합만 이뤄졌기에 또래 관계의 갈등이 많았다. 규모가 커지면서 굳이 다른 학년과 어울려 놀 필요가 없어졌고, 같은 학년 아이들도 점점 친한 아이들끼리 어울렸다. 그러다 보니 소외감을 느끼는 아이들도 생겼다. 교사회는 이런 경계를 허물기 위해 노력했다. 자연스럽게 회의 시간도 길어지고 잦아졌다.

아이들이 좌충우돌하는 시기가 있듯 부모들도 마찬가지였다. 공동육아라는 커다란 틀 안에 함께 있을 뿐 부모마다 교육 방향이 달랐다. 그 틈을 좁히기 위해 서로가 노력했다.

도토리 통합 초기, 서른일곱 명이었던 아이가 2~3년이 지난 시점에는 육십여 명을 넘었다. 대략 마흔 가구 이상이 되었다. 교사와 부모, 아이들이 서로 노력하며 보낸 시간이 쌓이자 터전도 안정을 찾아갔다. 그러나 교사 한 명이 담당해야 하는 아이의 수는 열 명이 넘어갔고, 아이들과의 관계가 예전 같을 수 없었다.

고학년 아이들은 본인의 의견을 거칠게 표현하기도 하고, 날마다 오는 이곳을 답답해했다. 아이들의 불만이 많아지자 힘들어하는 부모도 생겼다. 의사소통의 단계를 뛰어넘고 바로 담당 교사에게 어려움을 토로하기도 했다. 모든 일을 함께 논의하는 조합의 특성상 부모와 교사회가 일일이 소통하다 보니 교사회가 지치기도 했다. 이렇게 교사회는 지금까지 여러 갈등과 고민, 어려움을 헤쳐 가며 여기까지 왔다.

교사회는 아이들에게 더 나은 교육을 하기 위해 노력했

다. 다달이 간식, 놀이, 관계, 생활, 식습관 등 하나부터 열까지 아이들에 관한 모든 부분을 논의했다. 아이들과의 관계에 대해 고민하는 만큼 함께 이야기 나누는 시간이 늘었다. 거듭된 회의와 대화가 오간다. 이렇게 치열하게 고민하며 일하고 있는 공동육아 방과후는 무엇인지, 공동육아 교사는 무슨 역할을 해야 하는지 여전히 어렵고 갈 길이 멀다.

외부 사람들에게 공동육아 방과후 교사라고 말하면 대개 학교 방과후 교사를 떠올린다. 공동육아 방과후는 공교육도, 학교 방과후도 아니다. 무엇이 다른가?

'공동육아와 공동체 교육' 공식 홈페이지에서는 공동육아 방과후를 이렇게 설명한다. "공동육아 초등 방과후는 초등학생을 둔 부모들이 모여 자녀들이 공동체 정신의 바탕 위에 창조적, 자율적, 자연 친화적 인간으로 성장할 수 있도록 마음을 모아 조합_{사회적 협동조합}을 만들어 운영합니다." 나는 이 설명에 부모와 자녀뿐만 아니라 교사와 마을을 더 보태고 싶다.

그렇다. 공동육아 방과후 특히 '도토리 마을 방과후'는 성미산 마을을 기반으로 한 방과후다. 공동육아는 같은 마을에 함께 살면서 동네 친구들이 서로 관계를 지속할 수 있도록 연결해 준다.

그렇다면 도토리 방과후에서 아이들은 교사로부터 무엇을 배우고 있을까? 교과 과목을 가르치지 않으니 시험 성적과는 무관하고, 미술, 태권도, 피아노처럼 예체능 수업을 가르치지 않으니 무언가 눈에 띄게 달라지는 것을 쉽게 찾을 수도 없다. 그러면 주 5일, 하루의 절반을 터전에서 생활하는 아이들에게 "터전에서 무엇을 배우니?"라고 질문하면 무슨 대답을 할까?

나는 터전에서 무슨 역할을 해야 할까?

나에게 무엇을 가르치냐고 물으면 "관계와 생활에 관한 교육을 해."라고 답할 것이다. 아마 공동육아가 생소하거나 낯설다면 더더욱 나의 대답에 고개를 갸웃할 것이다. 조금 더 설명하면 아이들이 터전에서 다른 아이들과 어떻게 상호작용하는지, 갈등상황이 생겼을 때 어떻게 대처하는지를 살펴보면서 아이들에게 필요한 도움을 준다. 이런 교육도 반드시 있어야 하지 않나.

아이가 주체적인 사람으로 자라도록 돕고, 나이와 성별이 다양한 사람들과 한데 어울려 지내는 방법도 가르친다. 뭔가 거창한 것 같지만, 사실 삶의 가장 기본이 되는 관계와 생활을 배우는 곳이다. 학교에서 가르치지 않는 것들을 스스로 깨우치도록 돕는 역할을 한다.

이처럼 관계와 생활을 중심에 놓고 아이들을 대하면, 아이와 교사가 서로 편하고 가까워진다. 아이들은 언제든 스스럼없이 다가와 소소한 일상 이야기나 속마음을 꺼내 놓는다.

결국, 이 모든 것을 정리해 보면 돌봄과 생활, 관계, 소통, 놀이가 이곳 도토리 방과후 교사의 주된 역할이다. 아이들의 관계를 지켜보고, 함께 커 나가며 아이들이 균형 잡힌 성장을 하도록 돕는다.

그렇다면 나는 논두렁으로 잘살고 있나? 도토리 마을 방과후 교사로 일하면서, 나의 정체성과 내가 가야 할 길이 무엇인지를 계속 고민했다. 주체적이고 창조적인 아이로 기르기 위한 교육적 가치를 실현하기 위해 노력하지만, 여전히 선명하고 뚜렷하게 마을 방과후 교사가 무엇인지 설명하기 어렵다. 어쩌면 손에 잡히지 않고, 눈에 잘 보이지 않으니 더 힘든 것 같다. 감정적으로도 좌절과 낙담을 끊임없이 반복했다.

이런 불안한 마음들을 숨기는 것조차 힘들 때도 있었다. 동료 교사들의 조언과 배움을 통해 성장하고 있었으나 제자리걸음을 하고 있다는 생각이 들 때도 있었다. 이럴 때마다 아이들을 어떻게 대해야 하나 막막했다. 신입 교사일 때는 열정과 자신감이 가득했지만, 지금 나에게 남은 건 무엇일까? 잘 모르겠다. 특히 지난가을에는 체력적으로도 많이 지쳤고, 더는 이 일의 의미를 찾기도 어려웠다. 혼돈의 시기였다.

성과가 눈에 보이지 않고 잡히는 것 같지 않으니, 날마다 반복되는 일상이 굉장히 지루하고 답답했다. 아이들과의 관계에 치열했던 만큼 그 속에서 빠져나올 탈출구를 찾지 못해 혼자 끙끙 앓기도 했다. 그럼에도 불구하고 버틸 수 있었던 것은 곁에서 힘이 되어 준 교사와 아마들 덕분이었다.

여전히 나는 마을 방과후 교사의 현재와 미래에 관해 계속 고민하고 성찰하고 있다. 그래도 다행인 것은 아이들을 바라보면 기분이 좋다. 아이들이랑 재미있게 놀 때 행복하다. 그렇기에 치열한 고민과 되돌아봄이 절실하게 느껴진다.

야. 논두렁. 잘 가고 있니?

몰라도 괜찮아!

처음 아이들과 마주하기 위해 도토리 마을 방과후 계단을 오르던 날, 호기심 가득했던 그 마음은 순식간에 두려움으로 변해 버렸다. 우레와 같은 아이들의 소리가 문 뒤에서 들려왔기 때문이다. 모르는 것이 더 무섭다고 했던가. 보이지 않는 곳에서 들려오는 소리에 지레 겁을 먹은 나는 문을 열지도 못한 채 뒷걸음질했다. 지금껏 들어보지 못했던 아이들의 함성에 얼어붙었고, 문을 열고 들어가야 하나 말아야 하나 짧지만 깊은 고민에 빠졌다.

심호흡을 한 번 내쉰 뒤 문을 열었다. 그렇게 비장한 마음으로 문을 열고 들어갔건만, 들어가자마자 나의 얼굴엔 웃음이 번졌다. 아이들의 초롱초롱한 눈빛, 허물없는 반김에 떨렸던 마음이 무장해제 되어 버렸다. 나를 뒷걸음질하게 했던 주인공들의 해맑은 웃음과 호기심 어린 눈망울을 보자니 나도 모르게 웃음이 났다. 이렇게 나의 도토리 마을 방과후 생활은 살벌하지만 달콤하게 시작되었다.

일 년 전까지만 해도 나는 두 아이의 엄마로, 또 아이들과 이야기하는 것을 좋아하는 사람으로 일상을 보내고 있었다. 그렇게 지내던 어느 날 내가 사는 동네 길 건너에 있는 성미산 공동육아 초등 방과후에서 교사를 채용한다는 이야기를 듣게 되었다.

아이들이 놀기 좋은 동네이고, 이웃끼리 오가며 서로의 아이를 챙겨 주는 정겨운 TV 속 마을로만 알고 있는 가깝고도 먼 곳이었다. 그러나 며칠이 지나도록 '아이들이 놀기 좋은 곳, 마을이 함께 아이들을 키우는 곳, 별명으로 서로를 부르는 곳'이라는 방과후의 문구가 머릿속을 맴돌았다. 낯설지만 함께해 보고 싶은 마음이 나를 한 걸음 나아가게 했다.

아이들과 함께 놀고 이야기 나누는 것을 좋아하는 나에게 좋은 기회였다. 사실 놀이보다 이야기에 강했지만, 호기롭게 부딪혀 보기로 했다. 뛰어노는 것에 진심인 아이들과 함께 생활하는 것이 녹록지 않을 걸 알지만, 그저 아이를 좋아하는 마음 하나로 용기를 냈다. 지금 생각해 보면 그런 호기로움이 어디서 나왔는지 모르겠다.

아이들과 함께하는 본격적인 일상이 시작되었다. 아, 한 고비 넘어 두 고비라고 했던가. 아이들과 친해지기 위해 다가가 보았지만, 정작 내가 무엇을 해야 할지 모르는 상황에 놓였다. 고학년 아이들은 낯선 나에게 경계심 가득한 눈빛으로 거리를 두었고, 저학년 아이들은 서로 너무 재미나게 놀고 있어 내가 낄 타이밍을 못 찾고 있었다. 그렇게 아이들에게 어떻게 다가가야 할지 고민하며 어색한 시간을 보내고 있는데 누군가 내 옷자락을 잡아당겼다.

"자두!"

"응?"

"나랑 보드게임 할래?"

"나 게임 잘 모르는데…."

"괜찮아! 내가 알려 줄게."

아이의 다정한 말 한마디가 어찌나 반갑던지. 게임하는 방법을 몰라 아이의 눈만 끔뻑끔뻑 바라보고 있으니, 아이는 마치 언니라도 된 듯 나를 다독이며 알려 주었다.

"몰라도 괜찮아. 처음엔 다 모르는 거야. 내가 알려 줄게."

당연한 그 말이 그렇게 위안이 될 줄이야. 그렇다. 이곳에선 모르는 게 창피하지 않다. 배우면 되니까.

**잘 몰라도 괜찮다.
알아 가면 되니까.**

그러나 그 단순한 진리를 제대로 아는 아이들이, 어른들이 얼마나 있을까?

아이들은 같이 뛰어놀고 생활하면서 함께하기 위해서는 어떤 것이 필요한지 하루하루 배워 가고 있다. 아이들은 혼자가 아니라 함께라서 더 자연스럽게 살아가는 지혜를, 방법을 몸으로 익혀 가고 있었다.

나를 배려하는 다른 사람의 행동에서 나도 다른 사람을 배려하는 것이 당연하다고 알아 가고 있다. 배우고 있다는 사실도 인지하지 못하면서 스며들고 있다.

그렇게 일 년을 보냈다. 일 년 전, 문 앞에서 나를 뒷걸음질하게 했고, 가슴 벅찬 순간을 맛보게도 했던 그 아이들과 복작복작 부대끼며 하루하루를 지냈고, 지내고 있다. 아이들로 인해 어려움에 부딪히기도 하고, 그 아이들로부터 해결책을 찾아가며 정신없이 보내고 있다.

　이렇게 정신없이 보내다가도 문득 처음 도토리에 열고 들어오던 문이 눈에 들어올 때가 있다. 그러면 그날이 생각나면서 그새 자란 아이의 모습이 눈에 들어온다.

　아이들은 누군가가 낯선 장소에서 어찌할 바를 몰라 당황해하면 그 사람에게 다가가 먼저 이름을 묻고, 자신들의 놀이 속으로 품어 새로 온 사람이 그곳에서 안정감을 찾게 도와준다. 어떤 방식으로든 자기만의 방법으로. 아이든 어른이든 상관하진 않는다.

　의무감에서 하는 행동이 아니다. 그저 누군가에 관한 관심이다. 그 관심을 통해 다른 사람의 불안함을 감지하고 마음을 어루만져 주는 것이다. 그것이 이곳에선 서로에게 당연한 행동이다. 아이와 아이가, 아이와 어른이, 어른과 어른이 함께 놀면서 서로에게 배우는 곳. 나는 이곳에서 아이들과 함께 생활하고 있다.

도토리 마을 방과후
하루 일과

오전 11시
터전 정리, 교사 회의

오후 12시 30분부터
숙제와 간단한 공부

오후 2시부터
자유 시간

오후 3시 30분부터
간식 시간

오후 4시 30분부터
터전 활동

오후 6시부터
집에 가는 시간

오후 7시부터
터전 정리

● 오전 11시

터전 정리, 교사 회의 교사들은 아이들이 등원하기 전 출근해서 터전 정리와 교사 회의로 하루를 시작한다. 날마다 그날의 일정을 확인하고 전날 관찰한 아이들의 모습에 관해 이야기하거나 교사회가 모두 공유해야할 사안에 대해 논의한다. 아이들끼리 다퉜던 일이 어떻게 해결되었는지, 아이마다 따로 챙기고 관심을 가져야 하는 부분들이 무엇인지 함께 이야기한다. 가끔 부모 면담이나 세미나, 외부 회의, 행사 등을 준비하는 시간으로 활용하기도 한다.

● 오후 12시 30분부터

숙제와 간단한 공부 1학년부터 학교를 마치고 터전으로 오기 시작하여 3시가 되면 6학년까지 모두 등원한다. 아이들은 인사를 나눈 다음, 가방을 정리하고 손을 씻고 숙제를 한다. 고학년은 숙제나 필요한 공부를 스스로 하고, 저학년은 교사의 도움을 받기도 한다. 공부나 숙제를 마친 아이들은 좋아하는 책을 골라 30분 정도 책을 읽는다. 이 시간은 터전 등원후 아이들의 몸과 마음의 상태를 확인하는 중요한 시간이다.

● 오후 2시부터

자유 시간 아이들마다 조금씩 차이가 있지만, 이 시간이 되면 대부분할 일을 마치고 자유 시간을 갖는다. 바깥 놀이를 하는 아이들이 많고, 그림을 그리거나 친구들과 수다를 떨고 교사들과 그날 학교에서 있었던 이야기를 나누도 한다. 바깥 놀이는 주로 주차장에서 학년에 상관없이 모여 다양한 공동체 놀이를 한다. 교사는 놀이에 참여하거나 안전을 살피는 역할을 한다. 요일에 따라 월요일에는 공동체 놀이, 화요일에는 모둠회의, 수요일은 나들이가 있다.

● **오후 3시 30분부터**

　간식 시간 되도록 유기농 재료를 이용해 만든 간식을 먹는다. 아이들이 간식 담당이 되어 직접 만들기도 하지만, 주로 조리 선생님이 만든다. 순번을 정해 간식 도우미를 한다. 간식 도우미는 친구들보다 놀이나 숙제를 일찍 마치고 상 배치, 상 닦기, 그릇 챙기기, 간식 나누기 등을 한다. 간식을 먹을 때는 함께 먹는 친구들이 모두 간식을 받으면 감사 인사를 하고 먹는다. 남기지 않고 모두 먹고 그릇은 스스로 설거지한다. 학기 초에는 형님들이 1학년 동생들에게 설거지하는 방법을 알려 주기도 한다.

● **오후 4시 30분부터**

　터전 활동 설거지와 정리를 마친 아이들은 간식 전에 했던 놀이를 이어서 하거나 터전 일정에 참여한다. 손끝 활동, 책 읽기 활동 또는 학년 활동, 동아리 활동, 회의 등 교사와 함께 다양한 활동이 이루어진다. 아이들은 또래 학년이나 1학년부터 6학년이 모두 포함된 소모둠, 또는 관심 있는 주제별 활동으로 모인다. 교사들도 담임 학년의 아이들뿐만 아닌 여러 학년의 아이들과 함께 활동한다.

● 오후 6시부터

집에 가는 시간 아이들은 자기가 가지고 놀던 것들을 정리하고 집으로 갈 준비를 한다. 고학년은 대부분 스스로 집으로 가고 저학년은 부모님과 함께 하원을 한다. 교사는 아이들의 하원 일정을 사전에 부모님과 이야기한다. 혼자 가는 아이, 친구들과 가는 아이, 학원으로 가는 아이 또는 일정이 바뀌는 아이가 있는지 미리 확인한다. 늦게 가는 아이들은 모여서 자유놀이를 한다. 주로 공기나, 공동체 놀이, 종이접기 등을 하며 논다. 교사들은 남아 있는 아이들과 함께 놀기도 하고 다른 업무를 보기도 한다. 또는 하루에 있었던 일들을 서로 나누며 다른 교사들의 의견을 구하는 시간을 갖는다.

● 오후 7시부터

터전 정리 마지막으로 남아 있던 아이까지 집으로 돌아가고 나면 교사들은 터전을 정리하고 퇴근한다. 종종 교사 회의나 부모님들과 함께하는 방 모임, 면담이나 행사 등을 이 시간에 하기도 한다.

아이들은
전부 똑같아

나는 별나라에서 온
백 살 먹은 분홍이야

"몇 살이야?"

"어디 살아?"

"누구랑 살아?"

자기들만의 공간이라 여기던 곳에 낯선 사람이 등장하면 아이들은 저마다의 방법으로 탐색전을 펼친다. 새 교사의 일거수일투족을 호기심 반, 경계심 반의 시선으로 관찰한다. 몇 년을 의지하며 지내던 교사를 보낸 아이들의 눈빛은 나에게 그리 호의적이지 않다. 자기만의 규칙과 언어로 낯선 어른에게서 우위를 점해 보려는 시도가 곳곳에서 나타난다.

이 순간이 정말 중요하다. 이 시간을 어떻게 넘기느냐에 따라 아이들과 어떤 모습으로 지내게 될지 짐작할 수 있다고 해도 틀린 말이 아니다. 쉽사리 곁을 내주지 않는 아이들은 탐색전이 끝나고 나면 곧 작은 호기심마저 거두고 자기들만의 세상으로 돌아간다.

"나는 백 살이야."

무슨 그런 거짓말을 하느냐는 눈빛으로 바라보는 아이들이 보였다.

"어린이집에 있을 때 아흔아홉 살이었거든. 일 년 지났으니까 올해 백 살 맞지."

이 이상한 셈법을 어디선가 들은 것도 같다는 표정으로 아이들은 서로를 바라보았다. 일단 첫걸음은 성공.

"그런데 왜 이렇게 머리가 까매. 백 살이면 할머닌데 주름도 하나도 없잖아."

"실은 내가 사는 곳에서는 백 살이면 젊은 거야. 지구에서는 백 살이 많지만 내가 사는 곳에선 백 살은 젊은이지, 젊은이."

"그런 데가 어디 있어? 어디서 사는데?"

"지금은 하늘나라에서 살아. 원래는 별나라에서 살았는데 여기 오려고 이사 왔어."

거짓말!
어떻게 별나라에서 사람이 살아?

"왜 못 사는데? 믿기 싫으면 믿지 마! 어차피 말해 줘도 거짓말이라고 생각할 거잖아."

이렇게 유치한 대화를 하다 보면 꼭 별나라가 어떤 곳인지 궁금해하는 아이들이 생기게 마련이다.

"별나라는 어떻게 생겼어?"

"말해 줄까? 말까? 믿을 거야?"

"믿을 게, 말해 줘."

"그럼, 내일 말해 줄게."

슬쩍 여운을 남기고 자리를 뜨면 '어' 하는 아쉬운 원성과 함께 거짓말이네 아니네, 내 친구가 분홍이가 진짜 백 살이라고 했다는 둥 아니라는 둥, 외계인이 있을 거라는 둥 밝혀진 게 없다는 둥, 온갖 이야기를 하느라 아이들은 시끌벅적 심각해진다.

다음 날, 궁금증을 못 이긴 아이 하나가 주위를 뱅뱅 돌다가 말을 꺼낸다.

"오늘도 하늘나라에서 왔어?"

"당근이지! 여기까지 한 시간이나 걸렸어."

지하철로 한 시간 거리에 살던 나는 사실에 상상을 조금 보태서 운을 띄운다.

"오늘은 별나라 이야기해 줄 거야?"

"그럼!"

큰소리치며 종이와 연필까지 챙겨 자리를 잡고 앉으면 어느새 하나둘, 아이들이 모여들기 시작한다. 제일 먼저 질문했던 아이는 자기와 내가 공동운명체라도 된 듯 자리 싸움을 하느라 시끄러운 아이들에게 핀잔을 주기도 하며 분위기를 만들어 간다.

"내가 살았던 별나라는 말이야…"

아이들에게 해 주는 이야기는 사실 어릴 적, 집에 꽂혀 있던 동화책 속의 한 장면이다. 읽고 또 읽을 만큼 재미있던 이야기라 지금도 삽화가 눈에 선하게 떠오를 정도다. 아쉽게도 유명한 동화는 아니었는지, 제목도 모르고 책을 정리한 이후로는 어디서도 그 이야기를 찾을 수가 없었다. 내 돈으로 사고 싶은 책을 살 수 있는 나이가 되어 큰 서점의 동화책 코너를 뒤져 보기도 했지만 어디에서도 찾을 수 없었다.

　빈약한 기억력에 상상력을 더해서 우유 강이 흐르고 빵나무가 자라는 들판에는 돼지들이 등에 포크를 꽂고 뛰어다니고 이렇게 글로 옮기니 왠지 공포물이 된 듯하지만 백 살의 젊은이들과 삼백 살의 어른들이 콧노래를 부르며 놀다가 배가 고프면 김밥도 따 먹고 오렌지 주스도 따 먹는 별나라 이야기는 진실과는 상관없이 아이들을 즐겁게 해 주었다. 급기야는 별나라 말을 만들어 들려주기도 했다. 늘 별나라를 궁금해하는 아이들 덕분에 곧 밑천이 바닥났지만 궁하면 통한다고 내 일상에 상상을 더해 날마다 별나라 이야기를 해 주었다.

　창문으로 본 달이 너무 예쁜 날에는 옆집 달나라에 놀러 갔다 왔다고 하고, 집에 개미와 쥐며느리가 나타난 날은 누가 문을 두드려 나가 보니 곤충들이 놀러 왔다고 하기도 하고 우엉차를 마신 날은 나무뿌리 차를 마셨다고 먹어 보라고 따라 주기도 했다. 지하철을 타고 집에 가는 길은 땅속으로 굴을 따라가야 한다고 말하기도 하며 날마다 외계인의 삶에 충실했다.

　호기심 가득했던 시기가 어느 정도 지나니 아이들도 나도 별나라 이야기에 빠져 살지 않게 되었다. 간간이 급습하듯 "오늘도 별나라 다녀왔어?" 하고 묻는 아이들이 있었지만 갑자기 물어보면 내가 외계인이 아니라고 말할 거라는 믿음을 가지고 있는 아이들이 꼭 있다 그러면 아주 자연스럽게 "어제는 말이야…" 하며 또 다른 별나라 이야기를 해 나간다. 그런 시간이 하루이틀 쌓이다 보니 나도 모르게 새 교사의 어색함에서 벗어나 있었다.

　해가 바뀌고 새로운 아이들이 터전에 오면 나는 여전히 꼬박꼬박 한 살을 더해 아이들에게 인사를 건넨다.

　"안녕! 아이들, 나는 백한 살 분홍이야."

　"안녕! 아이들, 나는 백두 살 분홍이야."

　그러다 보면 으레 '에이' 하는 눈빛이 따라오지만, 이번엔 '진짜야' 하며 맞장구쳐 주는 든든한 형님들이 함께 웃어 준다. 그렇게 한 살 한 살 나이를 먹어 벌써 백여덟 살이 되었다. 그사이 나는 몇 번의 변신도 하고, 땅속 나라에 가 보기도 하고, 긴 휴가를 이용해 별나라에 다녀오기도 했다.

　그렇게 시간이 흘러 이제 별나라 외계인을 믿는 아이들

도, 별나라 이야기를 기다리는 아이들도 없다.

하지만 나는 여전히
아이들에게 지구에 잠깐 놀러 온
별나라 외계인으로 남고 싶다.

아이들이 궁금해하면 언제라도 나만의 별나라 이야기를
해 줄 수 있도록.

논두렁,
축구하러 가자!

공동육아 방과후는 삶의 가장 기본이 되는 관계와 생활을 배우는 곳으로 학교가 가르치지 못하는 빈틈을 채우는 역할을 하고 있다. 관계와 생활이 중심이다 보니 아이들과 교사 사이의 긴장감은 사라지고, 장난치며 웃고 떠드는 편한 사이가 된다. 우리는 딱딱한 책상 앞에서 만나는 관계가 아니라 함께 뛰놀고 방구석에서 대화하는 편한 관계이다.

아이들은 보잘것없는 내게 마음을 내어 준다. 때로는 말썽을 피우고, 친구들과 싸우고, 함부로 말하는 아이들 때문에 속상한 날도 있지만, 어느새 감정을 풀고 신나게 노는 아이들을 볼 때마다 덩달아 신이 난다. 이렇게 몇 년 동안 나는 아이들과 '정'이 들었다.

"논두렁, 축구하러 가자!" 뭉찬이는 방금 나한테 혼났으면서 축구를 하러 가자고 온갖 애교를 부린다. 그러면 나는 못 이기는 척 "얘들아 짐 챙겨, 축구하러 가자. 애들 모아." 하고 말하고 아이들을 우르르 몰고 삼단공원이나 딸기놀이터로 간다.

축구를 시작하면 나는 감독이 되었다가, 심판이 되었다가, 관중이 되기도 한다. 옆에서 호응도 하고 때로는 과몰입하기도 한다. 경기가 뜻대로 안 풀리면 옆에서 "패스 주고 뛰어야지.", "일대일 찬스에서는 골키퍼가 앞으로 튀어나와야지." 등 온갖 참견을 다 한다.

축구를 구경하다 보면 1, 2학년 아이들이 형님들 공 뺏겠다고 이리저리 열심히 뛰는 모습이 얼마나 귀여운지 모른다. 또 형님들은 1, 2학년 동생들에게는 공도 살살 차고, 패스도 제법 많이 해 준다. 동생들이 실수하면 괜찮다고 다독이며 격려하는 모습은 참 흐뭇하다.

한번은 축구를 마친 뒤 동생을 잘 챙긴 형들에게 "너희 정말 대단하고, 멋지고, 착하다."라고 칭찬했다. 그런데 이 한마디에 어린아이처럼 "아자, 칭찬받았다. 신난다."라고 답하는 게 아닌가.

요즘은 여러 학년이 어울릴 일이 드물어 이렇게 서로 보살피고 보살핌을 받은 경험이 없는 아이들이 많다. 더군다나 외동딸, 외동아들이라면 더욱 그렇다. 하지만 터전에서는 남녀구분 없이 60명이 넘는 아이들이 복작거리며 지낸다. 같이 지내면서 어울려 사는 방법을 배우는 것 같다.

축구 동아리를 처음 시작할 때는 성미산 마을 장난꾸러기들을 다 모아 놓은 '정글의 세계'인 줄 알았다. 형들을 중심으로 멤버들이 꾸려지고 나름대로 형식을 갖춰서 물품도 갖추고 회장과 부회장, 연습 단장도 뽑았다. 이때만 해도 모두가 주인공이 된 듯 열정이 있었다.

하지만 그 뜨거운 열정은 이내 사라졌다. 어느 순간 아무도 준비물을 챙기지 않았다. 누군가 챙기겠지 하고 생각한 듯했다. 승부 앞에서는 동생들을 배려하는 일도 뒷전으로 밀렸는지, 골키퍼는 동생들이 도맡아 했고 형들이 패스를 안 해 준다며 동생들의 불평이 늘었다. 몸싸움도 잦았다. 누군가 한 명이 곡소리 나듯 울어야 경기가 진정되곤 했다. 운동장에 모여 몸풀기를 하면서 서로 떠들고 장난치다가 경기가 삼십 분 넘게 늦춰진 적도 있다. 모두가 소리를 지르고 화내고 짜증만 내다가 돌아간 적도 한두 번이 아니다. 이런 일이 반복되니 "이대로는 못하겠다.", "안 할 래." 하고 말하는 저학년 동생들이 많아졌다. 사실 형들은 동생들과 실력 차이가 나지만 동생들이 없으면 사람이 적어서 축구를 할 수가 없었다.

동생들의 불만에 형들이 응답했다. 서로 조율하고 양보했고, 준비물도 서로 돌아가면서 챙기기로 약속했다. 형들이 동생들을 위해 따로 연습 시간을 마련해서 직접 가르쳐 주기도 했다.

얼마 전만 하더라도 승부욕에 활활 타올라 내 판정을 인정하지 못할 때면 "논두렁은 빠져." 하고 말하던 막무가내 아이들이 이제는 소통도 하고, 책임감도 느끼고, 함께 즐겁게 어울리는 방법을 고민한다. 여전히 자주 싸우고 소리도 지르지만, 갈등이 생기면 모여서 대화를 나눈다. 이기기 위한 축구가 아닌 즐기기 위한 축구를 하는 것 같다. 아이들이 축구를 대하는 태도가 처음과 달라진 게 느껴진다. 대화하고, 함께 조율하고 고쳐 나가면서 아이들이 성장한 것 같다.

아이들의 성장을 지켜보는 시간들이
나를 아이들 곁으로 이끈다.

시간이 지나면 아이들 기억 속에 나는 어떤 교사일까? 재미난 교사? 놀이를 알려 주는 교사? 잘 모르겠다. 아이들이 땀 흘리며 신나게 놀던 이때를 "아, 그때 진짜 재밌게 놀았는데…" 하고 좋은 추억으로 떠올렸으면 좋겠다. 그리고 인생에서 큰 어려움을 마주하는 순간 어린 자신들을 믿어 주었던 든든한 친구로 남아 보란 듯이 장애물을 뛰어넘을 수 있길 바란다.

교사로 일하면서 '아이를 키우는 맛'을 조금씩 알아 가고 있다. 이 '맛'은 다른 무엇과도 바꿀 수 없을 만큼 귀중하다. 이것이 내가 아이들을 계속 만나는 이유다.

우리들의 조금 일그러진 대장

도토리에서는 일주일에 한 번 정도 아이들과 '모둠 회의'를 한다. 모둠 회의는 앞으로 지낼 일주일의 계획을 함께 모여 공유하거나, 때론 사회 문제를 주제로 정해 아이들의 생각을 들어보는 시간이다.

주로 교사가 모둠 회의를 준비하고 진행하는데 종종 아이들이 맡는 날도 있다. 모둠의 규모나 성격과 상관없이 모둠 회의 진행은 교사들에게도 쉬운 일은 아니다. 회의 분위기를 이끄는 게 뜻대로 되지 않기 때문이다. 아이들은 가만히 앉아서 이야기를 듣는 걸 힘들어 하고, 몇몇을 제외하면 자기 의견을 말해야 할 때 몸을 뒤로 빼곤 한다. 아이들이 도토리에서 가장 싫어하는 시간으로 이 '모둠 회의'를 꼽을 정도다.

아이들 대부분이 모둠 회의를 싫어하는 중에, 공평하게 시선을 나누고 의견을 나누자는 의미로 둥글게 앉았지만, 둥글게 모여 앉으면 수다떨기 얼마나 좋으랴. 옆 친구와 깔깔대며 이야기 소리가 모둠 시작도 전에 공간 가득 울려 퍼진다.

이럴 때 교사는 아이들을 집중하게 만들려고 오히려 안 들릴 정도로 소곤거리거나 함께 노래를 부르기도 하고 흥미로운 퀴즈를 내기도 한다. 하지만 아이들은 진행을 하는 노련함이 없으니 들뜬 분위기를 먼저 제압하려고 한다. 그래서 "조용히 해!" 하고 큰소리부터 나오기 마련이다. 다른 아이들의 목소리보다 커야 하니 때로는 목에 핏대를 세워가며 더 크게 말하려 애쓴다. 어떤 날은 말을 듣지 않는 사람에게 노래를 시키겠다고 고압적인 말을 하기도 한다.

하루는 아이들과 함께 전체 모둠을 진행할 모둠장을 정하는 중이었다. 지난번 이 그룹에서 정한 모둠장이 다소 강압적으로 모둠 회의를 이끌었고, 그래서 아이들이 의견을 제대로 전달하지 못해 의기소침했던 게 생각나 이번에는 다른 아이가 모둠장이 되겠구나 싶었다. 하지만 아이들은 이번에도 지난번과 같은 모둠장을 뽑았다. 본인들은 하기 싫고, 목소리가 큰 사람이 했으면 좋겠다고 생각했단다. 다시 모둠을 진행하게 된 아이는 지난번보다 더 강압적이고 거친 말투로 회의를 이끌기 시작했다.

"이번 안건은 나들이 장소랑 준비물 어떻게 할지 결정하는 거야. 의견 있는 사람 말해 봐!"

"나들이는 지난번 갔던 곳 말고 다른 곳이면 좋겠어!"

"다른 곳, 어디? 구체적으로 말해 줘!"

"수영장? 아니면 기차 타자! 비행기 탈까?"

"현실성 있게 말해야지. 무슨 소리하는 거야? 장난치지 말고 말해."

"준비물은 여자애들이 다 가져오는 것으로 하고 빨리 끝내자!"

"야! 뭐래, 남자애들이 다 가져오고 아무 데나 갑시다!"

"의견은 말하지 않고 자꾸 장난칠래!"

회의는 소란스러워지고, 결론은 자꾸 산으로 간다. 모둠장은 화이트보드 위에 펜을 '탁탁' 두드리기도 하고, "아! 정말 못해 먹겠네! 너네 이럴 거야?" 하며 아이들에게 화를 내기도 했다. 아이들은 "왜 화를 내?" 하며 당황해하기도 하고, 모둠장의 시선을 피하기도 했다. 모둠장을 포함한 아이들이 모두 그 상황이 편치 않았다.

모둠장은 아이들이 본인을 다시 선택한 이유가 강한 모습 때문이라고 믿고 있었다. 하지만 시간이 지날수록 모두 불편해졌다. 하지만 나는 아이들이 마주하고 있는 그 불편함이 아이들이 스스로 선택한 결과임을 깨닫기를 바라며 잠깐 기다렸다. 그런 다음 회의를 멈추었다.

"애들아, 잠깐만!"

아이들 스스로 본인들이 선택한 일이 어떻게 진행되고 있는지 알기를 원했다.

"회의를 멈추고 생각해 봐야 할 것 같아. 너희는 지금 이 상황이 어떤 것 같아? 나는 이 모둠 회의가 굉장히 불편한데, 너희는 괜찮아? 모둠장은 앞에서 왜 자꾸 소리치며 화를 낼까? 우리가 혼나려고 모둠 하는 것은 아니잖아. 좀 부드럽게 말해 주면 좋겠어. 너희는 왜 장난치면서 이 시간을 끝내려고만 하고 본인들의 의견을 제대로 전하지 못할까?"

그리고 모둠장에게는 너를 믿기 때문에 모둠장으로 뽑아 준 만큼 모둠원들을 존중해 주면 좋겠다고 덧붙였다.

우리는 왜 강한 리더를 동경하는가? 나의 의견을 말하지 못하더라도, 지겨운 모둠 회의를 쉽게 마무리 지을 사람이면 된다는 생각, 그렇게 끝난 모둠 회의에 큰 의미를 두지 않고 나가서 놀면 그만이라는 생각 때문이 아닐까? 그러니 의견을 나누느라 시간이 걸리는 모둠 회의보다 귀찮은 안건은 알아서 정리해 주는 신속한 모둠 회의를 원했을 것이다. 그래서 아이들이 생각하는 모둠장의 가장 중요한 조건이 카리스마일 수밖에. '누가 좌중을 압도해 회의를 마무리할 것인가? 얼마나 빨리 쓸데없이 떠드는 아이들의 수다를 잠재울 것인가?'가 아이들에게는 중요한 문제였다. 강하고 힘센 사람이 우리를 이끌어 주면 편하리라는 기대감이 아이들에게도 있었다. 하지만 막상 진행자가 강압적으로 거칠게 대하면 본인들도 불편한 것을 깨닫는다.

나는 아이들이 이 불편함을 기억하고 자신의 선택을 책임질 수 있으면 좋겠다.

"그런 태도로 우리를 대하지 말아 줘!", "좀 더 친절하게 말해 줘!" 하고 모둠장에게 건의하고 장난을 멈추고 자기

의견을 잘 전달하는 성숙함을 가지길 바란다. 그리고 모둠장은 강한 모습을 보여야 한다는 부담감 대신 자기를 믿고 뽑아 준 아이들에게 "내 말 좀 들어줄래?" 하고 부탁할 수도 있고, "내 태도가 기분 나빴다면 미안해!" 하고 사과할 수 있으면 좋겠다.

그날 모둠 회의를 마치고 모둠장을 맡았던 아이와 따로 대화를 나누었다.

"모둠 할 때 보니까 화가 많이 났던데, 괜찮아?"

"애들이 모둠장을 시켰으면서 자기들끼리 떠들고, 내 말은 듣지도 않고 무시해서 기분이 나빠 흥분했지."

"그치? 애들이 말을 잘 안 들어주지. 너도 힘들었을 거야. 그런데 모둠 하면서 칠판을 펜으로 두드리며 화내는 걸 보고 깜짝 놀랐어. 옛날 우리 학교에서 무서운 선생님이 꼭 그렇게 칠판을 분필로 꽝꽝 치면서 말했거든. 딱 그 선생님이 생각났어."

"아…. 그건 만화에서 본 건데, 한번 해 본거야. 그렇게 무섭게 할 생각은 아니었어. 애들을 집중시켜야 하니까 행동이 과장됐던 것 같아."

모둠을 이끌려다 보니 다른 아이들보다 강해야 할 것 같아 더 크게 말하고 더 세게 표현한 것이다. 아이들이 그리는 리더란 이런 이미지구나, 싶은 마음에 세상에는 마더 테레사나 간디처럼 평화적인 방법으로도 많은 이들에게 큰 영향을 끼치는 성숙한 모습의 리더가 있다고 말해 주었다.

아이들은 미숙에서 성숙으로 가는 길목에 있다. 우리 역시 이미 어른임에도 불구하고 같은 실수를 반복하지 않는가? 아이들의 미숙함은 당연하다.

아이들이 이런 모둠 활동 경험을 통해 서로를 존중하는 것을 배우는 태도가 우리가 바라는 진정한 리더와 구성원의 자세라는 것을 깨달았으면 좋겠다.

자
두

비밀 백일잔치

"눈물이 났어. 엄마가 같이 있을 것 같았는데 갔거든."

"여러 언니 오빠들이 함께 있어서 재밌었어."

"낯선 장소였고, 모르는 사람들도 많아서 두려웠어."

"좋았지. 언니들이랑 학교 놀이도 같이하고 재밌게 놀았거든."

학교에 처음 입학하고 동시에 터전에 적응해야 하는 아이들은 혼란스럽고 두려울 것이다. 기대감에 들떠 있기도 하지만, 낯선 곳에 적응하기란 쉽지 않다.

2월에 신입 터전 맛보기로 이미 터전을 둘러봤지만, 3월에 다시 온 터전은 여전히 낯설고 처음 같기만 하다.

낯설기는 학교도 마찬가지다. 하굣길에 담임 선생님과 인사하며 학교 밖으로 나오는 아이들은 바짝 긴장한 모습이다. 그렇게 긴장하다가 그나마 익숙한 내 얼굴을 보면 안심한 듯 활짝 웃으며 손을 흔든다. 담임 선생님께 인사 해야 하는 것도 잊고 달려 나오다가 다시 돌아가는 아이들 도 있다.

긴장이 풀린 아이들은 터전으로 향하는 길목에서 오늘 점심 반찬이 맛이 있었네 없었네 하며 까르르, 수업시간에 친구들이랑 무엇을 했네 자랑하며 까르르, 쉬는 시간에 화 장실 가다가 터전 언니와 형을 봤다며 까르르, 쉴 새 없이 재잘거린다.

그렇게 긴장이 풀린 듯했던 아이들은 터전으로 들어가 는 계단에서 또다시 긴장하기 시작한다. 하굣길에 그렇게 재잘거리던 아이들은 어디 가 버리고, 어쩌다 물어볼 말이 있어 이름이라도 부를라치면 바짝 긴장한 몸에 눈이 왕방 울만큼 커진다.

"어? 왜?"

"아니… 그냥 뭣 좀 물어보려고 불렀는데… 놀라지 않아 도 되는데…."

아이의 긴장한 모습에 내가 더 놀라서 말을 더듬는다. 처음엔 그렇다. 왜 안 그렇겠는가. 익숙했던 어린이집 생 활을 뒤로하고 모든 것이 낯선 터전에 왔으니 말이다. 아이들은 새로운 장소의 이름을 기억해야 하고, 새로운 곳의 약속도 알아야 하며, 새로운 놀이도 배워야 한다.

새로운 것투성이인 이곳 1학년 아이들의 긴장감을 풀어 줄 수 있는 건 터전에 먼저 와 있는 형님들뿐이다. 형님들 인내심이 얼마나 강한지 서툰 1학년들을 참 잘 가르쳐 준다. 자신들이 1학년 때 형님들에게 배웠던 것처럼, 배운 대로 행동하는 아이들이다.

1학년들은 하루 이틀이 지나고 백일 정도가 지나면 어느새 터전에 녹아든다. 흥을 이기지 못해 내는 함성과 놀이를 하기 위해 뛰어다니는 소리와 형님들을 쫓아다니는 소리로 터전을 가득 메우면서 말이다.

6월 즈음 터전에선 특별한 이벤트를 준비한다. 모두가 알고 있지만, 서로에게 비밀인 1학년 백일 축하 잔치이다. 예로부터 백일잔치란 아이가 세상에 태어나 백일 동안 잘 자라 준 것을 축하하는 의미에서 여러 음식을 준비해 가족과 친지 그리고 온 마을이 함께 나누었다.

그 좋은 전통을 터전에서 1학년 아이들에게 해 준다. 학교와 터전에 들어와 적응하느라 잔뜩 긴장하고 애쓴 아이들을 응원하고 격려하는 의미이다.

　이때가 되면 2학년 형님들은 분주하다. 1학년 아이들의 개성을 담뿍 담아 개사한 노래를 삼단공원이나 비둘기 산 같은 곳에서 1학년 모르게 숨어 가며 연습해야 하기 때문이다. 한편에선 1학년이 다른 학년 모르게 답가를 열심히 준비한다. 노래에 율동을 맞춰 가며 연습하느라 여념이 없다. 터전의 구조상 열심히 연습하는 1학년들의 노랫소리는 다른 학년들이 안 듣고 싶어도, 모른 척하고 싶어도 들리고 알 수밖에 없다. 하지만 형님들은 모르는 척해 준다.

　다른 학년들도 구경만 하고 있진 않는다. 학년마다 노래나 악기 연주를 준비한다. 고학년들은 사진을 살펴보며 1학년 아이들의 특징을 살린 클레이 작품을 만들고 정성껏 편지를 쓴다. 모두 당연한 듯 열심히 준비한다.

이렇게 모두가 알고 있지만,
서로에게 비밀인 1학년 백일잔치를 위해
터전이 들썩거린다.

　드디어 잔칫날 아침, 교사들은 현수막을 달고 풍선과 여러 장식을 터전 주차장 천장이며 벽 등 여기저기에 붙인다. 조리 선생님은 잔칫상에 오를 잡채와 수박 등을 마련해 주시고 2학년 아마들은 작년 잔칫상을 생각하며 떡과 과일과 주스 등을 준비해 주신다.

잔칫상 준비를 마칠 때쯤 아이들의 등원이 시작된다. 등원한 1학년은 3학년 형님들 손에 이끌려 한껏 꾸밈을 받는다. 얼굴에 그림을 그리고 머리에 왕관도 쓰고 커다란 리본까지 달고 나면 마을 퍼레이드 시간이다. 멋지게 바뀐 1학년이 자신들을 꾸며 준 3학년들과 마을 한 바퀴를 행진하는 것이다. 마을을 돌고 터전에 도착하면 모두가 1학년을 맞이한다.

2학년들의 노래 공연을 시작으로 본격적인 백일 축하 잔치가 시작된다. 4학년들의 공연과 5학년, 6학년들의 편지와 클레이 선물을 받을 즘엔 1학년들의 얼굴은 한껏 상기되어 올라간 입꼬리가 내려갈 줄 모른다. 모두에게 축하를 받은 1학년들의 답가가 이어지고 단체 사진을 끝으로 시끌벅적했던 백일잔치는 마무리된다.

이렇게 마무리하고 나면 1학년들은 마을에서 안전하게 뛰어놀고 다닐 수 있도록 돌봐 주셔서 감사하다는 인사말이 담긴 백일 떡을 가지고 마을 여기저기를 돌아다닌다.

자신들이 나온 어린이집, 마을회관, 간식 나눔 하는 어르신 댁, 마을 어른들 댁 등지를 돌아다니며 인사하고 떡을 나눠 드린다. 마을 어른들은 이런 모습을 낯설어 하지 않고 반갑게 맞아 주고, 이뻐라 해 주신다. 마을에 떡을 돌리고 터전으로 돌아오는 아이들의 발걸음은 가볍기만 하다.

그런 아이들의 마음은 어른들의 사랑으로 벅차고, 입은 간식으로 신나고, 얼굴은 함박웃음으로 가득하다. 터전의 형님들과 마을 어른들의 사랑을 담뿍 받은 1학년들은 오늘을 기억할 것이고 내년의 도토리 동생들에게 흐뭇한 내리사랑을 할 것이다.

도토리 마을 방과후
1학년 터전 적응 프로그램

● 신입생 터전 맛보기 (겨울)

준비물 1학년 형님들의 편지, 선물, 이름표

2월에 있는 신입생 터전 맛보기는 3월 등원을 앞둔 예비 1학년 아이들에게 미리 터전 공간을 소개하고 얼굴을 익히는 시간이다. 서로 다른 어린이집에서 온 아이들이 새로운 터전에 적응할 수 있도록 자기소개도 하고 놀이를 하면서 터전 공간의 이름도 익히고 친구들과 어울리는 시간을 갖는다. 3월부터 다니게 될 초등학교도 미리 다녀오면서 학교와 마을을 눈에 담는다. 그리고 이제 2학년이 되는 아이들이 동생들을 위해 편지와 선물을 준비한다.

● 입학식 및 새학년 축하잔치 (봄)

준비물 플래카드, 도화지, 사인펜, 색연필, 매직

3월에 있는 새학년 축하잔치는 1학년의 등원을 축하하고, 다른 아이들이 새 학년이 되는 것을 축하하는 날이다. 이날은 서로가 축하해 주고 한 해를 어떻게 지낼지 학년끼리 다짐을 해 본다. 아이들은 한 해 다짐과 일 년 동안 지킬 약속을 도화지에 적고, 학년별로 자신의 다짐을 발표하는 시간을 가진다.

● **하교 지도 (봄)**

3, 4월에 진행하는 하교 지도는 1학년 아이들이 학교를 마치고 스스로 터전에 등원할 수 있도록 돕는 과정이다. 3월엔 학교 뒷문에 있는 도토리 정거장이라고 부르는 나무 의자에서 만나 안전 수칙들을 되새기며 함께 터전으로 온다. 이렇게 한 달이 지나고 4월이 되면 단계별 하교 지도를 한다. 학교 뒷문에서 터전까지 오는 길을 단계별로 나누어 아이들이 반별로 올 수 있도록 하고, 5월부터는 스스로 터전까지 올 수 있도록 한다.

● **긴장 풀이 나들이 (봄, 초여름)**

　준비물 돗자리, 물통, 구급 약품

학기 초라는 긴장감, 몸과 마음이 지쳐 있는 월요일, 이런 날 아이들은 하교 후 터전이 아닌 동네 산으로 등원한다. 수업 시간 내내 쌓은 긴장을 털어 내는 나들이다.

● **손끝 놀이 (봄, 초여름)**

　준비물 점토, 클레이, 인형 만들기(천, 바늘, 실), 콩주머니 만들기(콩, 천, 바늘, 실) 등

점토와 천으로 다양한 인형이나 콩주머니를 만들면서 노는 놀이다. 1학년

아이들에게는 숨을 고르고 집중하며 천천히 무언가를 완성하는 방법을 알게 해 준다. 소근육 발달에도 도움이 된다.

● 백일잔치 (초여름)

준비물 학년별 공연 및 선물 준비, 플래카드, 잔치 음식, 백일 떡

6월이 되면 낯선 환경에 적응하느라 애쓴 1학년 아이들을 위해 터전에서 백일잔치를 한다. 다른 학년들은 노래를 준비하거나 선물도 만들고, 편지도 쓰며, 마을 퍼레이드를 위한 장식도 준비한다. 1학년 아이들도 답례로 춤과 노래 공연을 준비한다. 백일잔치는 터전의 잔치로 끝나지 않는다. 부모님들은 아이들의 적응과 성장을 축하하며 응원 편지를 전하고, 다른 학년의 부모님들 또한 잔치 음식을 준비하면서 100일 동안 마음 졸였을 1학년 부모님들에게 축하와 응원의 말을 전한다. 또 교사들은 1학년 아이들과 함께 안전하게 다닐 수 있게 도와주신 마을 분들에게 떡을 돌리며 감사의 인사를 전한다.

어른 노릇을
한다는 것

황희 정승이면
좀 나으려나?

어느 날 황희 정승 집에서 일하는 여종 둘이 손님 맞을 준비를 하다가 말다툼이 일어났다. 한참 동안 옥신각신 싸웠지만 결론이 나지 않았다. 그러다 여종 둘은 마침내 황희 정승에게 달려갔다. 먼저 한 여종이 나서서 말했다.

"대감마님, 손님이 오시면 배가 고플 테니 음식부터 차리는 게 옳지요?"

황희 정승이 대답했다.

"오냐, 네 말이 옳다!"

그러자 다른 여종이 머리를 조아리며 말했다.

"대감마님, 손님을 맞는데 집 안이 어지러우면 예의가 아닌 줄 압니다. 집 안을 청소하며 손님을 기분 좋게 하는 게 우선이 아닙니까?"

이 말을 들은 황희 정승은 또 고개를 끄덕이며 옳다고 했다. 이때 옆에서 그 광경을 지켜보던 부인이 따지듯이 물었다.

"아니, 세상에 그런 대답이 어디 있습니까? 무슨 일이든 한쪽이 옳으면 다른 쪽이 그른 법인데, 이 말도 옳다 하고 저 말도 옳다고 하면 대체 어느 쪽이 옳다는 말입니까?"

그러자 황희 정승이 너털웃음을 터트리며 대답했다.

"허허, 듣고 보니 부인 말도 옳소!"

조선 시대 명재상 황희의 일화이다. 사람들의 존경을 받는 황희 정승도 시시비비를 가릴 땐 참 난처했구나 싶은 마음이 드는 이야기이다. 명재상이라는 황희 정승도 그러한데 하물며 범인 凡人인 나는 오죽하랴.

아이들과 있다 보면 거짓말 조금 보태 하루에도 열두 번씩 싸움을 말리거나 중재하게 된다. 명명백백한 잘못을 저지른 상황이 아닌 다음에야 말다툼은 곧 감정싸움으로 번지게 되고 결국엔 교사가 중재에 나서야만 일단락된다.

아이들은 저마다 말과 행동의 이유가
분명히 존재한다.

하지만 서로 상황을 받아들이는 무게가 전혀 다르다 보니 처음엔 누구 하나 물러서지 않을 것처럼 자기 이야기만 반복한다. 그럴 때 교사는 잠깐 시간을 가지고 아이들의 이야기를 듣는다. 그러다 보면 억울하거나 분한 마음은 곧 풀리고 언제 그랬냐는 듯이 평소처럼 하하호호 지내게 된다.

하지만 똑같은 상황이라도 막 사춘기를 시작한 아이들이라면 이야기가 달라진다. 자기 생각을 설명하는 데 어려움이 없는 나이라 교사의 중재 없이 풀어 나가는 경우도 많지만, 감정이 틀어지거나 자존심에 상처가 생기면 생각지도 못한 곳에서 막혀 버리게 된다.

아이마다 표현 방법이 달라 섣불리 교사가 끼어들어 '네가 잘못했어.'라고 말하면 아이의 마음을 닫게 하거나 공정하지 못한 교사가 되니 아이들과의 관계가 어려워질 수 있다.

가뜩이나 나는 엄하게 혼내는 편이라 나의 말 한마디에 서운한 아이가 생기기도 한다. 나름 감정을 다스리지만 나도 사람인지라 시시비비를 가리다 보면 욱하는 마음도 들

고 그때 조금 참을 걸 하고 후회도 하면서 마음이 불편해
진다.

　나의 이런 부족함 때문에 고학년들과 이야기할 때면 담
담히 풀어 나가려고 애쓴다. 서로 어떤 방향으로 이야기하
는 게 좋을까? 내가 일을 해결하는 데 얼마만큼 도움을 주
는 게 좋겠니?' 하며 다가가고 싶지만 마음만큼 쉽지 않다.

　아이들 대부분이 집으로 돌아간 어느 날 저녁, 관우에게
전화가 왔다. 집으로 돌아가는 길에 지수와 다툼이 있었는
데 굉장히 불쾌했다며 상당히 격앙된 목소리였다. 게다가
지수와는 더 이상 이야기하고 싶지 않다고 선을 그었다.
우선 감정이 올라온 관우를 달래며 숨기지 않고 이야기해
줘서 고맙다고 말하고 이 상황을 지수에게 전해도 괜찮겠
냐고 물었다. 관우는 그렇게 해 달라고 말하고 전화를 끊
었다.

　이젠 지수와 이야기할 차례다. 교사가 장난으로라도 누
군가를 따로 불러내면 무슨 일인지 궁금해하는 열댓 명의
눈을 피해 조용하고 신속하게, 그리고 무겁지 않게 이야기
를 해야 한다. 그러기만 하면 된다. 하지만 과연 그럴 수 있

을까?

북적이는 하원 시간에 무심한 듯 가볍고 명랑하게 지수에게 "잠깐만!" 하고 이야기를 시작했다. 우선 관우가 전화로 한 이야기를 전하며 무슨 일이 있었는지 물어보았다. 지수는 별일 없었다고 했다.

평소 장난을 주고받는 사이다 보니 받아들이는 무게가 서로 달랐던 모양이다. 관우의 감정에 대해 이야기하고 그럴 만한 일이 있었는지 물어보니 이러저러한 일이 있었다고 말해 준다. 하지만 모두 장난이었다고 한다. 그냥 장난인데 왜 자기한테 그러냐고 울컥 감정을 드러낸다.

최대한 천천히, 목소리를 낮춰 대화를 이어가 본다. 내가 조금이라도 큰 소리를 내면 지수가 더 울컥할 것 같았다. 같은 행동이라도 상황이나 사람에 따라 잘못이 되기도 한다고 말했다. 그럼 학교 친구들도 다 잘못한 거냐고 눈물이 그렁그렁한 채 억울해한다. 맨날 툴툴거리던 녀석이 눈물을 흘리니 가뜩이나 쿵쾅거리는 내 마음이 더 어쩔 줄을 모른다.

잠시 등을 토닥거려 주다가 "이제 알았으니 안 하면 되는 거야. 하고 싶을 땐 상대방의 허락을 받자. 모르고 실수

하는 친구들에게도 이젠 네가 말해 주면 되겠다." 하니 고
개를 끄덕거린다.

"에구, 왜 울어? 콧물 나오잖아. 너 그러다 손에 코 묻는
다."라고 슬쩍 농담을 하니 '픽' 하고 웃으며 고개를 든다.
다행이다. 속상한 친구에게 사과할 수 있겠냐고 하니 "자
신이 없는데…"라며 말꼬리를 흐린다.

우선 내가 대신 이야기를 전하기로 하고 관우가 이야기
하길 원하면 함께 보기로 했다. 지수가 말간 얼굴을 하고
돌아가고 나서야 나도 큰 숨을 내쉬며 부담을 털어 냈다.

다음 날, 관우에게 어제 지수와 나누었던 이야기를 전
하고 어떻게 하면 좋겠냐고 의견을 물었다. 지수가 자신이
잘못한 행동을 깨달았고, 네가 속상한 것도 알아서 미안해
하는데 직접 사과할 용기가 안 나는 것 같다고 하니 '알겠
어. 괜찮아.' 한마디 하고 놀아야 한다며 밖으로 뛰어 나갔
다. 다행인 건가?

이제 내가 할 일은 이 두 녀석이 마음을 풀고 다시 예전
의 사이로 돌아가는지 지켜보는 것이다. 간식 시간도, 자
유 놀이 시간도 좀 어색한 듯하더니 함께 모인 회의 시간
에 논쟁이 생겼는데 관우가 슬쩍 지수 편을 든다. 평소대

로라면 서로 지적하느라 정신이 하나도 없었을 텐데. 지수
도 짐짓 모른체 한다.

그렇게 서로의 미안한 마음과 괜찮은 마음을 확인한 아
이들은 어느새 예전의 툭탁거리는 사이로 돌아갔다. 어
쨌든 둘 중 누구도 크게 마음 상하지 않고 해결돼 참 다행
이다.

**말이란 건 하는 사람이나 전하는 사람이나
참 마음이 많이 쓰이는 일이다.**

아이들과 이야기할 때라고 다르지 않다. 아이들 역시 자
신의 생각을 진심으로 말하고 싶어 하고, 자신들의 진지한
고민을 진심으로 대해 주길 바란다.

아이들이 그렇게 이야기해 줄 때 나는 기쁘다. 그럴 때
마다 최선을 다해 아이들이 털어 내는 말 속에서 미처 표
현하지 못한 마음들을 찾아내 전해 주고 싶다. 구태의연한
어른의 대답은 하고 싶지 않다.

나는 마흔이 넘어서도 혹시 실수라도 하지 않을까, 내

말을 오해하지는 않을까, '역시 어른들은…' 하고 생각하진 않을까 하는 마음에 전전긍긍하고 있다.

과연 모두의 마음에 딱 들어맞는 말을 하며 살 수 있는 날이 오기는 하려나?

오
솔
길

의미 있는 어른에 대해

사람들이 모이는 곳에는 늘 갈등이 있기 마련이다. 여러 아이가 함께 지내는 방과후도 마찬가지이다. 아이들은 어울려 놀다가도 금세 토라지기도 하고 때론 마음이나 몸의 상처를 주고받으며 싸운다. 사소한 감정적 부딪힘이나 약간의 갈등은 아이들이 스스로 풀 수 있게 하지만, 수위를 넘었다고 생각하면 개입한다. 상대에 대한 도를 넘은 모욕이나 자신의 분을 참지 못하고 약한 상대방에게 힘을 쓸 때는 엄하게 대한다.

교사는 친구처럼 지내려 애쓰지만,
아이들의 잘못된 행동 앞에서는
온전한 어른의 모습으로
아이를 대해야 한다.

아이들은 올바른 것과 그릇된 것을 분별하는 데 미숙하며 그것을 알려 주는 것이 어른의 역할이기 때문이다.

간혹 갈등에 직면한 아이들이 서로 다른 주장을 할 때가 있다. 함께 둘러앉아 서로의 이야기를 들어 볼 때면 두 아이 모두 '이게 무슨 소리야?' 하는 표정을 짓는다. 모두 본인은 먼저 잘못된 행동을 하지 않았는데, 상대방이 거짓말을 하는 것이라 말한다.

"와, 인성 보소. 내가 언제 그랬냐?"

"네가 먼저 나한테 그랬잖아! 내가 그래서 너랑 똑같이 한 거고."

"언제? 너 오솔길 있다고 거짓말하냐?"

두 아이의 이야기는 평행선을 달린다. 모든 일의 시작은 '너 때문'이며 네가 먼저 때렸기에 나도 똑같이 한 것뿐이라는 결론이다.

이럴 땐 침착해야 한다. 진실을 찾으려 한다면 누군가는 거짓말쟁이가 되니 말이다. 이 상황이 벌어진 이유를 천천히 더듬어 보며, 미처 알아채지 못했지만, 상대방이나 내가 기분 나빴던 말이나 상황이 있는지 가늠하게 한다. 그 순간을 기억해서 풀어내야 서로의 억울함을 이해할 수 있다. 그렇게 해야 상대방의 말과 행동을 받아들일 수 있다.

그렇지만, 두 아이의 말을 모두 들어 보고 중재한다고 해서, 잘못된 행동을 무겁게 대한다고 해서 문제가 쉽게 해결되지 않는다. 교사의 개입으로 잘잘못을 따진다 해도 아이들 스스로 잘못을 돌아보거나 반성하기까지는 시간이 필요하다. 더 나아가 아프거나 불편했을 상대방에 대한 이해로 이어지지도 않는다.

"이게 다 성민이 때문에 혼나는 거야."

"오솔길은 잘 알지도 못하면서 다른 사람 편만 들어."

아이는 억울해하며 사태의 모든 원인은 상대에게 있으며, 꾸짖는 나는 그저 운 나쁘게 상황을 목격하거나 끼어든 어른으로 받아들이기도 한다. 나는 객관적으로 판단한다 생각하지만, 아이들 입장에서는 한쪽으로 치우친 어른인 것이다. 그럴 때마다 '내가 올바로 개입한 걸까? 과연 내가 잘하고 있는 것일까?' 하는 고민이 커진다. 또한 그런 마음이 들 때면 너를 꾸짖는 지금의 상황은 너를 비난하는 게 아니라 너의 잘못된 행동 또는 말에 대해 지적하는 거라고 강조한다. 나와 아이에게 모두.

　김현수 작가의 《요즘 아이들 마음고생의 비밀》해냄, 2019 에서 작가는 아이들이 의미 있는 타인을 만나는 활동과 세계가 연결되는 활동이 현저히 줄어들고 있고, 여행, 독서, 만남도 줄어든 세상에서 셀피selfie, 셀프 사진로 가득한 자기 사진첩만 계속 들여다보고 있다고 말한다.

　어른이라곤 부모와 학교 선생님, 학원 선생님뿐이라 본인과 비슷한 친구, 그리고 그 친구의 친구들로 이루어진 또래 집단 속 아이들은 어쩌면 타인이라는 개념을 모른 채 자신의 복제판이 가득한 집단에 가두어진 것이라는 말이 와 닿았다. 의미 있는 타인이 없으면 발견도 없고 사랑도 없고 행복도 없다며, 의미 있는 타자가 없는 삶은 죽은 삶과 마찬가지라 하루하루 살아 내는 게 고역일 수밖에 없다고 했다.

　아이들이 만나야 하는 의미 있는 타인이란 무엇일까? 한 아이를 키우려면 한 마을이 필요하다는 말처럼, 의미 있는 타인은 아이들이 자라는 곳의 주변 사람들이다. 그래서 더더욱 이 땅의 어른들이 아이들에게 의미 있는 타인이 되어야 한다.

　집에서 아이를 키우는 부모로, 마을에서 아이들과 지내

는 교사로, 더 나아가서는 우리 사회에서 아이들을 보호해야 하는 어른으로서 내가 해야 하는 역할은 의미 있는 타인으로 사는 것이 아닐까. 아이들의 잘못을 꾸짖는 나의 말은 시간이 걸릴지라도 아이들을 변화로 이끌 거라는 믿음이 있다.

얼마 전 받았던 아이의 편지에서 답을 찾아본다.

"오솔길에게. 우리가 싸울 때 언제든지 달려와 아주 만족스러운 판결을 내려 줘서 고마워."

아이가 만족한 것은 나의 '판결'이 아니라,
아이들에게 '달려와'가 아닐까.

아이들의 잘못을 변화시킬 수 있는 것은 우리의 판결이 아니라, 지나치지 않고 달려오는 의미 있는 사람의 관심 어린 훈육이라고 말하고 싶다.

같이 더불어 함께

도토리에 신입 교사가 오면 가장 먼저 마을 탐방을 한다. 오잉? 터전 소개가 아니라 마을 탐방이 웬 말인가? 궁금하고 어색하기도 할 것이다.

나 또한 입사 첫날 "마을 탐방시켜 줄게요. 나갈 준비해요."라는 말을 듣고 신기했다. 아직 도토리도 전혀 모르는 상황에서 마을 사람들과 인사를 나누고 마을의 지리를 파악한다는 게 낯설었다.

방과후 이름에 굳이 마을을 넣었던 이유와 마찬가지로 서로 도움을 주고받으면서 함께 아이를 키우는 것이 무엇보다 중요하기에 마을을 가장 먼저 소개하는 것이 아닐까.

마을을 소개하지 않고는 터전을 설명할 수 없다. 마을에서 일하려면 개인 중심 사고를 해체하는 과정이 필요하다. 즉, 공동체 중심의 사고로 전환해야 한다. 공동체 중심의 사고는 상생을 중요하게 여기며, 늘 함께 있다는 걸 인지해야 한다. 때로는 피곤하고 귀찮다고 느낄 수 있지만, 이런 생각들이 보이지 않는 손길이 되어 우리 마을 안에서 서로 도움을 주고받는다. 나아가 아이들이 더 행복하게 자라도록 돕는다.

'마을'이 주는 가치는 우리 부모 세대에는 익숙하고 중요한 가치였지만 이제는 생소한 가치가 되었다. 하지만 아이는 마을에서 서로 돌보며 함께 키워야 한다는 가치는 여전히 소중하다. 아이는 그렇게 자라야 한다.

> 마을의 존재는
> 고립되는 위험을 방지하고
> 숨통을 열어 준다.

'마을'은 '도토리 마을 방과후'의 근간이 되는 가치이다. 성미산 마을 안에서 더불어 서로 도움을 주고 살아가는 마을의 가치는 곳곳에서 드러난다.

첫 번째는 '마포 희망나눔'이라는 어르신 간식 나눔이다. 일주일에 한 번씩 정성껏 쓴 편지와 어르신들이 좋아하는

간식을 전달한다. 동네 구석구석을 다니며 어르신들 건강
도 살피고 따뜻한 마음도 전하는 것 같아 아이들도 그 시
간을 즐거워 한다.

코로나 전에는 한 달에 한 번씩 '청춘 살롱'을 열어 마을
어르신들을 위해 아이들이 직접 간단한 게임과 공연을 준
비해 선보이기도 했다. 코로나로 청춘 살롱을 이어가기 어
려워지자 간식 나눔을 더 부지런히 하게 되었다.

간식 나눔에 참여하는 아이들 생각은 모두 달랐다. 놀이
시간을 빼앗는 것 같아 언짢아하며 따라가는 친구도 있고,
나들이처럼 가뿐한 마음으로 가는 친구도 있다. 마을 안에
서 함께 자라고 산다는 게 뭔지 잘 모르고, 누군가를 돕고
나눈다는 게 아이들에게는 충분히 낯설 수 있다.

가는 길에 아이들에게 "어떤 마음으로 전달하는 거야?",
"여기 할아버님 성함은 ○○○이야.", "나눔을 하니 기분
이 어때?"와 같은 질문을 던진다. 아이들은 "나눔은 기뻐.",
"맛있게 간식을 드셨으면 좋겠어." 하고 모범 답안 같은 말
을 하지만, 나눔을 통해 아이들의 마음속에 크고 작은 울
림이 퍼지길 바란다.

  나눔을 하러 가면 "왜? 이런 집에 살아?", "냄새나!" 하고 철부지처럼 말하는 아이들도 있었다. 아이들은 형편과 처지가 사람마다 다를 수 있다는 걸 잘 몰랐다. 하지만 꾸준히 나눔을 다니면서 어르신들을 바라보는 시선이 달라져 갔다.

  일방적으로 주는 게 아니라 나누는 것이고, 어르신들의 지나온 시간 덕분에 우리가 지금 이렇게 행복하게 살 수 있다는 것을 하나씩 배워 갔다.

  나만 잘 먹고 잘 사는 게 중요한 개인 중심 사고에서 벗어나 공동체 중심 사고가 아이들에게 자연스럽게 스며들고 있었다. 간식 나눔 시간을 기다리며, 자발적으로 참여하는 아이들의 수가 늘어날 때 교사들도 아이들도 모두 뿌듯하고 행복하다. 아이들은 마을 안에서 잘 자라고 있었다.

  두 번째는 마을 단체들끼리의 연대다. 성격은 다르지만 토끼똥 방과후, 개똥이네 방과후, 또보자 학교와 정기적으로 만나서 회의를 한다.

  우리 일정도 빠듯한데 왜 같이 모여서 이야기를 나눌까? 그것은 고민을 나누며 같이 잘 살고자 함이다. 그래서 입학설명회를 마을 극장에 다 같이 모여 하기도 하고, 정기적으로 마당놀이를 하기도 했다.

입학설명회를 같이 하면 신입 학부모들은 단체별 특징과 장단점을 파악할 수 있고, 마당놀이를 통해 터전에서 주로 하는 놀이를 공유할 수 있다.

서로 견제하고 질투하는 대상이 아닌 서로 잘되기를 응원하고 기운을 북돋아 주는 그런 사이다. 물어보고 싶은 질문이 있으면 언제든지 물어봐도 환대해 주는 그런 관계가 성미산 마을에는 존재한다.

세 번째는 모든 단체가 모이는 마을 축제와 마을 운동회이다. 주관 단체가 매년 달라지지만, 우리만의 큰 행사이다.

상반기에는 길거리 페스티벌을 시작으로 장터도 하고 각종 공연과 풍성한 먹거리가 있는 마을 축제, 단체 티를 입고 어울려 노는 체육 대회도 한다. 마을에 있는 사람들이 다 같이 모여 어울려 노는 놀이의 장이 많다. 이런 모임을 통해 관계가 더 끈끈해진다.

이 밖에도 마을 식당, 마을 술집, 두레생협, 마을 카페, 마을 책방이 있다. 우리의 소비도 마을이 이바지하는 방향으로 움직인다.

　이웃이 사라져 가는 요즘 마을 공동체의 가치를 실현하고 있는 성미산 마을에 살고 있다는 건 진짜 복 받은 일인 셈이다.

　돈의 가치가 가장 중요하다고 외치는 이 시대에 돈으로 살 수 없는 사랑의 가치와 연대의 기쁨을 이렇게 오롯이 느낄 수 있는 곳이 또 어디 있을까.

　육아와 고된 노동으로 지친 사람들은 위로를 나눌 동료가 필요했고 그 지점에 공동체가 있다. 마을 밖 사람들은 색안경을 끼고 보기도 하겠지만, 공동체의 가치를 지키기 위해 돈도 안 되는 일을 웃음으로 승화하며 치열하게 살아가고 있는 마을 사람들에게 박수를 보낸다.

　배제와 차별이 일상인 세상에서 반갑게 환대하는 이웃이 있다는 건 큰 힘이 된다.

반말이 던지는 질문

사람들은 살면서 여러 형태의 말을 사용한다. 회사에서 쓰는 말과 집에서 쓰는 말이 다르다. 친구 사이라고 해도 친한 친구와 이름만 친구일 때 쓰는 말이 다르다. 저마다의 거리를 이런 여러 형태의 말들로 구분 지으며 살아가고 있다.

나와 상대방이 생각하는 거리가 다르면 서로 쓰는 말의 형태가 달라지고 그로 인해 불편해질 수도 있다. 말은 이렇게 나와 다른 사람의 관계와 거리를 나타낸다.

사람들은 처음 만나면 보통 존댓말을 쓴다. 일정 거리를 두고 서로 알아 가기 위함도 있지만, 그것이 우리가 알고 있는 예의이기 때문이다. 물론 소통은 제한적일 수밖에 없다. 어느 자리든 저 사람이 나보다 나이가 많은지, 지위가 높은지 낮은지를 습관적으로 가리기 때문이다.

저마다의 위치가 정해지면 말의 형태는 그에 따라 달라진다. 말 그대로 위계질서가 정해지는 것이다. 사실 수직적인 관계에 익숙한 나는 처음 만나는 자리에서 상대를 높이는 일이 편하다. 이미 존댓말을 쓰는 문화에 길들여진 탓이다. 이런 나에게 조금씩 변화가 생기기 시작했다. 반말을 쓰는 도토리에 온 다음부터다.

내가 있는 터전, 도토리에서는 아이와 어른이 서로 반말을 쓴다. 어른들끼리는 별명을 부르는 것으로 반말을 대신한다. 처음에는 단순하게 가족 같은 공동체를 만들기 위해 반말을 쓴다고 생각했다.

이것이 서로를 존중하는 의미를 담고 있다는 걸 알기까지는 시간이 좀 걸렸다.

해마다 신입생들이 터전에 들어오면 많은 이야기를 나눈다. 학교는 어떤지, 터전에서 어려운 점은 없는지 등. 이렇게 이야기를 나눌 때 빼놓지 않고 꼭 하는 질문이 하나 있다.

반말, 아이들이 반말에 대해 어떻게 생각하는지 궁금했다. 내가 처음 느꼈던 어색함을 아이들도 느꼈는지, 반말을 왜 쓰는지, 어떤 점이 좋고 어떤 점이 불편한지 등 이런 반말 사용에 대해 혹시 궁금한 것은 없는지를 꼭 물었다. 내가 아직 반말에 익숙하지 않은 탓에 아이들의 생각이 더 궁금했고, 반말의 의미를 제대로 알아보고 싶은 개인적인 바람이 담긴 질문이었다.

아이들 대답은 비슷하다. 다른 애들이 쓰니까 그냥 쓰는 거고, 지금까지 그렇게 해 왔으니 아무 불편이 없단다. 오히려 아이들에게는 나의 이 뜬금없는 질문이 불편했던 것 같다. 아이들에게 익숙했던 반말이 혼란스러움으로 바뀌는 순간이었다. 모든 어른에게 똑같이 반말을 쓸 수 없다는 사실을 처음 알게 된 아이도 있었다.

편하게 쓰던 반말이 사람에 따라 가려서 해야 하는 말의 한 형태로 바뀌게 된 것이다. 이 시점이 지나면 아이는 스스로 사람들과의 거리를 생각하고 말을 가려서 할 것이다. 나처럼.

그러나 수평적인 문화를 경험해 본 아이들은 그 거리를

생각할 때 나와는 다를 것이다. 반말 혹은 존댓말에 대한 의문을 가질 것이고, 지향해야 할지, 지양해야 할지 고민할 것이다. 그리고 선택할 것이다.

서로 별명을 부르는 어떤 회사 설립자의 글을 읽은 적이 있다. 초창기 반말을 쓰자는 제안을 했으나 거절당해, 별명을 부르는 것으로 만족했다고 한다. 그러나 별명을 부르는 것만으로는 수평적인 문화를 온전히 실현하지 못했고 소통이 획기적으로 활발해지지 못했다고 한다.

다만, 제한적인 소통에서 한 걸음 나아갈 수 있었던 것 같다고 했다. 이제 별명 부르기는 그 회사의 하나의 문화로 자리 잡았다. 그가 궁극적으로 이루고자 했던 것은 무엇이었을까?

그것이 지금 터전에서 반말을 쓰는 의미와 같지 않을까. 서로 존중하고 배려하는 수평적인 문화 속에서 모두가 동등한 한 사람으로서 함께 소통하길 바라는 마음이었을 것 같다.

이런 생각을 하는 사람이 하나둘 늘어 수평적인 문화가 자리를 잡는다면, 훗날 도토리 아이들에게 이런 혼란스러운 순간이 다가오지 않을 것이다.

　혹시 아는가. 그 문화를 이끌어 갈 이들이 우리 도토리 아이들일지. 나는 이런 상상이 꿈이 아니라 현실이 될 수 있을 것이라 믿는다. 이젠 반말이 서로를 높이거나 낮추는 말이 아니라 제한적인 소통을 풀어 주는 수단으로, 문화로 자리 잡았으면 한다. 물론 고민해야 할 부분도 많고 걱정스러운 시선도 많겠지만, 하나의 과정으로 받아들이면 어떨지.

　경계하는 눈빛으로 서로의 거리를 제단하는 것이 아니라 애정 어린 눈빛으로 서로를 바라볼 수 있도록 말이다.

이름을 부른다는 의미,
그리고 우리의 고군분투

쥘 베른의 소설 《15소년 표류기》 속 아이들이 바다를 표류하다 무인도에 정박한다. 이 섬이 지도상 어디에 있는지도 모르고 그곳의 정확한 명칭도 알지 못한다. 아이들은 배에서 내려 섬을 탐색하며 섬의 곳곳에 이름을 지어 준다.

체어먼 기숙 학교에 다녔던 아이들은 섬의 이름을 학교 이름을 본떠 '체어먼 섬'이라고 부른다. 그동안 함께 공부하고 생활한 학교를 추억하며, 언제까지일지 모를 기약 없는 섬 생활의 두려움을 익숙한 학교 이름으로 다독인 것이다.

이 이름 짓기는 낯선 곳을 익숙한 곳으로 바꾸는 마법의 주문 같았다. 아이들은 스스로에게 '우리끼리 지내게 된 위급한 상황이라도 겁낼 것 없어. 괜찮아…, 이곳은 우리가 함께 지낸 학교와 다름없어. 우리는 여전히 함께니까!' 마치 이런 말을 하는 것 같았다. 이처럼 어떤 것의 이름을 지어 부른다는 것은 나와 연결되는 관계 맺기의 첫 단계가 아닐까?

> 낯선 것을 익숙한 이름으로 부르는 것은
> 혼란에 빠진 아이들에게
> 좋은 안정제가 되었다.

2019년 봄날, 도토리 아이들과 '한 달 스스로 계획해 살림을 꾸리며 살아보기' 프로젝트를 시작하게 되었다. 이 프로젝트는 여러 학년이 섞인 열다섯 명 정도의 아이들이 새롭게 마련된 별도의 공간에서 마치 쥘 베른의 소설 속 주인공들처럼, 생활을 계획해 한 달 동안 살아 보는 교육 활동이다.

먼저 아이들과 함께 새로운 공간 이름을 지어 보았다. 아이들이 새로운 공간과의 첫 관계 맺음을 잘했으면 좋겠다는 바람이었다.

새 터전의 이름 공모를 시작하자 아이들의 바람이나 원

하는 지향을 담은 다양한 이름들이 공모전에 올라왔다. 축구를 좋아하는 남자아이들은 '축구의 시대'로, 방과후 이름과 비슷하게 '도토리 나라', '도토리 섬'도 나왔다. 무엇이든 해 보고 싶었던지 '모험의 나라', 삐삐 롱스타킹처럼 비 오는 날 신나게 흙탕물을 튀기며 걷고 싶은지 '질퍽질퍽 진흙탕'이라는 이름도 있었다. 썰물 때 모습이 드러난다는 우리나라 신비의 섬인 '이어도'와 홍길동전에 나오는 만민이 평등한 '율도국'도 거론되었다.

그즈음 한 텔레비전 프로그램에서 뉴질랜드 인근 채텀 제도에 있는 어느 섬으로 정글 탐험을 떠나는 걸 보게 되었다. 프로그램 콘셉트는 출연진들이 섬을 탐험하며 원시 생활에 가깝게 지내는 것이었는데, 우리 아이들이 새 터전에서 지내는 한 달 살이 프로젝트와 비슷하다는 생각이 들었다.

한 달 살이 프로젝트는 교사의 계획과 지시로 진행되는 기존의 교육 활동과 생활을 벗어나 보는 시도로 아이들의 자율성과 주도성이 무엇보다 필요하다. 그런 점에서 채텀 섬 탐험과 그들의 자급자족하는 모습이 한 달 살이를 하게 될 우리 아이들과 닮아 보였다.

그렇게 채텀이 터전 이름 후보에 올랐고 투표 결과 대다수가 채텀을 지지하여 '채텀'은 새롭게 지낼 공간의 이름이 되었다.

아이들도 나름대로 《15소년 표류기》의 소년들이 지낸 체어먼 섬과 방송에서 보았던 채텀 섬의 모습을 떠올렸을지 모른다. 어쩌면 소설과 방송에서 보던 주인공들의 탐험과 도전 과정을 자신의 모습으로 바꿔서 상상하며 그려 보았을지도.

아이들의 채텀 생활이 이제 얼마 남지 않았다. 15소년들이 체어먼 섬에서 다양한 시도를 통해 자신들의 일상을 살아낸 것처럼, 새롭게 이름 지어진 채텀 섬에서 우리 마을 방과후 아이들이 부디 실패 가득한 다양한 시도와 주도적인 활동을 고민하기를 바란다.

그리고 무엇보다 아이들의 역할 못지않게 채텀살이를 지원하기 위한 교사들의 역할과 아이들을 지켜보는 부모들의 마음가짐도 중요하다. 채텀에서 함께 지내는 교사는 15소년들의 생활을 든든히 지켜 준 선원 '모코'와 위험을 미리 감지하던 고든의 개 '판'의 역할을 해야 할지 모른다. 왜냐하면 교사에게는 아이들에게 무언가를 지시하고 알려 주기보다, 그들이 지켜야 할 기본생활 방법과 공동의 가치관을 깨우치게 도와주면서 기다리고 지켜보아야 하기 때문이다.

헤일리 롱의 사춘기 지침서 《소녀가 된다는 것》봄나무, 2016에 믿음으로 지켜보는 일이 어떤 것인지 공감되는 이야기가 있었다.

어느 날 고치를 발견한 소녀가 고치 안에서 꿈틀대는 작은 애벌레가 무척이나 힘겨워 보였는지, 고치 안에서 나오려고 발버둥 치는 애벌레를 도와주려고 가위로 고치에 작은 구멍을 내 주었고, 결국 그 구멍이 되레 애벌레를 죽게 했다.

소녀는 애벌레가 고치 안에서 발버둥 치는 고군분투의 과정을 겪어야만 비로소 나비가 될 수 있다는 것을 알지 못했던 것이다.

올해 우리 도토리 아이들은 새로운 이름으로 연결된 채 텀 생활을 통해 고치 안에서 나비가 되려고 꿈틀대며 힘겨워하던 애벌레처럼 고군분투하는 일상을 꾸려 나갈지도 모른다. 그리고 어쩌면 나는 그런 아이들을 지켜보며 고치 안에서 나비를 꺼내고 싶어하던 소녀와 같은 조급한 마음을 꾹 눌러야 할지도 모른다.

하지만 그때마다 소녀가 깨달은 고군분투의 중요성을 기억하기로 다짐했다. 아이들이 채텀에서의 갈등과 고민, 실수 등을 스스로 이겨 내다 보면 날개에 힘이 생기리라 믿는다.

몸으로 배운다

떠나자! 모험의 세계로

드디어 들살이 날이다.

며칠 전부터 아이들 컨디션 때문에 노심초사했는데 다행히 걱정할 만한 상황은 없는 것 같다. 아이들은 설레는 마음으로 버스를 기다리는데, 난생처음 아이를 떼어 놓은 아마는 1학년인 아들과 떨어지는 게 처음이라며 걱정이 이만저만이 아니다. 아들이 더 의젓한 모습이다.

배웅 나온 아마들이 함께 짐을 챙겨 준 덕분에 무사히 버스를 타고, 좋은 기사님을 만나 안전하게 출발했다.

들살이에서 좋은 버스 기사님을 만나는 건 참 중요한 일이다. 기사님의 운전 습관에 따라 아이들의 멀미가 좌우되기 때문이다. 다행히 모두 '톰과 제리' 만화를 보며 깔깔 웃느라 멀미는 안녕이다.

오전 11시가 조금 넘어 도착한 양평은 개 짖는 소리도

들리고, 흙도 있고, 무언가 타는 냄새에 버석거리는 나뭇
잎 소리까지 들리는 시골 그 자체였다.

아이들이 숙소 마당 앞 개울이 꽁꽁 언 것을 발견했다.
그냥 있을 리가 있나. 주인 아주머니가 내어 준 썰매 등장
에 환호성이 하늘을 찌른다.

처음엔 서로 타겠다더니 나중에는 서로 태워 주겠다며
얼음 위를 씽씽 달리는데 덩달아 나도 소리를 지르며 동심
으로 돌아가 보았다. 아이들이 태워 주는 썰매가 꿀맛이
더라.

오빠들은 동생들을 태워 주느라 땀이 뻘뻘 나는 것도 모
르고 언니들은 서로 태워 주느라 옷이 젖는 줄도 모르고,
동생들은 자기보다 덩치 큰 형들을 태워 주겠다며 힘든 줄
도 모르고, 모두 즐거운 모습이다.

이리 뛰고 저리 뛰며 놀다 보니 배가 고픈 건 당연지사.
배고프다는 아이들의 투덜거림과 간식 때문에 저녁을 안
먹으면 어쩌지 하는 걱정 사이에 잠깐 고민한다. 그러나
결국 이기는 건 아이들이다. 간식 먹자는 소리에 갑자기
일사불란해진다. 모두 조용히 먹기에 열중한다.

배불리 먹고 다시 에너지 충전해서 나가는 아이들. 어째 아이들의 에너지는 그리 금방 충전될까?

숙소에서 200미터 정도 거리에 절이 있다고 해서 올라가 보기로 했다. 이때만 해도 앞으로의 길이 얼마나 험난해질지 아무도 예상하지 못했다. 등산로 입구까지 200미터였는데 다음 날 표지판을 다시 봤다 절까지 200미터라고 착각한 나는 아이들과 노래까지 부르며 등산을 시작했다.

산길을 굽이굽이 지나다 고개를 드니 눈앞으로 까마득한 오르막길이 펼쳐졌다. 옆으로는 북한강과 넓은 평야가 절경을 이루고 있는데 풍경이 눈에 들어올 리가 있나. 뒤처진 아이들은 헉헉거리고 선두로 가던 그룹은 이미 보이지도 않고.

아이고, 아이고. 입에서 앓는 소리가 저절로 흘러나왔다. 힘들다며 커다란 나뭇가지를 막대기 삼아 짚고, 허리엔 점퍼를 질끈 묶고 벌건 얼굴로 종알종알 수다를 떤다. 그런 아이들에게 입은 안 힘드냐고 한마디 하니 그건 절대안 힘들다고 대답하는 우리 아이들. 힘들다고 못 가겠다고 포기하는 아이들이 있을 줄 알았는데 모두 열심히 산을 오른다.

이제야 고백하지만 나는 등산을 정말 싫어한다.

싫어하는 게 등산뿐이겠냐마는
아이들과 함께 있을 땐
싫은 것도 힘든 것도 없는 나는, 선생님이다.

정말 숨이 턱까지 찰 때쯤 절이 보였다. 절 입구에 도착하니 먼저 온 아이들이 숨을 크게 들이마시고 있었다. 아이들을 따라 숨을 들이쉬니 시원한 솔향기가 가슴 가득 들어왔다. 솔향기로 에너지를 충전하고 마지막 힘을 낸다.

드디어 절 도착!
에너자이저인 아이들도 힘들었는지 후들거리는 다리를 진정시키며 굴도 까먹고 기가 막힌 풍경에 감탄하면서 기념사진을 찍었다.
절에 있는 사람들 중 유독 우리만 얼굴이 벌겋고 숨을 헉헉댔는데, 알고 보니 절 입구까지 차가 올라와 아장아장 걷는 꼬마들도 쉽게 둘러보는 절이었다.
쉬는 것도 잠시, 땀이 식기 전에 부지런히 산길을 따라 내려왔다. 미끄러운 산길에선 엉거주춤한 걸음으로 내려온 덕분에 몸은 흙투성이가 되었지만, 다친 사람 없이 모두 무사히 도착한 대단한 등산이었다.

고된 등산 덕에 아이들은 게 눈 감추듯 저녁을 먹고 밤산책에 나섰다. 1, 2학년 아이들과 동네 한 바퀴, 마당 한 바퀴 돌고 들어왔는데 설거지하느라 늦게 나간 3학년 몇 명이 헐레벌떡 들어왔다. 함께 나간 교사와 헤어졌다며 못 찾겠다며 당황한 얼굴이다. 급히 전화를 해 보았지만 통화가 되지 않는다.

조금 있다가 또 다른 아이들이 잔뜩 울상인 채로 들어왔다. 역시 교사와 떨어져 버렸다는 말에 덜컥 걱정되기 시작했다. 아이들을 진정시켜 두고 다시 전화를 걸어 본다.

몇 번의 연결음 후에 다행히 통화가 되었다. 숙소 앞이라는 말에 긴장했던 마음을 내려놓는데 갑자기 까르르 웃는 아이들.

이런 깜박 속아 버리다니. 밖에서 자기들끼리 몰래카메라를 준비해 천연덕스럽게 연기했던 거였다. 그런 줄도 모르고 폭풍 잔소리를 할 참이었는데 다행이란 마음에 한번,

아이들 웃음에 한번, 마음을 쓸어내린다.

잘 자고 일어난 둘째 날, 아침을 먹고 날이 좀 푸근해지기를 기다려 '작은 잔치'를 열었다. 종목은 피구, 달리기, 닭싸움, 공기 나이 먹기. 역시 신나는 데는 운동만 한 것이 없다.

예상외로 달리기가 가장 화제였다. 남자팀과 여자팀으로 나누어 이어달리기를 했는데 여자팀의 열기가 굉장했다. 시끄러운 응원으로 남자팀의 혼을 빼더니, 결국 2:1로 이기고 초콜릿과 호박엿을 듬뿍 얻었다.

점심 후엔 넓은 잔디밭과 강가 산책길이 이어져 있는 공터에서 술래잡기하며 신나게 뛰었다. 녀석들은 다리도 아프지 않은지 어제의 등산 후유증은 나만 있는 것 같다.

저녁엔 아이들이 기다리던 학년별 장기 자랑!

3학년은 오던 날부터 소품을 만든다고 오밀조밀 모여있더니 여전히 연습에 푹 빠진 모습이고, 1학년은 연습한다고 다락에 올라가 내려오지도 않고, 2학년은 대본을 두고 왔다고 야단법석. 이게 과연 제대로 되려나 싶은 마음이었다. 하지만 역시 뚜껑을 열어 봐야 아는 법. 조용하던 1학년들이 몰래 준비한 콩트에 '빵' 웃음꽃이 피었고, 3학년 형과 1학년 동생이 함께 만든 몸을 아끼지 않는 개그는 모두를 즐겁게 해 주었다. 2학년의 일사불란한 연기와 3학년들의 연극까지 정말 재미있는 시간이었다.

아이들이 너무 열심히 준비해서 계획에 없던 MVP 시상도 진행하며 들살이 둘째 날을 마무리했다.

들살이는 언제나 설렌다. 아이들과 즐거운 기억을 실컷 만들 수 있고 속 깊은 대화를 나눌 수 있는 기회이기 때문이다.

들살이가 한참 지났는데도 아이들은 내가 정말 속을 줄 몰랐다며 깔깔거리며 두고두고 이야기한다. 나는 그런 아이들의 웃음소리를 들으며 '다음번엔 내가 꼭 속여 보겠어.'라고 다짐해 본다.

귀염뽀짝 손님과 쥔장

"이건 너무하잖아!"

억울하다며 항의하는 소리가 들렸다.

터전 아이들은 놀 것을 찾기 위해 늘 분주하다. 바깥 놀이를 하기 위해 나가는 아이들도 있고, 또작또작 무언가를 만들어 내는 아이도, 마음에 드는 그림을 그리는 아이도 있다. 물론 아무것도 하지 않거나, 뒹굴뒹굴하는 아이도 있다. 그러다가 만들고 그리는 아이들이 모여 가게 놀이를 하기도 한다. 놀이를 위해 그림도 그리고, 색칠도 하며 다양한 물건을 만들기 위해 고민한다. 물론 돈도 직접 종이로 만든다.

가게 놀이는 아이들이 각자 역할을 정하는 것으로 시작된다. 물건을 만드는 아이, 돈을 만드는 아이, 홍보를 담당하는 아이 등 다양한 역할이 있다. 한번 시작한 가게 놀이는 짧으면 며칠, 길게는 몇 주까지 이어지기도 한다.

이렇게 하던 가게 놀이는 연말이 되면 모습이 변한다.

물건을 모으고 만들어 돈을 받지 않는 물론 직접 만든 종이돈이긴 하지만, 그마저도 받지 않는 '나눔의 장'이 열린다.

행사를 처음 준비해 보는 아이들은 약간 상기된 모습으로 나눔 할 물건을 몇 주 동안 모은다. 집에서 가져오기도 하고 직접 만들기도 하면서 말이다. 그 모습이 이뻐서 교사들도 나눔의 장에서 쓸 물건들을 기부한다.

행사를 준비하는 아이들은 마음에 드는 물건이 나오면 사물함에 살짝 넣어 두기도 한다. 이것은 모두가 아는 귀여운 비밀이다.

드디어 '나눔의 장'이 열리는 날이 되었다. 나눔의 장을 준비하는 아이들은 바쁘다. 다른 아이들은 한껏 기대하고 있다. 오픈하기 전부터 줄은 길게 늘어졌고, 당황한 주인장들 행사를 준비한 아이들은 오픈 10분 전부터 줄을 서야 한다며 해산시켰다.

교사들은 그 모습을 그저 바라보고 있다. 아이들은 긴장되고 정신 없었겠지만, 그 역시 좋은 경험이라 생각해서다.

아이들이 직접 무언가를 처음부터 끝까지 해 볼 기회가 생각보다 많지 않다. 항상 옆에서 도와주는 사람이 있거나 잔소리하는 사람이 있게 마련이다.

아이들에게 기회를 주는 건 중요한 경험을 선물하는 것이다.

터전에 있던 아이들의 눈은 모두 한곳을 향해 있다. 놀이를 하면서도, 시계에서 눈을 떼지 못한다. 오픈 10분 전부터 줄을 서야 한다고 했기 때문이다.

"5! 4! 3! 2! 1! 줄 서도 된다!"

아이들은 한목소리로 외쳤다. 행사장 앞은 그야말로 장사진을 이뤘다. 터전에 있던 거의 모든 아이가 줄을 섰기 때문이다. 그때 들려오는 다급한 주인장의 목소리.

"아까 알려줬던 규칙은 꼭 지켜야 해. 알았지?"

주인장이 말한 규칙이란 정해진 개수만 가져갈 수 있다는 것이다. 주인장들은 줄 서 있는 아이들의 인원수와 물건의 개수를 미리 세어둔 것 같다.

행사는 원활하게 진행됐다. 억울함을 호소한 민석이가

있기 전까지 말이다. 민석이는 갖고 싶었던 물건이 깨져 있어 눈물이 난다며 깨진 물건을 준 주인장에게 항의를 했다. 그러나 주인장들은 규칙을 따라야 해서 바꿔줄 수 없단다. 이미 깨져 있던 걸 알고 가져간 것이니 안 된단다.

민석이는 더욱 서럽다.

교사는 잠시 지켜본다. 규칙을 준수해야 한다는 주인장의 말도, 그것이 서운하다고 억울함을 호소하는 민석이의 마음도 모두 이해가 간다.

아이들 사이에 다툼이 생겼을 때 교사는 바로 해결하려 하지 않는다. 아이들 스스로 해결할 수 있게 시간을 준다.

서럽게 울며 항의하는 민석이를 옆에 있던 다른 아이들이 타일러 본다. 그러나 속상한 민석이는 이내 화가 나서 받은 물건을 쓰레기통에 버렸다. 그 모습을 지켜본 아이들은 당황했고 민석이의 행동은 되돌릴 수 없었다.

교사가 개입할 타이밍이다. 분홍이가 살며시 민석이를 다른 아이들이 보지 않는 곳으로 불렀다. 속상한 마음은 이해하지만, 규칙을 지켜야 하는 주인의 마음도 살펴야 한다고, 서로의 예의는 지켜야 한다고 말해 준다.

처음 열어 본 행사에서 잔뜩 긴장했을 주인장은 속상한

민석이 모습을 보고 자신도 속상한지 눈물을 슬쩍 삼킨다.

잠시 후 아이들이 행사장을 빠져나갔지만 장터엔 아직 물건이 남아 있었다. 주인장들은 상의 후 터전 아이들에게 몇 가지 물건을 더 가져갈 수 있다고 알렸다. 아이들은 다시 우르르 장터로 몰려들었다.

반가운 소식에 민석이도 언제 그랬냐는 듯이 밝은 얼굴로 다시 행사장으로 향했다. 그러나 선뜻 물건을 집지 못하고 머뭇거린다.

교사는 옆에서 슬쩍 툭 치며 눈짓으로 민석이를 도와준다. 민석이는 주인장에게 미안했다며 사과를 건넨다. 슬쩍 눈물을 삼켰던 주인장은 잠시 큰 숨을 한번 내쉬며 "알겠어. 다시는 그러지 마. 속상했어."라고 말한다.

민석이는 방긋 웃으며 "엉! 나 물건 골라도 돼?" 하며 해맑게 묻는다. 그 모습이 당황스럽고 어색한지 주인장은 멋쩍게 "그래." 하고 답하며 마무리됐다.

모든 일에는 처음이 있다.

처음부터 모든 것을 계산해서
잘 해내는 사람이 몇이나 될까?

아이들도 마찬가지다. 실수를 경험하면서 성장해 나간다. 그 처음을 어떤 방식으로 어떻게 해결해 나가느냐에 따라 어떻게 성장하는지 결정될 것이다. 처음 열어 본 장터에서 우여곡절을 의연하게 잘 대처한 쥔장이나 억울했던 민석이도 이런 과정을 통해 한 뼘 더 성장하지 않았을까? 교사들은 늘 한발 뒤에서 아이들을 그저 흐뭇하게 바라본다.

니들이
떡볶이 맛을 알아?

아이들과 요리 활동을 하기로 했다. 첫 시작부터 난관이
예상된다. 아이들은 무얼 만들지 정하지 못하고 속절없이
시간만 보내고 있다.

"간식으로 먹을 떡볶이 어때?" 슬쩍 운을 띄웠더니 속마
음은 "안돼!"라고 할까 봐 콩닥콩닥 착한 우리 아이들이 모두 "좋
아!" 하고 흔쾌히 답했다.

그럼, 시작은 요리 모둠 이름 정하기부터! 이번 모둠 이
름은 '비빔밥'이란다. 물어보진 않았지만 여러 가지 재료들
을 한데 섞어 맛있는 비빔밥이 되는 것처럼 여러 아이가 한
데 모여 맛있는 음식을 만들 거라는 예쁜 의미일 테지?

'모든 것은 아이들이 정하고
아이들이 한다.'

비빔밥 활동의 대전제이다. 재료도, 양도, 만드는 순서도, 할 일도, 물론 뒷정리도. 너무 어려우면 '분홍이 찬스'를 다섯 번 쓸 수 있지만 이건 어디까지나 아이들을 안심시키기 위해 만들어 둔 것이다. 경험상 아까워서 다음에 쓰자, 다음에 쓰자 하다가 세 번도 못 쓰는 일이 태반이다.

아이들은 '세상에 없는 떡볶이'를 만들어 보겠다고 야심차게 의견을 모은다. 들어가는 재료를 살펴보니 날달걀, 고기, 소시지, 라면, 어묵, 치즈, 대파. 양파와 마늘은 안 된다고 하는데 왜일까? 세상에 없는 떡볶이를 위해 달걀을 풀어 넣는 요리법이라니.

가장 갑론을박이었던 주제는 '떡을 물에 불릴 것인가? 말 것인가? 그 물을 버릴 것인가? 쓸 것인가?'이다. 아이들이 회의하는 걸 보면 정말 재미있고 흥미진진하다.

사공이 많은 탓에 요리가 산으로 가려다 가까스로 다시 노를 저어 항구로 향한다. 와우!

서로 무슨 일을 할 것인가 정하고, 누구 하나 덜하거나 더하지 않게 공평하게 일을 나누다 보면 어느새 할 일이 종이 하나 가득이다.

　회의의 마지막 주제는 '레시피 검수'를 누구에게 받을 것인가에 관한 결정이었다. 다들 누구에게 부탁할까 고민하는 중에 수영이가 세상 진지한 얼굴로 운을 뗀다. "풀잎한테 봐 달라고 하자." 자기 딴에는 가장 부탁하기 편한 아마를 찾은 모양인데 은성이가 절레절레 고개를 흔든다. "우리 엄마는 안돼! 떡볶이 못 만들어." 생각보다 단호한 은성이의 말투에 나오는 웃음을 참아 본다.

　덩달아 옆에 있던 나은이가 한마디 거든다. "그건 그래, 풀잎한테 요리를 물어보는 건 좀 아닌 것 같아." 그렇다고 우리 엄마에게 부탁할 수 없다는 수영이의 말에 민지가 "왜? 그때 은하수가 싸 준 도시락 반찬 맛있었는데." 하며 고개를 갸웃거린다. 할머니네 집에서 가져온 반찬이었다는 수영이의 대답에 몇 명의 아이들이 익숙한 일이라는 듯 고개를 끄덕인다.

　다들 고민만 하고 있는데 조용히 있던 민희가 자기가 가져가겠다고 한다. 아이들 모두 다행이라며 주섬주섬 회의 자리를 정리하는데 갑자기 민희가 아이들을 부르며 한마디 한다.

　"애들아, 그런데 믿지는 마."

아이들의 가감 없는 요리 솜씨 평가가 부디 아마들의 귀
에는 들어가지 않기를.

요리 전날이 되자 아이들은 그리 좋아하는 자유 놀이도
마다하고 맡은 역할에 따라 장도 보고 재료 준비를 한다.
굉장히 효율적으로 요리가 완성될 것 같지만 과연 그럴까.

드디어 요리하는 날. 다른 친구들은 모두 나들이를 나가
고 '비빔밥' 아이들만 터전에 남아 떡볶이 만들기에 돌입했
다. 본격적인 요리에 앞서 다시 한 번 할 일을 정리하는 이
꼼꼼함이라니.

두 명의 아이가 첫 시작으로 과일을 자르더니 '어? 좀 남
았네.' 하며 입에 쏙 넣는다. 역시 남는 재료는 맛보는 게 진
리. 자기들끼리 먹으려나 하고 지켜보니 재료 다듬느라 여
념이 없는 아이들을 찾아다니며 입에 넣어 주기도 하고.
나도 한 조각 잊지 않고 챙겨 준다.

세상에 없는 떡볶이를 만들 비장의 재료인 달걀은 역시
좀 깨 줘야 제 맛! 달걀을 깨고 나니, 바람 같은 속도로 뒷
정리를 맡은 아이들이 등장한다. 역할 분담이 이토록 완벽
할 줄이야. 그사이 조리대에선 고추장을 더 넣어야 하네

아니네, 열띤 토론의 장이 따로 없다.

아이들이 왠지 의젓하게 느껴지는 건 콩깍지가 씌어서일까?

열심히 노를 젓다 보면 결국 항구에는 도착하는 법, 드디어 떡볶이가 완성되었다.

비빔밥 아이들은 우리가 언제 야단법석을 피운 적이 있었냐는 듯 새침하게 떡볶이를 담아 동생들에게 차려 낸다.

놀다 들어 온 아이들은 먹으면서 연신 맛있다는 호응으로 비빔밥 아이들을 기운 나게 했다. 그 덕분에 뒷정리도 깔끔하게 마무리하고 또 다음엔 무엇을 해 먹어 볼까 궁리 중이다. 이처럼 아이들과의 활동은 언제나 시끌벅적하다. 하지만 그게 아이들이다.

놀면서 자라는 아이들

얼마 전 읽은 한 인터넷 게시글의 댓글이 인상적이었다. 게시판에 글을 쓴 사람은 집 앞에 바로 놀이터가 있는 1층 아파트를 얻어야 할지 고민하면서 다른 사람들의 의견을 묻고 있었다.

이사하려고 알아본 집의 거실 바로 앞에 아파트 공용 놀이터가 있어서 아이들 노는 소리가 너무 시끄러울까 이사가 망설여진다는 것이었다. 그래서 실제 비슷한 조건에 거주하고 있는 사람들에게 놀이터의 소음으로 생활하기 불편한 점은 없는지 묻고 있었다.

그 물음에 여러 사람이 답변을 달았는데 기억에 남는 댓글 하나는 '저는 몇 년째 놀이터 앞 아파트 1층에 살고 있는데 아이들이 놀이터에서 노는 것을 본 적이 없어요. 요즘 애들은 학원 가느라 바빠서 놀지 않아요. 집 앞에 놀이터가 있어도 너무 조용해요.'였다.

요즘 우리 아이들의 현실을 보여 주는 말인 듯 여겨져 쓸쓸한 마음이 들었다.

아이들이 자라면서 놀지 못하는 것은 큰 문제다.

아이들에게 놀이는 본능이며 놀이를 통해 다양한 것들을 배운다.

보통 유아기 시절 놀이의 중요성은 뇌 발달과 연계되어 강조된다. 그래서 어린이집이나 유치원의 교육과정에도 아이들이 오감을 사용하여 놀이할 수 있도록 계획한다.

아이들 뇌에 자극이 되는 놀이는 언어 발달로 이어지고, 다양한 놀이를 할수록 아이의 균형 잡힌 성장에 도움이 된다.

또한 놀이는 아이들의 상호 작용을 활발하게 하며, 상상력을 키울 수 있다는 장점이 있다.

그럼 초등학생에게 놀이는 중요하지 않을까? 아이들은 학교에 입학하면서부터 놀이와 멀어진다.

아이들이 초등학교에 입학하면서부터 정규 학습이 시작되기 때문에 대부분의 부모들은 '놀이'의 중요성을 미취학 유아들에게만 국한하려 한다.

학교에 다니는 아이가 또래보다 학습에 뒤처지는 것이 불안해서 아이의 놀이를 학습보다 뒷순위라고 생각하게 된다.

'2019년 생활 시간 조사 통계청 자료'에 따르면 우리나라 초등학생의 하루 평균 학습 시간은 4시간 46분, 평일 학교 활동 외 학습 시간은 2시간 16분이며, 교제 및 참여 여가 시간은 47분인 것으로 나타났다.

통계를 보면 아이들은 학교 수업 시간 외에도 학습에 많은 시간을 할애한다는 것을 알 수 있다.

도토리에서는 무엇보다 아이들의 놀이 시간을 보장하려 노력하고 교사도 아이들과 함께 논다.

2019년 본 터전과 별관처럼 떨어진 채텀이 시작되면서,

아이들 14명과 함께 지내게 되었다. 평소 함께 지내는 인원보다 훨씬 적은 수의 아이들과 지내면서 나는 아이들과 어울려 동네 골목을 장악하며 놀았다.

안전을 확인하며 돌봐야 하는 아이들 수가 적었고, 아이들이 다 같이 놀기를 좋아했기에 가능했다.

아이들과 함께 '피구'와 '경찰과 도둑', '숨바꼭질'을 하면서 골목을 뛰어다녔다.

어느 날 동네를 지나던 어른 한 분이 우리 아이들이 노는 것을 보며 "나도 어릴 때 골목에서 저렇게 놀았는데…, 너희는 좋겠다." 하셨다.

그렇게 아이들과 함께 몸을 부대끼며 놀았더니 아이들과 부쩍 가까워졌다.

아이들은 자신의 이야기를 더 자주 들려주고 살갑게 다가왔다. 서로에게 깊은 신뢰가 생긴 만큼 기분 나쁜 일을 털어놓는 일도 어렵지 않았다.

아이들의 놀이는 놀이 이상의 의미가 있다. 서로 대화하고 규칙을 논의하면서 의사소통의 다양한 방법을 몸소 배우게 되어 스스로 적절한 의사소통의 방법을 분별할 수 있게 된다.

놀이를 통해 실패하더라도 금세 털고 일어날 수 있으며 그런 경험치가 쌓인 아이들은 더 단단해진다. 또 놀이를 하여 이기고 지는 과정에서 공정한 결과를 받아들이는 것을 배운다.

서로를 믿어 주는 것도 서로에게 기대는 것도 놀이로 배우는 마법 같은 일이다.

'새들은 날아다니고 물고기는 헤엄치며 아이들은 놀이를 한다.'

놀이치료사 게리 랜드레스Garry Landreth의 말이다. 이런 자연의 법칙처럼 더 많은 아이들이 놀았으면 좋겠다.

동네 골목과 놀이터가 사방치기 하고 술래잡기하며 노는 아이들로 북적거리면 좋겠다.

요즘은 혼자 자란 외둥이가 많고, 악기나 미술 레슨 같은 개인 활동이 많다 보니 아이들이 어울려 노는 것을 어려워한다고 한다. 오로지 자신에게만 신경 썼는데, 어울려 놀면서 상대방을 살피는 일이 쉽지 않을 것이다.

처음 함께 놀 때면 나보다 덩치 큰 형님들의 힘을 감당하지 못해 넘어지기도 한다. 그럼 마음속으로 '형이 나를 밀었어!'라는 오해가 생기기도 한다. 그렇지만 "괜찮아? 아팠어? 미안해!" 일으켜 주려고 내밀어 주는 형들의 손에 '아, 일부러 그런 게 아니구나.'라고 생각하며 노여운 마음이 풀린다.

그렇게 오해와 이해를 겪으며 마음도 단단해진다. 혼자서 놀 땐 남들을 신경 쓰지 않아 마음은 편해도 외롭지만, 같이 놀면 부딪히더라도 서로 의지가 되어 든든한 마음이 든다.

'이런 시련과 실패쯤은 별거 아니네, 넘어져도 다시 일어서면 시작할 수 있구나?'라는 경험에서 오는 깨달음은 놀이가 주는 힘이다. 그리고 놀이로 힘을 키워야 하는 까닭이기도 하다.

부모는 자녀가 행복하게 살기를 원한다. 아이의 행복을 위해 아이와 함께 공부하고, 아이를 다독여 학원으로 보낸다고 말할지도 모른다.

아이들이 자라서 다른 사람들과 건강하게 어울려 살길 바란다면 지금 우리 아이들이 행복한지 들여다보면 좋겠다.

오늘 행복한 아이가 내일도 행복할 수 있다. 아이들이 본능의 시기를 온전하게 보낼 수 있도록 불안해하지 말고 시간을 주는 것은 어떨까?

자
두

마음이 이끄는 공간

어렸을 때 나는 학교에서 돌아오면 가방을 던져두고 친구
와 신나게 동네를 돌아다니며 놀기 바빴다. 저녁 먹으라고
부르는 엄마의 목소리가 들리기 전까지 최선을 다해 놀았
다. 실컷 놀고도 더 놀고 싶은 아쉬움이 남으면 안방 한편
에 있는 작은 문을 열고 벽에 붙어 있는 스위치를 켜면 나
오는 주황 불빛의 다락방을 찾았다.

　그곳에서 나는 선생님도 되고, 화가도 되고, 목청 좋은
가수가 되기도 했다. 엄마에게 혼나거나 친구와 싸운 뒤에
는 피신처가 되기도 했다. 혼자 훌쩍이며 울기도 하고 토
라져 있기도 하며 마음 한구석을 달랬다. 돌아보면 어릴
적 작은 계단 위에 있던 다락방의 추억은 반짝거리는 보물
과 같은 기억이다.

　어른이 되면서 다락방 추억은 낡은 앨범 속에 잘 봉인되

어 있었다. 터전에서 노는 아이들의 모습을 보고 있노라면 그렇게 봉인되어 있던 추억이 문득 떠오를 때가 있다.

터전의 모든 공간에는 이름이 있고 의미가 있다. 에어컨이 없어 후텁지근한 여름을 보내야 했던 구석방이 아프리카라는 이름을 먼저 갖게 되었고 유럽, 아시아, 북아메리카, 북극 등 차례로 지금 우리가 사용하는 공간의 이름이 만들어졌다.

아이들은 그 공간에서 놀이도 하고 간식도 먹는다. 상의하거나 의논할 일이 생기면 모둠 회의도 이 공간에서 한다. 아이들은 이곳에서 보드게임을 하거나 카프라로 도미노도 만들고 미끄럼틀을 만들어 구슬을 굴리며 재미나게 논다. 그림을 그릴 때는 화실이 되고 노래를 부를 때는 노래방이 되기도 한다.

이렇게 재미나게 놀다 보면 다툼이 따르는 것은 당연하다. 다툼이 일어나면 아이들은 서로 "잘했네, 못했네.", "얘가 먼저 그랬네, 쟤가 먼저 그랬네." 하며 시시비비를 가려 달라고 교사에게 달려온다. 물론 친구가, 형님들이 혹은 동생이 중재하고 잘 해결할 때도 있지만 말이다. 그렇게 아이들이 달려오면 우선 아이들의 얘기를 듣는다.

듣는 것만으로 해결될 때도 있고, 길어지는 실랑이에 시간이 오래 걸릴 때도 있다. 그러나, 교사에게 달려왔던 그 상기된 모습이 무색하게도 이야기를 마친 아이들은 아무 일 없었다는 듯이 바로 놀이에 합류한다. 다퉜던 아이들에겐 누가 잘하고 잘못했는지가 그리 중요하진 않았나 보다.

잠깐 끓어 올랐던 열기를 식힐 무언가가 필요했던 것은 아닐까.

하지만 다툼이 있을 때 모든 아이들이 교사에게 달려오는 건 아니다. 속상한 마음이 있어도 말하고 싶어도 선뜻 나서지 않는 아이도 있다. 자신만의 공간이 필요한 때다. 이런 경우 아이들이 대체로 향하는 곳은 북극이다.

터전 한쪽에 자리 잡은 나무로 된 이층 침대, 북극엔 소곤소곤 자신들만의 이야기를 하고 싶은 아이들, 편하게 책을 보고 싶은 아이들, 그냥 뒹굴뒹굴하고 싶은 아이들, 졸린 아이들이 깜빡 잠을 자는 인기 만점 장소이다. 그야말로 터전의 핫플레이스, 사랑방인 셈이다. 그러나 이층 침대라는 공간의 특성상 그곳이 북적이진 않는다. 인원 제한이 있기 때문이다. 그런 장소의 특성 덕분에 속상하지만 선뜻 말하지 못하는 아이들이 올라가는 장소가 되기도 한다.

그렇게 북극으로 올라간 아이들은 누군가가 자신의 마음을 알아 주기를 바란다. 그런 마음을 눈빛에 담아 레이저를 쏴 뒤통수가 따가울 때도 있고, 눈길이 먼저 가기도 한다.

그럴 땐, 다가가 어디 아프냐며 이마를 만져 주거나, 말을 건넨다. 오고 가는 몇 마디에 아이는 속마음을 털어놓는다. 털어놓지 않더라도 조금씩 긴장을 풀고 있다는 느낌을 받는다. 얼마 지나지 않아 아이는 북극에서 내려와 다시 아이들 틈으로 간다.

아이들이 마음을 털어놓고 싶지만, 선뜻 그러지 못할 때가는 곳이 북극 말고도 또 있다. 터전 한쪽 구석, 구급상자가 있는 공간이다. 아이들은 작은 상처가 났을뿐만 아니라 속상한 마음이 생기면 털어놓고 싶은 교사에게 가서 아프다며 구급상자가 있는 공간으로 가자고 한다.

교사는 아이와 함께 그곳에 가서 무릎을 맞대고 시선을 마주하며 소독약을 뿌리고 약을 발라 주며 이야기를 주고받는다. 이건 이랬네, 저건 저랬네, 자기가 하고 싶은 말을 술술 늘어놓고는 밝게 웃으며 아이들 틈으로 사라진다.

그렇게 아이들은 누군가와 함께 이야기를 나누는 것만으로도 위로받고 스스로 마음을 보듬는다.

아이들은 터전 안팎에서 신나게 논다.

동네 뒷산인 성미산이나 비둘기 산에서 두어 시간 동안 놀기도 하고 터전 1층 주차장에서 진 놀이나 얼음 땡 놀이를 하기도 한다. 놀다가 지친 아이들은 터전으로 올라와 삼삼오오 모여서 놀이를 만들기도 하고, 역할 놀이를 하기도 한다. 놀다 보면 또다시 다투는 일이 생기고 마음 상하는 일이 생긴다.

놀다가 다투기를 반복하는 아이들, 이렇게 하루하루를 보내다 보면 어느 순간 어른이 되어 있을 아이들, 아이들이 어른이 되어 이 순간을 뒤돌아보았을 때 소중한 추억으로 남아 있을 것이다.

나의 어린 시절 보물처럼.

하고 싶은 일만 하며
살 수 있을까?

도토리에서는 일 년에 두 번 정도 들살이를 간다. 들살이
에서 가장 신경 쓰는 일 중 하나는 아이들과 지내기 적당
한 공간을 찾는 것이다. 40명이 넘는〔현재는 60명 가까이 된다〕
아이들이 함께 지낼 넓은 공간을 찾는 게 쉽지 않다. 어렵
게 숙소를 찾아도 모든 아이를 만족시킬 수는 없는 법. 숙
소가 불편하고 낯설어 들살이를 꺼리는 아이들도 있다.

그도 그럴 것이 아마가 알아서 챙겨 주는 편한 가족 여
행만 하던 아이들이 자기 물건을 스스로 챙겨야 하고, 함
께 지낸 공간을 친구와 함께 청소해야 하고, 욕실을 쓰기
위해 차례를 기다려야 하는, 느리고 불편한 들살이가 마냥
반갑기만 할 리가 없다.

어느 겨울, 고학년 아이들만 데리고 따로 들살이를 갈까

싶어 '템플스테이'를 알아봤다. 요즘 고학년 아이들이 터전 문밖만 나가면 손에서 휴대폰을 놓지 않는단다. 그래서 잠시 속세를 벗어나 템플스테이를 하면, 아주 잠깐이라도 휴대폰과 멀어진 채 자신을 돌아볼 수 있지 않을까 하는 작은 바람에서였다.

템플스테이를 절에서 운영한다고 해서 종교적인 의미만 있는 건 아니다. 우리 문화를 체험하기 위해 외국인 관광객들도 제법 참여한다고 하니 아이들에게 색다른 경험이 될 것 같았다.

아이들에게 템플스테이 이야기를 건네자 반응이 싸늘했다. "템플스테이? 절에 가서 부처님에게 절해야 하는 것 같던데.", "절에서는 채소만 먹잖아. 고기도 없고!", "우중충한 스님 옷을 우리도 입어야 해?" 등 각자 알고 있었던 '템플스테이'에 대한 정보와 함께 염려를 쏟아 냈다.

'그래, 해 보지 않은 일을 하려면 용기가 필요한 법이지.'

그때 갑자기 한 아이가 말했다.

"우리 엄마는 내가 하고 싶은 것만 하고 살라고 했어!"

그러니까 아이는 본인이 하고 싶지 않은 일인 템플스테이를 안 하겠다는 뜻이었다.

내가 어릴 때부터 어른들에게 자주 들었던 말이 있다. "지금은 공부만 해. 대학에 들어가면 다 할 수 있어!"였다. 그런데 이제 와 돌아보니 세상은 어른들의 말보다 훨씬 복잡해서 그때가 아니면 못했을 일도 있었고, 그때 조금만 용기를 냈더라면 인생에서 반짝이는 순간이 더 많았을 것이라는 걸 안다.

내가 어른이 되고 보니 우리 아이들은 이 같은 일을 덜 겪었으면 하는 바람에 아이들에게 해 보고 싶은 것은 미루지 말라는 말을 종종 한다.

이런 나의 마음처럼 그 아이 엄마가 아이에게 전한 말의 진짜 의미는 내가 하고 싶은 것만 하고 살라는 게 아니라 하고 싶은 일을 하고 살라는 게 아니었을까? 아이가 아직 어린 탓에 그 말의 의미를 제대로 이해하지 못한 것은 아닐까.

하고 싶은 일을 해 보는 것은 하고 싶은 일만 하는 것과 다르다.

우리는 삶의 모든 순간을 하고 싶은 일만으로 채울 순

없다는 걸 잘 안다. 아침마다 무거운 눈꺼풀을 들어 올리는 것도 하고 싶은 일이 아니고, 내가 먹지 않는 아침 식사를 다른 가족을 위해 차리는 것도 썩 하고 싶은 일은 아니다. 하고 싶지 않은 일도 해야 살아지는 것이 삶이다.

아이들은 들살이에 가서 하고 싶지 않은 청소를 하고 친구들과 어울려 한방에서 잔다. 편한 것만 쫓는 요즘 세상에서는 하고 싶지 않은 일일 수도 있다. 그렇지만 달리 생각해 보면, 청소는 내가 머문 공간을 깨끗하게 하는 일이며, 친구들과 함께 자는 건 나와 다른 사람을 좀 더 이해하는 기회가 될 것이다. 이렇듯 사람은 하고 싶지 않은 일을 하면서 배우고 성장한다.

'유용하지만 제거해야 하는 것도 있고, 유용하지 않지만 강화되어야 하는 것도 있다. 유용하지 않는 것들이 가지고 있는 유용성이 있다. 노자나 장자의 철학을 살펴보아라. 걸어가는데 찍힌 발자국, 그 땅만이 유용한 땅이라고 그 나머지를 없애면 걸어갈 수가 없다. 결국, 걸어갈 수 있는 이유는 밟지 않은 땅이 있어서이다.'《구본형, 내 삶의 터닝 포인트》변화경영연구소, 유심, 2018 에서 구본형 선생님이 제

자에게 한 말이다. 그래서 나는 그 아이에게 이렇게 말해
주고 싶다.

"그래! 하고 싶은 일을 하면서 살아야지! 그건 중요한
일이야. 그렇지만, 내가 하고 싶지 않은 일도 해야 삶이 일
궈진다는 걸 잊으면 안 돼. 하고 싶은 일과 하고 싶지 않은
일, 그 어떤 일도 쓸모없는 일은 없을걸. 우리가 어떤 마음
으로 대하는지에 따라 그 둘이 바뀔 수도 있단다. 이 두 가
지 일에 대해서는 우리 앞으로도 좀 더 생각해 보자!"

우리는 결국 겨울 들살이로 템플스테이를 떠났다. 1박
2일의 짧은 일정이었다. 아이들에게 템플스테이는 어땠
을까?

'일단 그곳은 밥이 채소들로 가득했다. 한마디로 채소들만
있었다. 하지만 나는 개인적으로 무김치가 맛있었다. 아침에
일출을 보러 일찍 일어나는 게 힘들었지만 일출을 볼 생각에
기분 좋게 아침을 먹었다. 아쉽게도 구름에 가려 일출은 잘 보
이지 않았다. 예불과 차담을 했는데, 수련복은 매우 펑퍼짐
해 편했고 예불은 신기했다. 템플스테이는 재밌고 아쉽고 그

랬다.'

'마음과 정신을 단정하게 했고 마음껏 뛰놀 수 있어 좋았다. 수련복이 편했고 깨끗한 공기를 마시며 불교에 대해 자세히 알게 된 게 좋았다. 밥이 나물밖에 없는 것은 아쉬웠고 명상할 때는 다리가 저렸다. 차담을 할 때 끝나는 시간을 보려고 시계를 찾았는데 시계가 없었다.'

'산에 올라갈 때 힘들었는데 그래도 다 올라가서 보니 내심 기뻤다. 방이 진짜진짜 따뜻했다. 저녁에 스님과 차담을 할 때는 기분이 좋았다. 조금 차분해지는 기분이랄까? 스님의 얘기를 듣다 보니 기분이 차분해진 것 같은 느낌이다. 차담이 끝나고 나에게 편지를 쓸 때는 뭔가 나를 돌아보게 된 것 같다. 템플스테이의 가장 큰 가르침은 역시 집이 최고!'

'일출 보고, 사진 찍고, 많이 쉰 것과 차담은 좋았다. 그렇지만 채소 반찬과 일찍 자고 일찍 일어나는 것, 여기저기 벌레가 많은 것은 싫고 아쉬웠다.'

'의도치 않게 템스테이를 가게 되었다. 처음 가 봐서 조금 떨렸지만 생각보다 괜찮았다. 일출을 보고 아침밥을 먹었는데 고기가 없어서 조금 허전했다. 차담을 하고 나서 기분이 별로 좋지 않았다. 은행나무 소원을 적었는데 이뤄지면 좋겠다.'

우중충하다고 생각한 스님 옷은 막상 입어 보니 생각보다 편했고, 채소 반찬밖에 없었지만, 그 가운데 입맛에 맞는 반찬을 발견했고, 부처님께 절만 해야 하는 줄 알았는데 스님과 대화를 나누기도 하며 마음이 편해지는 경험을 아이들은 직접 느끼고 말하고 있다.

하고 싶지 않은 일을 해 본 아이들은 막상 해 보고 난 뒤 그 일이 주는 의외의 긍정적인 느낌을 기억한다. 아이들은 이런 경험이 쌓이면 의외의 상황이 작은 주는 설렘을 기다리게 될 것이다. 마치 빨강머리 앤이 '세상은 생각대로 되지 않는다지만, 그건 생각지도 못한 일이 일어나는 것이니 얼마나 멋진가'라고 한 것처럼 말이다.

바람을 가르는
자전거 타기

"아! 이게 자전거 타는 맛이지!"

졸업 후 첫 직장에서 받은 첫 월급으로 부모님께 두둑이 용돈을 챙겨 드리기는커녕 뒤도 돌아보지 않고 자전거를 샀다. 달칵거리는 기어 변속 소리에 심장이 두근거렸다. 비 온 뒤 혹여나 자전거에 흙이라도 묻을까 마른걸레로 반질반질 광이 나도록 닦았다. 지극정성으로 돌봐 주었다.

비나 눈이 많이 와서 자전거를 못 탈 때는 마치 자전거가 사람인 양, 문 앞에서 자전거에게 인사를 건네기도 했다. "형이랑 내일은 꼭 타자!" 이 글을 읽으며 막 오글거려도 괜찮다. 이게 당시 나의 일상이었으니 말이다.

그렇게 자전거를 타는 재미에 빠져 행복한 나날을 보냈다. 지금 생각해 봐도 첫 월급으로 자전거를 산 건 최고의 선택이었다.

도토리에서도 자전거를 탄다. 아이들과 같이 자전거를 타면서 미처 몰랐던 자전거의 의미와 가치들이 새롭게 다가왔다. 내 자전거 인생은 아이들과 자전거를 타기 전과 후로 나눌 수 있을 만큼 큰 변화가 있었다.

혼자 자전거를 탈 때는 딱히 안전교육이나 단체 자전거 타기에 관해 생각해 본 적이 없었다. 그러나 아이들과 같이 자전거를 타 보니 나 혼자 잘하는 건 아무 소용이 없었다. 그래서 자전거와 함께 이동하는 상황에서 일어날 수 있는 모든 경우의 수를 미리 점검해 아이들에게 알려 주어야 했다.

처음 하는 자전거 안전교육을 위해 두근두근 방과후 교사회와 유튜브, 블로그 등의 도움을 받아 제대로 된 자료를 준비했다. 이때 만든 자료를 활용해 해마다 모둠별, 학년별로 자전거를 타기 전에 안전교육을 한다. 아이들은 이제 안전교육 시간에 배웠던 수신호와 복명복창을 정말 잘한다. 자전거를 직접 타면서 익히다 보니 쉽게 받아들이고 잘 기억했다.

안전교육이 가장 어려울 거라 생각했지만 정작 난코스

는 1학년들의 네발자전거 떼기였다. 한 명씩 뒤에서 잡아 주면서 뛰어다녀야 하는데, 이게 여간 힘든 일이 아니었다. 아이들은 생각만큼 실력이 금세 나아지지 않자 점점 자전거 타기에 흥미를 잃는 것 같았다.

그러는 사이에 아이들과 함께 '서대문 안산 인공폭포'에 가기로 한 날이 한 달밖에 남지 않았다. 마음은 조급해졌다. 어느 날, 1학년인 한 녀석이 형들과 이런저런 이야기를 나누던 중 자전거 두발자전거 타기가 어렵다고 하소연했다. 그때 2학년 형이 "나도 너무 무섭고 힘들어서 포기하고 싶었는데, 연습하니까 되더라! 너도 할 수 있어! 힘내." 하고 말하는 게 아닌가.

그 말에 용기를 얻은 1학년 동생은 거듭된 넘어짐과 일어섬의 반복 끝에 결국 두발자전거 타기에 성공했다. 교사의 격려보다 형들의 응원과 지지가 훨씬 큰 도움이 된 것이다.

이렇게 해서 1학년 모두 두발자전거 타기가 가능했고, 아이들 모두 서대문 안산까지 무사히 자전거를 타고 돌아올 수 있었다. 아이들 하나같이 "응? 너무 쉬운데.", "너무 짧아.", "너무 뿌듯해." 하고 말했다. 나는 이 모습을 지켜보며 흐뭇한 웃음을 지었다.

뭐든 조금만 어려우면 쉽게 포기하고, 금방 다른 걸 찾는 아이들에게 큰 산을 넘는 경험을 만들어 주고 싶었다. 성취감이 바로 이런 것이라는 걸 알려 주고 싶었다. 어려움을 극복한 아이들은 얼마나 기뻤을까? 아마도 그 나이가 될 때까지 무언가를 배우기 위해서 이렇게 힘든 적이 없었을 텐데 말이다.

이제 자전거는 아이들의 장난감이 되었다. 자전거로 인해 행동반경이 넓어지고 자유로워지면서 멀다고 생각했던 장소를 손쉽게 갈 수 있게 되었다. 저학년은 한강 놀이터, 서대문구 안산에서 점차 가양대교, 행주산성까지 다녀왔다. 6학년은 45km 거리의 서울숲, 일산 등 더 멀리까지 움직였다.

먼 곳까지 자전거를 타고 갈 때마다 늘 어려움은 있지만 아이들은 "내가 뭔가를 해낸 것 같아." 이런 말을 한다. 평소 들어보지 못했던 생소한 표현을 자전거를 타면서 더 많이 하는 것 같다.

자전거 타기에서 가장 중요하게 생각하는 가치는 빠르

게 멀리 가는 것이 아니라 '오랫동안 즐겁게' 타는 것이다. 해가 거듭될수록 이 아이들과 오랫동안 즐겁고 싶다는 마음이 크고 깊어진다.

빠른 속도에 맞추는 게 아니라
느리고 힘든 사람의 속도에 맞춰
다 함께 가는 방법을 알려 주고 싶었다.

그렇게 아이들은 자전거를 타면서 서로 배려하는 법을 배웠고, 남녀 구분 없이 함께 노는 방법을 배웠다. 이제는 누가 시키지 않아도 서로서로 챙긴다. 같이 고생하면서 전우애가 저절로 생겨 난 것 같다.

특히, 6학년들과 왕복 45km 거리의 서울숲을 다녀올 때가 가장 인상적이었다. 마치 하나의 작은 공동체 같았다. 느리다고 재촉하지 않고 뒤에서 기다려 주고, 빠르면 같이 가자고 말하고, 추월할 때는 마지막 사람까지 소리가 들리도록 크게 말하고, 물이 없어 목이 마르면 얼마 남지 않은 물을 나눠 먹었다. 서로 든든한 팀이 된 것처럼 느껴졌다.

라이딩을 마치고 평가하는 자리에서, 아이들을 함께 인

솔해 주신 택견 사부님이 말씀하셨다.

"6학년 아이들 자전거 진짜 잘 타네."

사부님, 저 아이들 제가 가르쳤어요!

마당놀이는
주차장이 제맛이지

도토리 마을 방과후 1층 주차장은 우리의 놀이터이다. 말이 주차장이지 좁은 콘크리트 바닥이다. 주차장은 사람보다 자동차가 더 자주 드나든다. 주택가임에도 불구하고 자동차들은 속도를 줄일 생각이 없는지 무지하게 빨리 달린다. 그래서 1학년 아이들이 처음 오면 가장 먼저 주차장과 자동차가 다니는 길 사이에 있는 노란선 밖으로는 절대 넘어가지 말라고 주의를 준다.

왜 우리는 이렇게 위험천만한 장소에서 놀게 되었을까?

가장 큰 이유는 마흔 명이 넘는 아이들이 지내는 도토리 마을 방과후의 공간이 좁고, 천장이 낮아 소리가 울리기 때문이다. 조금만 이야기해도 큰 소리가 난다.

그래서 아이들은 어디든 놀 만한 곳을 찾아 놀 궁리를 했다. 어느 날 주차장 평상에 앉아 놀고 있는 아이들 모습을 보니, 주차장이 놀이터면 얼마나 좋을까 하는 생각이 들었다. 십 분 거리에 있는 삼단공원까지 갈 필요가 없으니 말이다.

그렇게 주차장 일부가 놀이터가 되었다. 하지만 아이들의 안전이 최우선이기 때문에 안전 안내판을 만들고 주차장에서 놀 때는 반드시 교사가 함께하고, 자동차가 들어오고 나가는 것을 가장 먼저 본 사람이 큰 소리로 다른 사람들에게 알리고, 하던 놀이를 바로 멈추고 비키는 연습을 늘 했다. 또한 주차장을 벗어나지 못하게 하고, 이웃을 위해 목소리를 낮추는 등 조심 또 조심했다. 아이들이 주차장에서 오랫동안 안전하게 놀 수 있도록 주차장 놀이와 안전에 관한 이야기를 모둠 회의 시간을 통해 주기적으로 나누었다.

위험하지만 안전한 삼십 초 거리의 주차장 놀이터. 선생님들은 아이들이 터전에서 뛰어다니는 소리가 들리면 이렇게 말한다. "자유롭게 놀 친구들은 모두 주차장으로 내려가 뛰어놀아라."라고 말이다. 그러면 아이들은 겉옷을 걸치고 힘차게 계단 아래로 내려간다. 자유로운 놀이터 주차장으로.

아이들이 놀이에서
느끼는 가장 큰 재미는
'짜릿함'이다.

아이들이 노는 모습을 잘 살펴보면 짜릿함을 맛보기 위해 주변 환경을 잘 이용하는 것을 알 수 있다. 기둥 뒤에 몰래 숨거나, 주차한 자동차 주위를 뱅뱅 돌면서 친구들을 따돌리기도 한다.

아이들에게 새로운 놀이를 소개할 때면 짜릿함을 제대로 느낄 수 있는 놀이는 역시나 인기 만점이다. 짜릿함! 이 묘한 매력이 놀이에 담겨야 아이들이 쉽게 지루해하지 않는다.

좁은 주차장 덕분에 없던 짜릿함이 만들어지기도 한다. 도토리에서 가장 인기 있는 주차장 놀이는 뭐니 뭐니 해도 '나비와 그물 놀이'다. 장애물이 없는 넓은 운동장에서 한다면 싱거운 놀이지만, 주차장에 있는 자동차 너머로 숨어가면서 하면 어찌나 짜릿한지.

술래가 다른 아이들을 한 명 한 명 잡다가 마지막 남은 아이까지 잡으면 끝나는 간단한 놀이다. 잡힌 아이들은 다

같이 손을 잡고 다른 아이를 잡으러 간다. 잡히지 않으려고 자동차 뒤에 숨기도 하고, 보일 듯 말 듯 기둥 뒤에 숨기도 한다. 평소에는 자주 어울리지 않던 아이와 손을 잡고 땀을 삐질삐질 흘리며 친구들을 잡으러 간다.

잡히는 사람 수가 늘어날수록 대화를 나누면서 작전을 짜지 않으면 절대 마지막 한 사람까지 잡을 수 없다. 마지막까지 잡히지 않으려고 요리조리 피하면서 놀리는 아이를 보고, 욱하는 마음에 제멋대로 뛰어다니면 잡은 손을 놓치기 쉽다.

한 줄로 늘어서 자동차 뒤에 숨어 있는 아이들을 둘러싼다. 손이 닿일 듯 말 듯 심장이 벌렁대는 아이들 표정이 싱그럽기만 하다. 한구석으로 몰아 보기도 하고 손을 잡았다가 다시 뭉치기도 하며 온갖 전략을 짜면서 마지막까지 잡을 궁리를 한다. 나비와 그물 놀이가 이토록 즐거운 놀이일 줄이야.

아이들이 말한다. "나비와 그물 놀이는 장애물이 많은 주차장이 제맛이지."

한 아이가 큰 소리로 외친다. "얘들아, 나비와 그물 놀이 할 사람 있어?" 서로 눈치 보다가 한 아이가 붙기 시작하면 다른 아이들도 우르르 몰려간다.

주차장 놀이는 모든 학년이 어우러져 놀게 된다. 그러다 보니 어떤 놀이를 하든 저학년 아이들이 가장 먼저 잡힌다. 제대로 놀지도 못하고 단지 인원수를 채우는 꼴이랄까? 그런데 '진놀이'는 좀 다르다. 저학년 아이들이 가장 좋아하는 놀이인데 다 그만한 이유가 있다.

진놀이는 상대보다 늦게 나오는 게 유리한 놀이라서 오히려 고학년들이 저학년을 피해 도망친다. 빠르고 덩치가 크다고 이기는 놀이가 아니다. 사실 이기고 지는 건 상관없다. 상대가 나를 피해 도망치는 모습이 재밌을 뿐이다.

주차장에서 고깔 몇 개만 놓고 출발선만 정하면 어디서든 할 수 있다. 특히 도토리 주차장은 그늘이 있어서 사계절 언제든 할 수 있다. "나 잡아 봐라.", "내가 더 늦게 나왔거든.", "으악~" 하는 아이들의 함성이 울려 퍼진다.

아이들은 주차장에서 나비와 그물 놀이, 진놀이 말고도 줄넘기, 제기차기, 무궁화 꽃이 피었습니다, 포로탈출 등 여러 가지 바깥놀이를 한다. 주차장이 이렇게 활력 넘치는 공간이 될 줄 누가 상상이나 했을까. 이 공간이 없었다면 날마다 십 분 이상 걸어 공원까지 가야 했을 텐데, 즐거움과 짜릿함이 넘치는 주차장 덕분에 아이들 놀이의 질이 얼마나 높아졌는지.

누군가에게는 평범한 주차장이겠지만, 우리에겐 멋진 놀이터가 되었다. 아이들이 놀 수 있는 공간을 고민하고, 만들어 내는 것은 교사의 몫이다. 십 분 내외 거리에 성미산 있고 홍제천과 삼단공원, 놀이터가 있다는 건 무척 반갑지만, 그보다도 우리에겐 그늘진 넓은 주차장이 있는 것이 백배 더 좋다.

주차장에서 노는 것이 일상이 되니 아이들의 관계도 감정도 더 유연해지고 가벼워졌다. 노는 것도 다 때가 있다고 하지 않나. 무지하게 놀아야 몸도 마음도 건강해진다. 아이들이 충분히 놀고 쉬도록 어른들이 도울 때 진짜 아이가 행복한 세상이 될 것이다. 앞으로도 주차장에서 아이들이 뛰어노는 소리는 그치지 않을 것이다.

도토리 마을 방과후
일년살이

● 자전거 타기 활동 (봄, 가을)

준비물 개인별 자전거, 팀 구별용 조끼, 자전거 헬멧, 자전거 장갑, 간단한 간식과 물, 구급 약품, 휴대용 자전거 수리용품, 동행 교사 무전기

자전거를 처음 타는 아이들이나 이제 막 자전거 타기에 재미를 느끼기 시작하는 아이들이 목표한 코스를 완주하면 기념품이나 완주증을 선물한다. 자전거 수첩을 만들어 연습 때마다 스스로 기록하기도 한다.

◆ 1학년 라이딩

1학년 아이들이 자전거 기초 연습과 함께 타는 연습을 마치고 가는 라이딩이다. 안전한 자전거 길에서 진행하면 좋다. 너무 더운 여름이나 겨울은 피하고 날이 빨리 더워지는 계절이면 오전 시간에 진행하는 것이 좋다. 자전거를 타는 것은 빨리 가는 것이 목적이 아니라 함께 맞춰 가는 것이 목적임을 아이들에게 알려 준다. 교사가 맨 앞에서 인솔하고 가장 안정적으로 타는 아이를 마지막 순서로 세운다. 자전거가 어려운 아이일수록 교사 바로 뒤에서 타게 한다. 한 모둠당 5명 정도가 적당하며 교사가 앞뒤로 자

전거를 타기도 한다. 이끄는 교사가 많으면 무전기를 이용해 길에 대한 정보나 위급상황 등을 함께 공유하는 것이 좋다.

◆ 2, 3학년 라이딩

근거리 이동이 가능한 학년이 되면, 조금 더 확장된 목적지를 선정해 라이딩 일정을 잡는다. 최종 라이딩 전에는 모둠별 연습을 하면서 부족한 부분을 점검한다. 최종 목적지는 자전거 이동이 쉬운 곳이자 아이들이 놀 수 있는 장소가 좋다. 자전거로 이동한 후에는 놀이 장소로 잠시 이동해 쉬는 시간을 가지는 것도 방법이 될 수 있다.

◆ 고학년 자전거 라이딩

고학년생들의 자전거 활동은 시간적인 여유가 있는 주말이나 저녁 시간 야간 라이딩으로 계획한다. 야간 장터 등 밤에 활발하게 개장되는 장소를 선정해 가능한 적은 수로 구성하여 이동한다. 소속감을 나타내거나 남들에게 튀는 것을 싫어하는 고학년 아이들의 성향을 고려해 팀 조끼는 생략하는 센스를 발휘한다.

● 들살이 (여름, 겨울)

학교 여름방학과 겨울방학에 진행하는 외부 숙박 활동으로서 아이들이 편안하게 쉴 수 있는 환경인지, 계절에 맞게 놀이할 수 있는지 답사를 다녀와 장소를 결정한다. 여름 들살이는 물놀이가 가능한 곳으로, 겨울 들살이는 눈썰매나 얼음 썰매 등 겨울 놀이가 가능한 장소가 좋다. 아이들이 들살이를 준비하면서 식사 팀, 놀이 팀, 안전팀, 활동 및 총괄로 역할을 나눠 팀별로 그 역할을 할 수 있도록 돕는다. 들살이는 아이들이 계획에 참여하고 진행하는 전체 활동으로 들살이 전 한 달은 들살이 준비 기간으로 사용한다.

● 장터 놀이 (여름, 겨울)

터전의 경제활동은 주로 여름방학과 겨울방학에 이루어지고 고학년 프로젝트 활동으로도 이루어진다. 일상생활에서 아이들이 '기본소득', '세금', '예산', '수익과 지출', '소비' 등 경제 개념을 자연스럽게 익힐 수 있는 활동이다. 먼저 아이들은 각자 통장을 발급받고 매달 또는 매주 기본소득을 받는다. 또 터전의 일상 생활에서 여러 가지 일들에 적당한 가치를 매겨 소득을 발생시키기도 한다. 이 과정에서 화폐의 단위를 함께 결정해 보기도 하고 기본소득의 장, 단점 등을 이야기해 보고 아이들의 생각을 들어볼 수도 있다. 자체 화폐를 제작하여 소득이 발생할 때마다 지급할 수도 있지만, 통장에 기입하여 수고를 줄일 수도 있다.

◆ **고학년 프로젝트 (겨울)**

준비물 계획서, 예산서, 홍보지, 내역서 등

5, 6학년에게는 터전에서 예산을 주어 작은 사업계획을 세우게 하고 일정 기간 가게를 운영하도록 한다. 아이들은 게임이나 문구점, 군것질 판매 등 원하는 가게를 열 수 있다. 2~3명으로 팀을 짜서 판매 물품, 방식, 가격, 홍보까지 모두 스스로 계획을 세우고 진행한다. 이때 소비자 역할은 다른 학년 아이들이 맡는다. 동생들은 기본소득과 그 외 수입으로 형님들의 가게에서 물건을 사거나 소비를 하고, 고학년은 그 수익으로 다시 물품이나 재료를 구매하여 판매하는 방식으로 이루어진다. 이 과정에서 고학년은 스스로 세운 계획에 대한 책임과 다양한 상황에서의 대처도 함께 배울 수 있다. 교사는 아이들이 재료나 물품을 구매할 수 있게 자체 화폐를 현금으로 바꿔 주거나 미리 세운 예산안에서 진행될 수 있게 조절해 주는 역할을 맡는다.

◆ **장터 (여름, 겨울)**

준비물 통장, 장터 물건

고학년을 제외한 다른 학년 아이들은 연중 2회 정도 벼룩시장 형태의 장터를 열어 물건을 판매하거나 사 본다. 교사들은 아이들의 수익이 적절히 쓰일 수 있도록 따로 가게를 준비한다. 집에서 안 쓰는 여러 가지 물건을 스스로 챙겨 와 팔거나 부모님과 함께 준비해서 장터를 열기도 한다. 학년에 따라 직접 물건을 만들어 판매하는 방식을 택할 수도 있다. 교사는 아이들이 2~3명씩 팀을 이루게 하고 판매 항목이 겹치지 않도록 조절을 해 준다. 장터를 준비하는 기간에 아이들은 스스로 회의를 하고, 물품을 준비 하면서 함께 의견을 조율하는 경험을 쌓고, 활동에 대한 기대감도 높일 수 있다. 고학년 아이들의 프로젝트 활동과 장터 활동을 일정한 시간을 두고 한꺼번에 진행할 수도 있다.

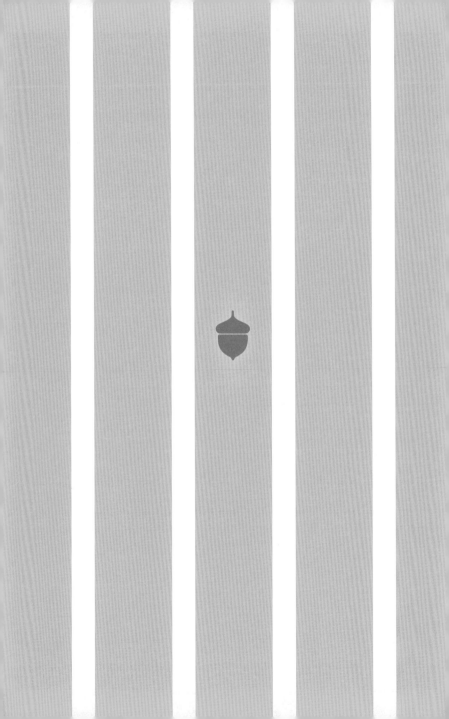

가르치다와
배우다는
같은 말

그래, 한번 봐줬다

버스가 다니는 큰길을 따라 쭉 내려가다 보면 길모퉁이에 작은 점방이 하나 있었다. 약간의 군것질거리와 문구를 파는 동네의 흔한 구멍가게인데 사람들이 지나다니는 길 쪽으로 보이는 유리 진열장엔 바비인형과 닮은 이름도 상표도 없이 300원이라는 가격표만 달랑 붙은 플라스틱 인형 세 개가 비닐에 곱게 싸인 채 놓여 있었다.

여덟 살의 나는 틈날 때마다 유리 진열장을 들여다보며 돈이 생기면 셋 중 어떤 인형을 살까 궁리했다. 긴 금발에 반짝이는 짧은 원피스를 입고 무릎까지 오는 부츠를 신은 인형은 정말 예뻤다. 어린 나의 시선을 한참이나 묶어 둘 정도였다.

엄마나 아빠에게 졸라 볼 만도 했지만 장난감보다는 책이 훨씬 더 필요하다는 확고한 믿음을 가진 부모님과 동네 영재 소리를 듣던 언니 덕분에 딸 부잣집 둘째는 인형이 갖고 싶다는 말은 꺼내지도 못하고 속절없이 시간만 보냈다.

용돈이라는 게 없었던 여덟 살 아이에게 300원은 참 큰돈이라 하루하루 아쉬움만 쌓여 가고 있었다. 하지만 간절히 바라면 이루어진다고 하지 않았던가.

하루는 아빠 친구분들이 놀러 오셨다가 천 원이라는 거금을 용돈으로 주셨다. 물론, 평상시 같으면 바로 엄마 지갑으로 들어갔을 텐데 그때는 웬일인지 과자 하나 사 먹을 여유를 허락해 주셨던 것 같다.

그 길로 당장 가게로 달려가 인형을 샀다. 고르고 골라 드디어 내 것이 된 인형이 얼마나 예쁘던지. 지금은 무슨 색깔 원피스를 입었는지, 어떤 부츠를 신었는지 기억도 안 나지만 인형에서 나던 쨍한 플라스틱 냄새는 아직도 코끝에 생생하다.

땀 젖은 손으로 쓱 문지르기만 해도 지워지는 눈코입, 몇 번 가지고 놀지도 않았는데 엄지손가락이 들어갈 정도로 늘어나 버린 부츠, 올이 풀려 촛불로 계속 다듬어줘야 했던 원피스 등 조악하기 짝이 없는 인형이었지만 나의 장난감이라는 생각에 그저 흐뭇했던 기억이 새록새록하다.

너무 열심히 가지고 놀았던 탓일까. 얼마 지나지 않아 인형은 망가져 버렸고 더 이상 나에겐 새로운 장난감이 생기지 않았다. 공부 잘하는 게 최고의 덕목이었던 시대인지라 아쉽다는 마음도 갖지 못한 채 나의 장난감 역사는 이렇게 막을 내렸다.

그런 기억 때문인지 방과후 교사가 되었을 때, 아이들이 삼삼오오 모여 여러 가지 보드게임을 자유롭게 즐기는 모습이 무척 대단해 보였다.

아이들에게 좀 가르쳐 달라고 하면 될걸, 말도 못 하고 어떻게 놀아야 할지 몰라 그저 지켜보고만 있었다.

그때만 해도 교사는 아이들이 물어보는 것에 척척 대답해 주는 사람이고, 아이들이 하는 건 다 알고 있어야 한다고 생각했던 모양이다.

그런 와중에 부루마블 게임을 하는 아이들을 발견했다.

그나마 아는 게임이라 덜컥 "나도 같이하자."라며 말을 붙였다. 그때 아이들의 표정이 아마 '오호!'였던 것 같다. 어떤 '오호'였는지 지금도 모르겠지만 덕분에 자연스럽게 한자리 끼어 앉을 수 있었다.

하지만 게임이 거듭될수록 밑천이 드러났다. 전략이나 전술 따위가 있을 리가 없는 나는 금방 파산의 위기가 오고 말았다. 아슬아슬하게 순서가 넘어가 차라리 무인도에 갇히는 게 낫겠다는 생각과 이번 주사위마저 잘못 굴리면 끝이라는 비장함과 함께 찾아온 기회는 돈을 내지 않아도 되는 미션 카드였다. 안도감과 함께 너스레를 떨며 한 장을 뽑아 들었는데 적혀 있는 미션은 '장기자랑을 하시오.'였다. 장기자랑을 보여 주면 다른 참가자들에게 그에 맞는 게임 금액을 받는 미션이었다.

아이들은 그 미션에 걸리면 '대충 그냥 넘어가, 안 받아도 돼.' 하며 지나가기도 했는데, 신입 교사였던 나는 이번 기회에 웃음이라도 줘야겠다는 생각으로 당당히 일어서 '곰 세 마리'를 불렀다. 아이들은 게임은 너무 못하는데 유치한 노래까지 불러 대는 교사를 신기하고 재미있다는 듯 바라보았다.

약간 민망해서 그만해야지 하는 찰나, 한 아이가 장기자랑 값으로 거액의 상금을 주자고 했다. 여기저기서 반대가 심했으나 결국 상금을 받았고 그걸로 게임을 좀 더 이어갈 수 있었다. 물론 곧 파산하긴 했지만.

그 뒤로도 나는 여러 번 게임에 도전했고, 여러 번 파산했고, 아이들은 장기자랑이나 생일 축하로 슬쩍 봐주곤 했다. 다른 아이의 반대가 있을라치면 "한번 봐줘" 하는 목소리가 어디선가 쓱 나왔다. 그러면 반대하던 아이는 큰 결심이라도 한 듯 "그래, 한번 봐줬다." 하며 게임을 이어갔다.

시간이 많이 지났지만, 여전히 내가 모르는 게임은 계속 나타난다. 이젠 새로운 게임이 생길 때마다 부끄러움이나 어색함 없이 아이들에게 가르쳐 달라고 하고, 지기도 하고, 실수도 하며 배운다.

물론 아이들은 어른인 나를 이기면 친구들을 이길 때보다 조금 더 우쭐해한다. 나도 번번이 지는 건 자존심이 살짝 상하는 터라 집에서 미리 연습하거나 다른 사람에게 배워서 가기도 한다. 또 아주 드물게 아이들을 한번 봐주거나 가르쳐 주기도 한다.

처음에 아이들은 게임을 진짜 못하는 교사가 신기했을 수도 있고, 게임을 할 때마다 가르쳐 줘야 하거나, 봐줘야 하는 게 웃겼을 수도 있다. 그래서 그냥 가볍게 '어차피 질 것 같으니 한번 봐주자.' 하는 마음이었겠지만 나에게 그 시간은 용기를 주는 기억으로 남아 있다.

> 아이들과 지내는 모든 순간 '교사'로서,
> 그리고 '어른'으로서 마냥 완벽하지
> 않아도 된다는 걸 깨달았다.

이런 경험들 덕분에 '교사는 이래야 해, 어른이 이 정도는 해야지' 하는 생각에서 벗어나도 괜찮다는 것을 알게 되었다.

'내 실수를 아이들이 한번 봐줄 거다. 그러니 조금 더 용감해져도 된다.'라는 기억. 처음부터 다 알지 못해도, 네가 가르쳐 주고 내가 배우더라도 괜찮고, 한 번이 아닌 두 번도 봐줄 수 있고, 나도 그럴 수 있는 사이가 되어 가는 경험들이 방과후 교사로 살아가는 나를 든든하게 지지해 준다. 그래서 나는 오늘도 여전히 아이들 속에서 산다.

시간을 두고 배우다
(가르치다 = 배우다)

"여러분은 여러 개의 사과가 있다면, 맛있는 사과부터 먹는 사람인가요? 맛없는 사과부터 먹는 사람인가요?"

어느 날 담임 선생님이 물었다. '나는 어떤 사람이었지?' 곰곰이 생각해 보니 상처 나고 못난 사과부터 먹는 것 같았다. 선생님의 다음 이야기에 귀를 기울였다. 이런 차이가 어떤 결과로 이어지는지 몹시 궁금했다.

선생님은 맛있는 사과부터 먹는 사람은 가장 맛있는 사과, 두 번째로 맛있는 사과, 조금 맛있는 사과 순서로 먹기 때문에 결론적으로 그가 먹는 모든 사과는 맛있는 게 된다고 했다. 맛없는 사과를 먼저 먹는 사람은 가장 맛없는 사과, 두 번째로 맛없는 사과, 가장 맛없는 사과라고 생각하며 먹기 때문에 같은 사과임에도 모두 맛없는 사과를 먹는 셈인 것이다.

결론적으로 선생님은 똑같은 행동이라도 긍정적인 마음인지 부정적인 마음인지에 따라 상황이 달라질 수 있다는 걸 가르쳐 주었다.

그런데 나는 '긍정적인 생각으로 선택해야지.'라는 배움보다 '그런데 왜?'라는 의문이 들었다. '가장 맛없는 사과부터 먹는다고 해도 남은 사과는 맛있는 사과로 분류할 수 있지 않을까?', '나는 그럼 부정적인 사람인가?' 하는 생각이 들었다.

상처 나고 흠집 난 사과를 먼저 먹는 버릇은 아마 엄마에게 배웠을 것이다. 엄마는 어려웠던 형편에 예쁘고 맛있는 사과는 나중에 먹으려고 아껴 두기도 했거니와 전체 사과가 썩지 않도록 안 좋은 사과를 먼저 먹곤 했다. 이러한 선택은 다른 측면에서 본다면 전체를 위해 썩은 사과를 없애는 것처럼, 문제 해결을 먼저 하는 것일 수 있다.

엄마에게 배운 것은 부정적인 마음으로 사물을 대하는 것이 아니라 모든 사과를 온전하게 오래 보관할 수 있는 현명하고 경제적인 선택의 문제가 아니었을까 하고 생각했다. 또 포장을 풀지 않은 선물처럼 미래를 위해 즐거움을 예약한 것이라고 이해했다.

하지만 엄마가 돌아가시고 나서 가장 크게 배운 것은 아끼고 아꼈던 예쁘고 맛있는 사과를 맛보지 못한 엄마의 선택에 대한 아쉬움이다. '아끼지 말고 가장 맛있는 사과를 먹었으면 얼마나 좋았을까?' 싶은 아픔은, 즐거움은 미루면 안 된다는 배움으로 정리되었다.

아마 그때 선생님이 우리에게 가르쳐 주고자 했던 것 중에는 현재 누릴 수 있는 즐거움을 미루지 말라는 의미도 있었는지 모르겠다.

어렸을 때는 선생님이 전하고자 하는 가르침이 바로 와 닿지 않았는데, 이렇듯 한 가지 가르침은 거기서 멈추지 않고, 꼬리에 꼬리를 물고 답을 찾는 과정이 되어 내 삶 속에서 배움으로 이어졌다.

끊임없는 질문과 삶에 대한 이해를 통해 나만의 답을 찾아가고 있는 것 같다.

얼마 전 아이들과 모여서 상반기에 찍은 터전 생활 사진들을 보았다. 아이들은 "저 때가 언제였지? 그때 재미있었지!" 하며 옆 친구와 그날을 회상하며 대화한다. "어? 중훈이다! 보고 싶네…" 하며 이제는 방과후를 그만두어 만나기 어려운 친구를 그리워했다. "내 모습은 이제까지 여덟 번 나왔어!", "나는 열한 번 나왔다!" 하며 사진 속 자신 모습을 찾아 손가락을 꼽으며 누가 더 많이 나왔는지 경쟁하기도 했다.

사진을 다 본 다음 아이들에게 "같은 사진을 보면서도 나들이를 회상하는 사람도 있고, 친구를 그리워하기도 하고, 자기 모습이 몇 번 나왔나 세는 사람도 있더라."라고 말했다. 자기 모습만 세어 본다는 말이 끝나자 몇몇 아이들이 "어휴, 누구야?"라며 부정적인 반응을 보였다.

아이들도 자기 기준에 따라 다른 사람의 행동을 판단한다. '어떻게 전체 아이들이 나오는 사진을 보면서 자기 모습만 찾아서 보는 거야?'라고 생각하는 것 같았다.

사실 나도 처음에는 비슷한 생각을 했다. '아이들은 자기밖에 모르는 걸까?', '함께했던 사람이나 즐거웠던 추억이 떠오르지는 않을까?' 하지만 손가락을 꼽으며 자기 모습을 세는 아이들을 보니 대부분 어린아이들이었다.

웃으며 서로 몇 번 나왔는지 경쟁하듯 세고 있는 아이들 모습은 '텔레비전에 내가 나왔으면 정말 좋겠네.' 하고 노래를 부르는 것 같았다. 사진 속 행복한 때의 자신을 만나는 즐거움을 그렇게 표현하고 있었다. 사진 속 자신의 모습만 본다고 이기적이라고 말할 수는 없다. 마치 맛없는 사과를 먼저 먹으면 부정적인 마음을 가지고 사물을 대하는 것이 아니듯이 말이다.

사람들은 대개 배움은 가르침으로부터 나온다고 생각한다. 가르쳐 주어야 배울 수 있다고 믿고, 가르치는 것을 잘 받아들이는 것이 올바른 배움이라고 여기곤 한다. 하지만 그날 내가 아이들에게 "우리는 모두 다른 얼굴을 가졌듯, 같은 사진을 보더라도 느낌을 표현하는 말은 다양한 거야!"라는 말을 했다고 한들 아이들이 가르침을 받았을까?

그날 나는 아이들의 반응을 살피면서, 그들의 느낌을 짐작하고 즐거운 상황을 표현하는 다양한 방법을 이해하게 되었다. 그렇게 배움은 나에게 왔다.

우리는 매일매일 삶 속에서
의도치 않게 가르침을 받는다.

무엇을 배웠는가는 가르치는 사람이 정하는 것이 아니
라 배우려는 사람이 결정하는 것이다. 삶을 통해 지속해서
말이다.

배려는 가르치기 전에
보여 줘야 하는 것

새롭게 터전에 다닐 예비 1학년 아이들의 터전 익히기를
위해 터전을 비워줄 겸, 방학 막바지이기도 해서 모처럼
4학년 이상의 아이들과 함께 용산에 있는 국립박물관으로
향했다.

제법 큰 아이들이라 맨 앞과 뒤에서 교사가 살피기로 하
고 자율적으로 이동했다. 터전에서 워낙 자유롭게 지낸 터
라 공공장소에서는 각별히 신경을 쓰고 지켜야 할 것들을
여러 번 강조한다.

그렇게 나들이를 마치고 터전으로 돌아오는 길에 일이
생기고 말았다.

남자아이들이 전철의 빈자리 두 개를 발견하고는 우르
르 뛰어가 앉았다. '아차' 하는 마음에 아이들 쪽으로 고개
를 돌렸을 때 근처에 서 있는 어르신 몇 분이 보였다.

그 순간 큰 소리가 울렸다.

"아이들, 일어서!"

아이들 옆에 있던 어르신 중 한 분이 자리에 앉은 아이들에게 소리쳤다. 마치 군대 상사가 부하에게 명령하는 듯한 고함에 아이들은 당황해하며 자리에서 일어서 우리 쪽으로 왔다. 어르신들은 바로 그 자리에 앉았다.

아이들에게 곧 내릴 차례니 조금만 서 있자고, 주변에 어르신들이 있는 걸 나도 미처 못 봤다고 말했다. 상황을 미리 알았으면 어르신에게 양해를 구했거나 여쭤 보았을 테니까.

고학년 여자아이들은 갑작스럽고 다소 충격적인 어르신의 반응에 무척 놀라며 이해하지 못하겠다는 듯이 계속 "대체 왜? 왜?"라고 물었다. 남자아이들과 날마다 티격태격 다투며 지내기는 하지만, 동생들이 마치 큰 잘못을 저질러 쫓겨 온 상황이 이해가 안 되고 민망하게 돌아온 동생들의 모습이 안쓰러웠던 모양이다.

나는 아이들의 "왜?"라는 물음 속에는 "왜? 어른들은 이렇게 행동하는 거야?", "왜? 저게 옳은 일이야?"라는 의미가 담겨 있다고 생각했다. "어르신들도 힘들었나 봐. 그런데 조금만 친절하게 자리를 비켜 달라고 말했어도 이렇게 마음이 상하지는 않았을 것 같아." 하고 답을 했지만, 오늘 있었던 일을 돌아보며 이런저런 생각이 들었다.

내가 아이들의 놀란 마음을
먼저 읽어 주지 못한 건 아닐까?

아이들 잘못이 아니라고 말하지 못한 것이 아쉬웠다. 내 설명이 되레 아이들 입장을 헤아려 주지 못하고 마치 이번 일이 온전히 아이들의 잘못인 듯 여긴 건 아닐까 싶어 마음이 무거웠다.

그리고 계속 배려란 무엇일까 생각해 보았다. 어떻게 하면 아이들이 배려를 익힐 수 있을까? 그렇다면 오늘 겪은 일은 아이들이 어르신을 배려하지 못한 것일까? 어르신의 행동은 아이를 배려한 행동이었을까? 자신을 배려한 행동이었을까?

《아름다운 가치 사전》채인선, 한울림어린이, 2005에서 배려를 설명한 내용이 떠올랐다.

배려란, 텔레비전을 켜기 전에 책을 읽고 있는 형에게 먼저 이렇게 묻는 것.

"형, 나 텔레비전 봐도 돼? 내가 좋아하는 만화영화가 곧 시작하거든."

배려란, 화분을 햇빛이 드는 곳으로 옮겨 주는 것.

'이 화분은 발이 없으니까 내가 옮겨 주어야지. 햇볕을 쬐고 싶을 테니까.'

우리 아이들이 어르신들의 고단함을 생각하여 "여기 자리가 있어요. 여기 앉으실래요?"라고 말하는 것. 그리고 그 어르신들이 우리 아이들에게 "내가 무척 다리가 아프니, 여기에 내가 앉아도 되겠니?"라고 먼저 묻는 모습을 상상해 본다.

이렇듯 배려란 어느 한 사람만이 아니라 모두가 해야 하며, 무엇보다 어른인 우리가 먼저 아이들에게 몸소 보여 주어서 비로소 익히도록 가르쳐야 하는 것은 아닐까.

늦었지만 아이들에게 말하고 싶다.

"얘들아, 그날 전철 빈자리에 앉아 큰 소리 들었던 일은 너희 잘못이 아니야. 소리치며 비키라고 한 어르신의 행동은 잘못된 거지. 양보가 필요하면 명령이 아니라 부탁해야 하거든. 그날 너희를 대신해 어른인 내가 그 어르신들에게 당당하게 말하지 못해 미안해!"

레디, 액션!
논두렁 감독 데뷔?!

겁 없이 덤볐다가 큰코다쳤다. 좋아 보여서, 하고 싶어서 시작한 영화프로젝트 활동인데 만만치 않았다.

고학년 담임이 되면 상반기는 저녁밥을 만들어 먹는 모임인 '저녁밥 모임'을 하고 하반기에는 새로운 프로젝트를 준비한다. 프로젝트 활동은 아이들이 주체적으로 하지만, 담임 교사가 큰 틀과 방향을 완벽하게 이해하고 있어야 한다.

그렇기 때문에 내가 잘하고 좋아하는 활동 중에서 아이들과 잘 맞는 걸 하는 게 나을 것 같아 연극 공연과 영화 제작 중 하나를 선택하도록 제안했다. 영화 제작을 하면 영화제에 출품해 보자고도 했다. 아이들은 영화제 출품이 마음에 들었는지 영화 제작을 선택했다.

믿는 구석도 있었다. 학부모 한 분이 영화 촬영감독이어서 든든한 지원군이 될 거라 생각했다. 나중에 들은 이야기인데, 촬영감독인 학부모는 아이들이 영화를 만든다는 소식에 담임인 내가 고생할 게 뻔해서 무척 걱정했다고 한다. 뭐, 사실 고생을 예상하고 시작했지만, 하룻강아지가 덤빈 꼴이 바로 내 모습이었다.

먼저 어떤 이야기를 어떻게 담을지 아이들과 함께 이야기를 모았다. 기본 틀은 드라마 작가인 학부모의 도움을 받았다. 대본뿐만 아니라 촬영, 연기까지 모두 부모님들의 재능기부를 받을 수 있었는데, 그 자체로 큰 의미가 있었다.

일상적으로 마주치는 부모님들이 일일 선생님으로 강의를 해 주니 아이들은 긴장감 없이 더 몰입할 수 있었다. 마치 모두가 우리의 영화를 지지하는 것 같았다.

드디어 영화의 제목과 내용이 정해졌다. '파자마 파티 대소동'이다. 겁 많고 엉뚱하고 대장부 같은 다양한 매력을 가진 여섯 명의 소녀들이 부모님이 집을 비운 사이 모여 파자마 파티를 하려고 준비하면서 일어나는 소동을 그린 이야기다.

영화 제작은 대본, 촬영, 편집, 연기 네 팀으로 나누어 진행했다. 그런데 코로나가 더 심해져 당장 모이기 어려워지자 꼭 모이지 않아도 되는 대본 팀이 먼저 작업을 끝내기로 했다. 4주 정도면 대본을 어느 정도 마무리할 줄 알았는데, 일정이 밀리면서 거의 7주 만에 완성되었다.

촬영 팀은 학부모의 도움을 받아서 촬영 기법과 영상 장비를 사용하는 방법 등을 배운 다음 각자 역할을 정했다. 무엇을 하든 역할이 없으면 책임도 사라지는 법! 촬영 담당은 물론 '레디, 액션!' 말하기, 촬영 기록, 녹음 등의 역할을 나누어 서로 돌아가면서 하도록 했다.

처음에는 신기하고 재미있었겠지만, 하루에 네 시간 넘게 촬영하는 일이 쉽지만은 않았을 것이다. 결국 불평불만이 폭발하고야 말았다.

"논두렁, 도대체 언제까지 촬영해요? 우리는 언제 놀아요?"

"이 장면 끝나면 놀자."

아이들과 씨름하고 토닥이며 한 장면 한 장면 끌고 갔다.

연기 팀도 배우 출신 학부모에게 연기 특강을 듣고 촬영에 들어갔다. 장면마다 어떤 구성과 동선을 할지 정하고 연기했다. 아이들의 촬영과 연기를 지켜보는 일이 무척 즐거웠다. 하지만 대사를 까먹거나, 촬영 팀의 기술적인 실수가 있거나, 목소리가 작거나, 연기가 어색하여 NG가 나기 일쑤였다. 이처럼 여러 가지 문제로 촬영이 지연되기도 했다. 많은 사람들이 호흡을 맞추는 게 여간 어려운 게 아니었다. 그런데 NG보다 더 힘들었던 것은 본인 연기가 끝났다고 옆방에서 시끄럽게 하거나 왔다 갔다 하면서 촬영을 방해하는 일이었다.

그러나 마지막 편집은 의외로 척척 진행됐다. 장면에 어울리는 노래를 찾고 영상을 자르고 붙이는 작업에 능숙했다. 짧고 간단하게 편집 완료!

드디어 석 달에 걸쳐서 완성된 '파자마 파티 대소동'은 졸업식 때 첫 시사회를 했다. "이거 진짜 애들이 만든 거 맞아요?"라고 말하는 부모들도 있었다. 아이들의 기가 막힌 표정 연기와 촬영 구도를 보고 촬영감독인 부모님마저 놀라워했다. 아마추어 작품이라고 할 수 없을 만큼 잘 만들었다며 호평했다.

불평불만 가득하고 의욕 없는 사춘기 아이들이 석 달에

걸쳐서 영화를 만들었다는 사실만으로 기특하고 신기한 일이다. 큰 기대를 하고 시작한 건 아니었지만, 아이들과 마지막으로 고생하며 만든 작품이라 더 큰 의미가 있었다. 또한, 학부모들의 도움이 있었기에 가능했다는 것도 잘 알고 있다.

교사 혼자 책임을 부담하는 것이 아니라 그 책임을 함께 골고루 나눌 수 있어서 즐거웠다.

뒤돌아보니 좀 더 많이 칭찬하고 격려할 걸 하는 아쉬움이 남는다. 잘하고 싶은 마음이 앞서서 아이들의 감정을 살뜰히 살피지 못한 것 같다. 늦었지만 미안한 마음을 전하다.

그런데 한 번 더는 못하겠다.

"너희도 나랑 똑같은 마음이지?"

누가 내 고민 좀
해결해 줘

아이들을 만나면서부터는 늘 고민이 있다. 고민 없이 행복
하기만 하면 교사로서의 삶을 한번 되짚어 봐야 한다.

터전의 일상은 날마다 똑같은 매뉴얼로 움직이지 않는
다. 그래서 더 어렵고 늘 새롭다. 날마다 선생님들과 회의
의 해도 고민들은 쉽게 해결되지 않는다.

이 고민의 실체는 무엇이지? 나는 왜 이렇게 가슴이 답
답하지? 나는 왜 고민을 짊어지고 살아가는 걸까? 이 답답
한 고리의 사슬을 끊어야 하는데.

해를 거듭할수록 고민이 해결되고 일이 능숙해져 아이
들을 만나는 게 편해질 줄 알았다. 하지만 그건 나의 희망
사항일 뿐 연차가 쌓일수록 고민은 더 깊어진다.

고민은 늘 해결 과정 중에 있을 뿐 마침표를 찍고 끝낸 고민은 없다.

나의 부족한 점을 알고 아이에게 좋은 친구이자 든든한 멘토가 되고 싶다. 풀리지 않은 나의 고민 몇 가지를 함께 나누어 보려고 한다.

첫 번째 고민은 아이들과 소통하며 관계 맺는 것이다.

처음 공동육아 방과후 교사로 일할 무렵 나는 아이들에게 모든 걸 허용하는 편안하고 따뜻한, 사랑이 넘치는 교사가 되고 싶었다. 그런데 고학년 아이들과 남자아이들의 끓어오르는 에너지를 감당하기 힘들어 조금 느슨하고 편하게 대했던 것이 결국 아이들이 나를 쉽게 대하는 빌미가 되었다.

아이들이 축구를 할 때면 종종 심판을 봤다. 불타는 승부욕 때문에 판정의 결과를 받아들이지 못하고 서로 싸우는 일이 자주 일어났다. 사건이 일어난 그날도 역시 축구 심판을 봤다. 한 녀석이 내 판정에 불만이 있었는지 중얼거리며 화를 냈다. 평소 도움이 필요할 때는 졸졸 쫓아다니는 녀석이지만 무엇이 마음에 들지 않았는지 "논두렁 싫어!"라고 소리쳤다. 이 말에 나도 "흥, 나도 심판 다시는 안 해!"라고 말했다.

재미로 시작한 축구가 서로의 마음에 상처만 잔뜩 주었다. 나는 거친 숨을 내쉬며 화난 감정을 어떻게 다스려야 할지 어려웠다. 이 허탈하고 어이없는 감정은 무엇일까?

처음 만나는 이 야생의 세계는 시작부터 나에게 좌절을 맛보게 했다. 친구에게 하소연이라도 하고 싶었지만 아이들과 싸운 내용을 말하기 부끄러워 전화기를 몇 번이나 들었다 놓았다. 지금에 와서야 추억이지만 그때는 참 힘들었다.

그 사건 이후로 나는 저학년은 조금 단호하게, 고학년은 서서히 허용적인 태도를 보이기 위해 노력했다. 그리고 감정적으로 대응하기보다는 잘못한 부분에 대해서는 논리적인 대화로 풀어 가고자 했다. 또 친구처럼 너무 경계 없이 허물없는 사이가 된 것 같아서 조금 거리를 두었고 장난치는 것도 줄였다. 교사에게 필요한 자질에는 유머도 있지만, 그보다는 단단한 마음과 균형이 더 필요하다고 생각했기 때문이다.

해를 거듭할수록 나도 아이들도 조금씩 성장하고 있지만, 아이들을 만나는 건 여전히 쉽지 않았다. 대화를 아무리 해도 어려운 아이는 여전히 어려웠다. 무엇이 잘못된 걸까? 어떻게 아이들을 대해야 한단 말인가? 고민이 계속 이어진다.

되짚어 보면 가장 중요한 것은 내가 먼저 변하는 것이었다. 아이들의 이야기를 경청하고 이해하는 것. 너무 당연한 말이지만, 사실 그 당연함이 더 어려운 법이다. 그리고 크고 넓은 시각으로 아이들을 바라봐야 한다. 그러면 생각지도 못한 사이에 아이들이 달라져 있을 것이다.

나는 오늘도 아이들과 소통하고 관계를 맺는 일에 한 발짝 더 다가가는 중이다.

**지금도 아이들과 교사는
함께 서서히 변하고 있다.**

두 번째 고민은 고학년의 생활이다.

공동육아 방과후는 초등학교 1학년부터 졸업할 때까지 6년을 다니게 된다. 말이 쉬워 6년이지, 6년을 다닌다는 게 쉽지 않다. 아이들이 고학년이 되면, 어른들의 눈을 피해 또래들과 자유롭게 놀고 무엇이든 본인 스스로 선택하고 결정하고 싶어 한다.

신기하게도 아이들이 하나같이 5학년만 되면 도토리 마을 방과후의 통제와 규칙을 답답해하고 이곳을 지루하고 단순한 곳으로 여긴다.

그래서 5~6학년은 하반기에 프로젝트 수업을 하거나 여러 행사를 함께 준비하는 등 고학년만 할 수 있는 다양한 활동을 한다. 하지만 모든 아이들의 욕구를 충족할 수 없기에 졸업을 1년 앞둔 아이들과 어떻게 남은 한 해를 잘 지내야 할지 고민이 많다.

이번 6학년 아이들은 또래 관계가 워낙 단단하고 친밀하여 큰 불만을 토로하거나 다니기 싫다고 반항하는 일은 다소 적었지만, 거꾸로 또래 관계가 친밀한 아이들 사이에서 내가 어떤 역할을 할지 고민이다. 내가 먼저 앞장서서 계획을 세우지 않고, 아이들이 중심이 되어 할 수 있는 일상을 보내다 보면 방법을 찾겠지. 그래도 처음보다는 여유가 조금은 생긴 것 같다.

이 밖에도 교사로 일하며 드는 고민은 수없이 많다. 나 혼자 해결할 수 있는 고민은 아무것도 없다. 그래서 늘 교사회와 아이들, 부모가 함께 머리를 맞댄다.

놀이를 통해 아이들을 만나고 있다고 생각하지만 여기에 머무르지 않고 아이들과 좀 더 깊은 관계를 맺으며 서로 이해하고 공감하고 싶다.

지금까지 나는 나에게만 집중하며 정신없이 살아온 것 같다. 자주 까먹어서 놓치는 일이 많았고, 몸과 마음이 지칠 때면 생각 없이 행동할 때도 많았다. 그때마다 내게 조언해 주고 도와주었던 동료 교사들 덕분에 지금까지 올 수 있었다.

아이들을 만나면서 고민이 있다는 건 아이들과의 관계, 태도, 생활에 관심이 있다는 것이고 이들에게 무엇이 필요할지 생각한다는 건 늘 대안을 마련하기 위해 애쓰는 것이라고 생각한다.

훌륭하고 멋진 활동이나 프로그램보다 아이 한 명 한 명의 삶에 관심을 두고 그들에게 진심 어린 사랑을 담아 건네는 말 한마디가 그 무엇보다도 중요하다.

이렇게 내가 고민이 많다는 건, 아이들에게 관심이 많

고 더 좋은 것들을 주기 위함이 아닐까? 이 관심과 사랑은 아이들이 만나게 될 어려움과 장애물을 이겨 내는 힘이 될 것이다.

　고민의 끝은 없지만, 그 고민이 아이들을 살린다.

아이들이 없어도 선생님

"선생님은 아이들이 보지 않는 곳에서도 선생님이어야 합니다."라고 말한 사람이 있었다. 그 이야기를 처음 들었을 땐 '그렇지. 당연히 그래야 하는 거 아닌가?' 하고 생각했을 뿐, 그 이야기를 곱씹어 생각하지 않았다.

그로부터 몇 년이 지난 지금 나는 날마다 그 말을 되뇌며 생활한다. 아이들과 함께 일상을 보내다 보니 그 어떤 말보다 더 많은 생각거리를 준다. 혼자 있을 때도, 터전에서 아이들과 있을 때도 되뇌게 된다.

터전 세탁실 발판이 며칠 전부터 덜렁거려 보수를 하게 됐다. 보수라고는 하지만 기껏 넓은 테이프로 떨어진 곳을 붙이는 게 고작이다. 그렇게 떨어진 곳을 테이프로 양껏 붙이려는데, '테이프 많이 쓰면 안 된다고 했잖아! 환경이 오염되잖아!' 하는 아이들의 목소리가 들렸다.

언제부턴가 아이들이 없는 곳에서도 아이들 목소리가 들리는 듯하다. 이런 것도 직업병인가? 재활용 통에 빈 음료수 통을 넣을 때도 비닐을 벗기지 않고 그냥 넣을라치면 아이들이 뭐라고 하는 것 같다. 설거지하려고 물을 틀 때도 짐짓 많이 틀어지거나 무의미하게 물이 흘러가는 것 같으면 여지없이 아이들이 물을 아끼라며 잔소리를 해대는 것 같은 착각이 든다.

이곳에서는 아이들과 모둠 회의 시간을 통해 다양한 주제로 이야기를 나눈다. 환경이나 인권 문제는 물론이고 스스로 책임지는 생활, 다른 사람을 배려하는 마음에 이르기까지 생활 전반에 관해 이야기한다.

이렇게 모둠 회의에서 아이들과 한 이야기는 이야기로 끝나지 않는다. 생활과 밀접한 주제가 많기에 수시로 다시 이야기하고 활동으로 연결해 본다. 그러다 보면 하루에도 수십 번, 했던 이야기들을 다시 하게 된다.

이런 이야기들을 터전 아이들과 나누고 퇴근해서 가족과도 수시로 나누다 보니 얘기한 것들을 반드시 지키겠다는 굳은 결심을 하게 된다. 하지만, 간혹 스티커를 떼지 않고 플라스틱을 버리게 되면, 아이들에게만 강조하고 정작 나는 무심히 행동하고 있는 건 아닌가 싶은 마음이 들었다.

이런 편치 않은 마음 탓에 아이들의 목소리가 들리는 건 아닌지. 장소를 가리지 않고 아이들이 있거나 없거나 이렇게 아이들의 눈치를 보고 있는 것은 아닌지.

선생님은 아이들이 안 보는 곳에서도 선생님이어야 한다는 그 말이 참말 맞다.

방심은 금물. 아이들과 함께 있을 때는 행동에 더 신경 쓰려고 하지만 그렇지 못할 때도 있다. 그럴 때면 어김없이 아이들의 잔소리가 들려온다.

한번은 아이들 키를 재거나 팔목 등의 둘레를 재기 위해 종이 줄자를 구매한 적이 있었다. 줄자가 종이로 되어 있기에 찢어지는 것을 막기 위해서 줄자 길이에 맞춰 넓은 테이프를 쭉 붙이고 있는데 등 뒤에서 차분하고 날카로운 목소리가 들려왔다.

"자두! 테이프를 그렇게 많이 쓰면 어떡해. 그러면 안 된다고 같이 얘기했잖아. 환경이 파괴된다고."

생각지 못했던 아이의 말에 당황한 나머지 급한 대로, 생각나는 대로 아이에게 변명하듯 말했다.

"엉. 근데, 있잖아. 그게 말이지. 종이가 찢어지면 또 붙여야 하니까, 되도록 한 번에 붙이려고 그런 거야."

"그래도 이렇게 긴 종이에 테이프를 다 붙이면 테이프를 너무 많이 쓰잖아."

"그래. 맞아, 근데, 그런데 말이야. 줄자가 찢어져서 다시 붙이게 되면 테이프를 더 쓰게 되잖아. 그래서 되도록 한 번에 잘 붙이려는 거야. 환경이 파괴되는 걸 신경 쓰면서 잘 붙여 볼게. 알았지?"

"그럼 신경 잘 써서 붙이는 거다."

"어. 그래, 알았어."

아이는 신신당부하고 자기 자리로 돌아갔다. 그제야 안도의 한숨을 쉬었다. 어느새 아이의 눈치를 보고 있는 내 모습에 피식 웃음이 나왔다. 아이 눈치를 보는 것뿐만 아니라 아이에게 변명하고 있는 모습이 어찌나 웃기던지.

아이들에게 행동하기 전에 먼저 생각해야 한다는 말을

늘 한다. 물론 이렇게 이야기할 때는 '나는 그렇게 하고 있
어.'가 암묵적으로 내재되어 있다. 하지만 사실 아이들에게
는 그렇게 말하면서, 나는 그렇지 못했다. 행동하기 전에
몇 번이나 생각했을까 하는 생각에, 다른 방법에 대해 몇
가지나 생각해 봤을까 하는 생각에, 그렇지 못해서 아이
에게 변명하고 있는 나의 모습에 나도 모르게 웃음이 나온
것이다.

아이들과 있을 때 생각거리가 이렇게 훅하고 한 방에
온다.

생각거리는 장소를 불문하고 던져진다. 혼자 있을 때도,
터전에서 아이들과 있을 때도. 이렇게 다양한 방법으로 던
져지는 생각거리는 다른 생각들을 만들어 내고, 그런 생각
들이 모여 또 다른 생각으로 이어진다.

언젠가 '내 말 속에 내가 산다.'라는 글을 본 적이 있다.
순간순간 아이들이 던져 주는 이런 생각거리는 내 말 속에
서 내가 살아가는 방법을 찾아가게 하는 것 같다. 그 말이
다른 사람들에게 전해지고, 또 나에게 돌아와 이렇게 다시
생각하게 한다.

오늘도 나는 아이들이 던져 준 또 다른 생각거리와 마주
하고 있다.

개판 오 분 전,
그리고 재발견

2017년, 성미산 마을 안의 '도토리 방과후'와 '성미산 마을 방과후', 두 곳의 방과후가 '도토리 마을 방과후'라는 이름 으로 통합했다. 같은 공동육아 가치를 실현하는 방과후가 따로 있는 것보다는 함께하는 것이 훨씬 다양한 미래를 만 들어 갈 수 있을 거라 생각했다.

통합과 함께 아이들이 함께 지낼 터전도 확장했지만, 그 동안 따로 지내던 1학년부터 6학년 아이들이 모두 함께 생 활하게 되니 넉넉하지 못한 공간은 항상 해결해야 하는 숙 제가 되었다.

그렇게 한두 해를 보내고 더 이상 한정된 터전 공간에서 늘어나는 아이들과 지낼 수 없다는 결론을 내렸고, 그렇게 2019년 도토리 마을 방과후에는 '채텀'이라고 부르는 작은 터전이 하나 더 생기게 되었다.

도토리 마을 방과후는 아이들이 하교한 후 모여 지내는 공간이자 공동체의 이름이다. 도토리는 아이들이 자유롭게 자라도록 돕는다. 그래서 여타의 학원이나 학교보다 틀에 매이지 않는다. 그럴수록 교사들은 자유라는 이름으로 가볍게 여겨지는 부분들이 생길까 더 노심초사한다.

노심초사만 하면 다행인데 행여 노파심으로 변해 아이들을 답답하게 하는 건 아닌지 하는 걱정까지 더해져 늘 아슬아슬한 마음을 부여잡는다.

아이들과 지내다 보면 마음을 쓸어내리는 일이 하루에도 열두 번은 족히 넘는다. 한 명 한 명 따로 떼어 생각하면 이해 못 하거나 기다리지 못할 일들이 어디 있겠냐마는, 마흔 명이 훌쩍 넘은 아이들이 한꺼번에 복작거리는 터전을 그저 지켜만 보고 있기란 무척 마음이 쓰이는 일이다.

터전이 하나 더 생긴 김에 교사들은 아이들과 작은 실험을 해 보기로 했다. 2학년부터 6학년 아이 열다섯 명과 교사 한 명이 짝을 이루어 한 달씩 돌아가며 지내보기로 한 것이다.

'채텀'이라고 이름 붙인 작은 터전 생활을 앞두고 교사들은 아이들 뒤로 한 걸음 물러서 있겠다는 약속을 만천하에 알렸다. 한 달 동안 아이들에게 모든 것을 맡기기로 했다. 복작거리던 터전을 잠시 벗어나 아이들에게 시간을 맡기면 무슨 일이 일어날까 궁금하기도 했다.

작은 터전, 채텀에서 3일을 지내고 새로운 한 주를 맞이하며 나는 이런 일기를 썼다.

개판 오 분 전, 그리고 재발견.

아, 우리 아이들은 정말 잘한다고 뿌듯해했는데, 이게 무슨 일이람. 며칠째 도를 닦는 심정이다. '아직 처음이니까.'라고 생각하며 스스로 마음을 다스리는 중이다.

간식 도우미는 간식 생각은 안 하고 즐겁게 놀고 있다. 모둠 회의도 있는데 모둠 이끄미 중 한 명은 큰 터전 놀이 회의에 갔다. 다른 이끄미에게 모둠 용지를 주면서 설명해 주었는데 벌써 후회다. 너무 많은 걸 적어 두었나?

회의 갔던 녀석이 돌아오고 모둠 준비를 한다. 간식 시간부터 확인하는 걸 보니 '모둠 회의는 하겠구나.'라는 생각에 한숨 돌린다. 나의 초조함을 느꼈는지 간식 도우미들도 드디어 움직이기 시작했다.

채텀에 오기 전부터 라면 먹을 생각에 들떠 있던 아이들. 여덟 개나 되는 라면을 잘 끓일 수 있을지, 뜨거운 물을 써야 하는데 다치지는 않을지. 손은 못 대고 내 애간장만 타들어 간다.

그 와중에 4학년 누나들이 2학년 간식 도우미들을 도와준다. 그런데 도우미들이 어리다 보니 누나들이 거의 나서서 하는 모습이다. 아무 말도 안 해야 하지만, 이대로는 안 되겠다 싶어 누나들을 들여보냈다. 그러고 나니 남은 세 아이가 이제 무얼 해야 하나 나만 보고 있다.

"간식을 언제 먹을지 시간을 상의해서 정해야 하지 않을까?"

모둠 회의 이끄미와 이야기해 보라고 등을 떠밀었지만 세 녀석 모두 꽁꽁 얼어서 아무 말도 못 하고 있다. 그중 가장 형이 나서 보지만 정리가 잘 안 되는지 몇 마디 웅얼거리다 만다. 누나들이 분위기를 가볍게 만들어 준 뒤에야 이야기하는 모습이다. 결국, 모둠 회의와 간식을 한꺼번에 해결하기로 하고 준비를 시작했다.

아이들은 어떤 냄비를 써야 할지, 물을 얼마만큼 끓여야 할지, 찬물인지 뜨거운 물인지 감도 안 오는 모습이다. 나는 심호흡을 한 번 하고 아이들에게 라면 끓이는 법을 알려준다.

드디어 물이 끓고 면과 스프를 넣는다. 스프를 뜯다가 바닥에 쏟고 옷에 흘리고 난리다. 이러다간 오늘 누구 하나 다칠 것 같다. 결국 라면을 끓이는 건 내 몫이다. 어쩔 수 없다. 아이들이 그릇 세 개를 꺼내 준다. 라면을 담고 있는데 다른 아이들은 왜 아직도 간식을 안 주냐며 아우성이다.

이번에도 세 녀석은 나만 말똥말똥 바라보고 있다. 나도 아이들을 말똥말똥 바라보고 서 있다. 라면을 애타게 기다리는 아이들의 원성과 내 마음속 답답함이 부글부글 함께 끓어올라 모든 것을 해결해 버리고 싶은 마음을 애써 가라앉히면서.

'얘들아, 나는 너희가 말해 주는 대로 할 거란다. 말을 해 주렴.'

서로 마주 보기를 얼마나 했을까? 다시 그릇 세 개가 더 나오고, 한 번 더 반복한 끝에 다섯 개가 나왔다. 겨우 라면을 담았는데, 이번에 가져다주는 게 문제다. 아이들과 나는 다시 얼굴만 바라보고 있다. 아이들은 몹시 고민하는 눈치다. 나서자니 자신이 없고 아무것도 하지 않고 있자니 불안한. 누군가 뭐라고 말을 해 줬으면 하는 분위기를 뿜어내고 있다.

여기서 참아야 한다.

내가 한마디라도 하면 아이들 스스로 하게 두겠다는 약속이 물거품이 될 것 같았다. 오십 분 같은 오 분이 흘렀다. 2학년 남자아이 하나가 먼저 입을 열었다.

"라면부터 갖다 놓고."

한마디 하고 바닥에 떨어진 봉지를 치우기 시작한다.

'됐다!'

그 짧은 한마디가 얼마나 안심이 되고 기특하던지. 그런데 그릇이 다 옮겨지기도 전에 이미 다 먹은 아이들은 더 달라고 했고, 다시 라면을 담아 옮기려다 이번엔 바닥에 그릇째 엎어 버리고 만다.

그 순간 모두 얼음. 하지만 도우미가 나서서 바로 치우기 시작하고 그걸 본 다른 아이도 그릇을 정리해서 더 달라던 아이에게 다시 준다. 물론 간식 도우미가 아닌 아이들은 구경하느라 북새통이었지만. 우여곡절 끝에 간식이 다 차려졌다. 모둠 회의를 한다고 했는데 모둠 이끄미는 적어 둔 걸 그대로 읽고 끝내 버렸다. 이… 이런, 챙겨야 하는 일정들이 있었는데, 어쩔 수 없다.

열다섯 명이 라면을 먹었더니 설거지가 산더미다. 그릇이며 젓가락도 모두 도우미가 설거지를 한다는데 냄비며 국자, 집게에도 기름이 가득. 우선 뒤에서 지켜보기로 한다. 아이들이 하원한 다음 다시 설거지를 해야겠다는 생각으로.

3학년 형이 첫째로 나섰다. 평소에도 나서서 설거지하는 아이라 오늘도 혼자서 다 한다고 하면 어쩌나 했는데, 마침 큰 터전에 축제 연습을 하러 갈 시간이라 서둘러 보냈다.

싱크대는 아직 그대로다. 그 순간, 형이 가는 길에 부탁했다며 2학년 도우미 둘이 나란히 개수대에 서서 설거지를 시작한다. 음식물 쓰레기도 봉투에 담고 싱크대, 가스레인지도 모두 닦는다. 삼십 분 전과는 전혀 다른 모습이 너무 기특해서 칭찬을 마구 해 주었다. 그렇게 폭풍 같은 오후를 마치고 아이들은 라면이 준 설렘을 안고 집으로 돌아갔다.

이제 남은 건 내 일인 건가. 다시 설거지를 하고 방과 주방에 떨어진 스프 가루와 라면 가닥을 청소했다. 어른의 눈으로 보기엔 엉성하기 짝이 없는 설거지와 뒷정리였지만 아이들은 최선을 다했으니 오늘은 그걸로 행복해해야지.

이것으로 일기가 끝난다.

가끔 그날을 돌아보며 내가 그때 못 참고 한마디 했다면 어떻게 됐을까? 그럼 일기의 마지막이 행복이라는 단어로 끝나지 않았겠지. 그리고 딱 그 순간! 아이들이 스스로 움직이기 시작한 그 순간이 지금 생각해도 정말 좋다.

이런 뿌듯함은 아이를 만나는 사람만이 느낄 수 있다. 그리고 이걸 느끼기 위해선 오십 분 같은 오 분을 참거나 십 년 같은 일 년을, 어쩌면 일 년 같은 한 달을 기다려야 할 수도 있다.

지금 생각하니 오십 분 같은 오 분만 기다린 건 참 행운이다.

몇 년 전 도토리 마을 방과후의 홈페이지를 새 단장할 때였다. 방과후 캐릭터를 만들면서 남자아이 캐릭터 이름은 도토리의 '토리'로, 여자아이는 마을의 '마리'로 짓기로 하고 교사들의 캐릭터는 무엇으로 할까 이런저런 이야기를 한 적이 있다. 여러 가지 이야기를 하던 중에 몸속에 사리가 생길 정도로 참고 기다려야 하니까 '사리' 어떠냐는 농담을 했다.

아이들과 지내는 건 기다림의 연속이다. 하지만 기다림은 어른들에게도 너무 어려운 일이라 잘 기다리고 나면 마음속에 뿌듯함이라는 사리가 생기는 게 아닐까?

귀 기울여 듣기

터전으로 처음 가던 나를 뒷걸음질 치게 한 것은 아이들 소리였다. 우레와 같던 소리.

문을 열고 들어가 들었던 아이들의 소리는 그저 나를 웃음 짓게 했는데 문 뒤에서 들리던 그 소리는 왜 나를 뒷걸음질 치게 했는지. 생각해 보면 이유는 단순했던 것 같다. 그저 들리는 대로 들었을 뿐 귀 기울여 듣지 않았기 때문이다.

사람들은 서로 공감하기 위해 이야기를 나눈다. 서로의 이야기를 듣기 위해 귀 기울인다. 그러나 모두가 매 순간 상대방의 말에 진심으로 공감하며 이야기를 듣는 것은 아니다. 나 역시도 그랬다. 터전에서 아이들과 많은 이야기를 했지만, 모든 이야기에 늘 진심으로 공감한 것은 아니었다.

터전에 출근하면 아이들은 옅은 미소를 지으며 내게 다가온다. 그렇게 아이들의 이야기는 시작된다. 아이들은 무언가를 상의하러 오기도 하고, 누구와 싸웠다며 편을 들어달라고 오기도 한다. 또 누군가는 어떤 아이가 약속과 다른 행동을 했으니 혼내 달라고 일러바치러 오기도 한다.

아이들은 말하고 싶은
여러 가지 이야기를 가지고 나에게 온다.

그럴 때면 아이와 함께 웃으며, 때론 진지하게 이야기를 나누기도 하고, 어떨 땐 판사처럼 해결해 주려고도 한다. 경우에 따라선 바쁘다는 이유로 '잠깐만'을 먼저 외치기도 한다. 그렇게 아이들의 이야기를 나름대로 귀 기울여 듣고 있다고 생각했다. 그러던 어느 날 우연히 보게 된 글귀가 내 시선을 붙잡았다.

"어느 듣기나 모두 마음과 관련되어 있다. 미워서 못 듣고, 싫어서 못 듣고, 불쾌해서 못 듣고, 시간이 없어서 못 듣고, 편견을 가지고 있어서 못 듣고, 게을러 못 듣고, 마땅치 않아 못 듣는다."

_《잃어버린 지혜, 듣기》서정록, 샘터, 2007에서

나의 머리를 치고 가는 이 표현. 누구나 알고 있지만, 모두가 모른 척하고 싶었던 말. 나도 알고 있었지만 모른 척하고 있진 않았는지 그간 아이들의 이야기를 제대로 듣고 있었는지, 온 마음을 다해 들어주고 있었는지를 고민하게 되었다.

아이들 이야기를 제대로 듣는 방법은 무엇일까? 아이들이 다가오기를 기다리기보다 먼저 다가가 볼까? 그러나 재미지게 놀고 있는 아이 옆에 쓱 다가가서 말을 먼저 걸면? 싫어할 것이다. 생각에 잠겨 있는 아이 옆에 가서 고민이 있는지 물어보면 될까? 깜짝 놀랄 수도 있다. 왜 그러지? 하고 말이다.

자신의 이야기를 가지고 오는 아이를 기다리지 않고 내가 먼저 다가가서 이야기를 들으려면 어떻게 하면 될까? 여러 생각을 하며 방법을 모색하던 나는 아이에게 먼저 다가가 보기로 했다. 그렇게 아이와 눈 맞춤을 하고, 맞보고 앉아 제대로 듣는 방법으로 대화하기 시작했다.

아이가 다가와 이야기를 할 때도 간단한 대화라도 의자에 앉아 눈높이를 맞추거나, 바닥에 앉아 맞보고 대화했다. 그러자 조금씩 달라지는 것이 느껴졌다.

우선 내 마음가짐이 달라졌다. 아이에게 온전히 집중할 수 있게 되었다. 그저 듣기만 하고 흘려보내는 수동적 듣기가 아닌 아이의 이야기를 듣고 진정 공감할 수 있는 능동적 듣기를 하게 된 것이다.

수동적 듣기와 능동적 듣기, 이 둘 모두 듣는 사람의 마음가짐에 달렸다. 그러나 눈을 맞추고 아이와 맞보고 앉아 대화하는 능동적 듣기만으로는 아이의 이야기를 온전히 듣고 있다고 생각할 수 없었다.

아이와 속 깊은 이야기를 할 수 있게 되기까지의 시간이 필요했다. 시간까지 서로 신뢰를 쌓아야 하기 때문이다. 능동적 듣기만으로 서로의 마음을 나누기에는 뭔가 부족했다. 그런 상태에서는 아이와 이야기를 하고 있어도 나도 아이도 서로의 거리가 느껴지기 마련이다.

다시 고민하게 되었다. 서로의 마음을 나누려면 어떻게 해야 할까? 믿음을 쌓아가기 전에는 아이와 제대로 된 대화를 나눌 수 없는 것일까? 아이를 대하는 나의 마음가짐에 문제가 있는 것일까? 이런 고민을 하던 중 듣기라는 낱말이 기다림이라는 낱말과 연결되어 있다는, 누군가 들려준 말이 떠올랐다.

여기에서 '기다림'이란 어떤 때가 오기를 바라는 것을 의미한다. 듣기에서 어떤 때란 상대방이 말할 준비가 되었을 때를 의미하는 것이 아닐까? 아이가 말할 준비가 될 때까지 내가 하고 싶은 말을 참아 가며 끈기 있게 기다리는 것. 이것이 내가 놓치고 있는 것이 아닌지 되돌아본다. 내가 불편하고 아이가 불편했던 이유가 이것이었을지도 모르니 말이다.

아이가 온전히 이야기할 수 있도록 짧은 순간이나마 서로의 믿음이 생기는 시간이 만들어지기까지 조급해하지 않으며, 아이 옆에서 인내하며 끈기 있게 기다려 주는 진실된 마음, 그 마음을 내기 위해 나는 다시 고민할 것이다.

"말하는 것은 지식의 영역이고, 듣는 것은 지혜의 영역

이다."라는 올리버 웬델 홈즈Oliver Wendell Holmes의 말을 되
뇌며 지식보다는 지혜를 찾기 위해 나의 고민은 현재 진행
중이다.

같이 살 때 더 행복하다
_ 감추고 싶지 않은 우리의 성 이야기

도토리 마을 방과후에 정착한 뒤 얼마 지나지 않아 들었던
말이다. 내가 아이들을 만난 경험이 있는 좋은 교사라는
건 알지만 채용을 결정할 때 '남자'라는 이유로 몇몇 운영
위원들이 조금 고민했다고 한다. 사실 기분이 좋지 않았지
만, 평소 남성으로부터 받았을 공포와 사건 사고를 잘 알
기에 아이들을 만나는 남자 교사들은 더 철저히 검증하고
더 많이 노력해야 한다는 것에는 나도 동의한다.

터전은 가정처럼 지내는 공간이라 놀이를 하거나 이야기
를 나눌 때면 특히 저학년 아이들은 아빠 무릎에 앉는 것처
럼 자연스럽게 내 무릎 위에 앉으려고 한다. 그럴 때마다 아
이를 밀어내며 옆에 앉게 했다. 여성에게는 손뼉을 치는 것
말고는 어떤 신체 접촉도 하지 않으려고 노력했다.

교사들은 주간회의뿐만 아니라 일상적으로 늘 회의를

한다. 역할 분담을 할 때도 남자 교사와 여자 교사의 역할을 고정해서 나누지 않는다. 특히 일과의 큰 부분을 차지하는 간식 준비는 일주일씩 돌아가면서 한다. 남자 교사라고 요리에서 열외는 없다.

성 고정 관념의 틀에 갇힌 부모님 밑에서 자란 것이 핑계는 아니지만, 살림은 어머니 몫이었고 아버지도 어머니의 요청이 없으면 살림을 돕지 않았다. 그래서 늘 살림은 내 관심 밖이었다. 가만히 누워 있으면 어머니가 나의 손과 발이 되어 다 해 줬으니까. 지금 생각해 보면 참 철이 없었다.

당연하게 생각하면 안 되지만 살림 경험이 많은 여자 교사들은 간식 주문이나 요리에 좀 더 재능이 있는 게 사실이다. 나는 간식 준비 앞에서는 늘 초라해지고 자신감이 한없이 줄어든다. 해야 하는 일이라서 하는 것이지 언제나 피하고 싶은 일이었다. 간식 주문을 위해 컴퓨터 앞에 앉을 때마다 누가 대신해 줬으면 하는 마음이었다. 마음의 소리가 울려 퍼진다.

"요리를 잘하는 오솔길 도와줘~"

간식 준비를 못한다고 안 하고 도망갈 수도 없고, 최선을 다해 노력했다. 유명하다는 레시피로 만든 음식들이 어쩜 그렇게 하나같이 형편없는지. 좌충우돌 요리 괴담이 한둘이 아니다.

카레가 씹히는 논두렁 카레. 기억을 떠올리는 것만으로도 모두를 공포에 떨게 하는 요리다. 감자와 당근을 익히지도 않은 채 물을 붓고 카레를 넣어 최악의 맛을 냈다. 아이들은 정직했다. 첫 숟가락을 떠 논두렁 카레를 맛본 아이들이 괴성을 지른다.

"으악~ 이게 뭐야? 진짜 맛없어."

"난 안 먹을래."

한참 지난 일이지만, 아직도 질색하던 아이들의 눈빛이 생생하다. 지금까지도 '논두렁 카레'는 절대 먹으면 안 된다고 아이들 사이에서 전설처럼 전해지고 있다. 진짜 맛있게 만들어 주고 싶었던 마음만은 알아주길.

공포의 '논두렁 미숫가루'도 있다. 변명을 하자면 들살이 여행에서 미숫가루를 섞을 물통이 없었다. 그래서 큰 냄비에 찬물을 넣고 숟가락으로 이십 분이 넘도록 열심히 저었지만 섞이지 않던 우유와 미숫가루. '논두렁 카레'에 이어

'논두렁 미숫가루'도 결국 씹어 먹었다는.

여기서 끝이 아니다. 바로 '논두렁 깍두기'다. 사실 논두렁 깍두기가 아니라 4학년 아이들과 함께 만든 깍두기다. 맛있다고 소문난 레시피를 참고했다. 그런데 무를 절이기 위해 소금을 넣는데 세 숟가락을 넣어야 하는 걸 두 국자를 넣는 실수를 해 버렸다. 뭐 어떻게 되었는지는 설명이 필요하지 않을 것 같다. 아이들과 함께 만들었지만, 책임은 내 몫이었다.

이야기가 어쩌다 여기까지 왔지만, 동료 교사들의 가르침과 연습 덕분에 나의 요리 실력도 제법 늘었다. 나중에는 아이들에게도 인정받게 되었다. 남자 교사도 할 수 있다는 모습을 보여 주었다.

요리를 하면서 주방의 세계를 알게 되었고 주방이 여성만의 영역이 아님을 깨닫게 되었다.

도토리 마을 방과후에서는 해마다 학년별로 성교육을 한다. 교사들은 연간 계획을 세울 때 성교육을 진행하기 위한 공부 계획도 함께 세운다.

강사를 모셔 성교육을 할 수도 있지만 아이들 개개인의

발달 상황과 특성을 교사들이 가장 잘 알고 아이들도 교사들이 더 편하다.

교사들은 몇 달에 걸쳐 스터디를 하면서 학년별 성교육을 준비한다. 주로 신체 발달, 사춘기, 임신과 출산, 성 고정관념, 젠더 감수성, 미디어 등을 주제로 삼는다.

저학년의 경우 동화책으로 자연스럽게 다가간다. 무엇보다 성폭력과 성 학대를 조심하는 예방 차원의 성교육이 아니라 성 감수성을 기르고 성의 본질에 초점을 맞추려고 한다. 아이들에게 '성'이 공포와 두려움이 아니길 바랐다. 그래서 더 재밌고 친근하게 전달하고 싶어 예전에 연극할 때 사용했던 다양한 소품들로 우스꽝스럽게 분장을 하고 동화책을 읽어 줬다. 아이들은 작은 방 안에 동화책을 들고 앉아 있는 나를 보자마자 긴장감은 사라지고 웃음이 빵 터졌다.

"논두렁, 왜 그렇게 웃기게 생겼어?"

"너희에게 동화책을 재밌게 읽어 주려고 그런 거란다."

아기의 탄생을 다룬 동화책을 한 장 한 장 자세히 읽어 나갔다. 아이들의 눈높이에 맞는 책이라 아이들은 점점 몰입하였고, 누구도 말해 주지 않았던 아기의 탄생 과정을 동화책으로 보며 아이들은 사뭇 진지하고 호기심 가득한 표정이었다. 그간 궁금했던 것들이 해소되는 듯했다.

생명의 본질과 가치는 참으로 소중한데 은밀하게 감추고 숨기니 오히려 더 큰 왜곡이 생기는 건 아닌가 싶다. 아이들은 분명 순수하게 아기의 탄생을 보며 부모님의 사랑으로 우리가 태어남을 깨닫고, 가정의 소중함을 느꼈을 것이다.

지금도 아이들은 그때 읽었던 책을 보면 "논두렁이 재밌게 읽어 준 책이야."라고 웃으면서 또 읽기도 하고 동생들에게 소개하기도 한다.

남자가 교사로 일한다는 건 어쩌면 행운인 것 같다. 젠더 감수성을 배우고 느끼는 데 교사회가 많은 자극이 되었다. 동료 교사들에게 여성의 몸과 여성으로서의 어려움, 육아 등을 편하게 물어보면서 일상에서 실시간 성교육을 받았다.

그리고 남자다움, 여자다움의 고정관념을 해체해 버리고 서로 동등하게 소통하고 관계 맺었던 그 일상들이 자양분이 되어 이전보다 더 성장했다. 치열하게 고민할 때는 고통이었지만 되돌아보니 고통이 아니라 내가 자라는 과정이었다.

내가 할머니 될 때까지
해 주라!

"와, 할머니! 상 받으셨네요?"

　마을 어른들에게 반찬 나눔을 하는 날이었다. 그날도 아이들과 함께 마을의 한 어르신 댁을 방문했다. 한 녀석이 할머니가 텔레비전 옆에 놓은 상패를 유심히 보더니 묻는 것이었다. 다른 녀석은 바닥에 깔린 매트가 자기 집에도 있다며 공통점을 찾아 대화를 시작했다. 할머니가 아이들에게 간식을 건네면, "할머니도 드세요!"라고 자연스레 권하기도 했다. 물론 때로는 어색한 침묵이 흐르기도 했지만. 아이들이 할머니에게 "왜 혼자 살아요?" 같은 다소 불편한 질문이라도 하면 어쩌지 싶었는데 괜한 걱정이었다.

　아이들은 한 달에 한 번씩 마을 어르신들과 함께하는 '청춘살롱'이라는 마을 행사를 이미 해 오고 있었기에 어르신과 만나는 일이 낯설지는 않을 것이다. 다만 그분들 일상에 한발 더 다가서는 것은 또 다른 일이라 앞서 걱정한 것은 사실이다.

가까이 다가가면 안 보이던 것들이 보이고, 아이들은 그런 것들이 당혹스러울 수 있으니, 그러면 그때 아이들에게 우리의 삶은 모두 다른 모습을 하고 있다고 말해 줄 생각이었다. 하지만 아이들은 생각보다 잘 해냈다. 물론 한번에 저절로 해낸 건 아니다. 그동안의 작은 경험들이 쌓인 덕분이다.

반찬 나눔을 처음 시작하면서 어르신들께 인사를 먼저 드리려고 댁을 찾아갔다. 아이들과 마을 이곳저곳 나들이를 다녔기에 동네를 잘 안다고 생각했는데, 어르신들이 주로 사는 곳은 골목 안쪽이었다. 여태 한 번도 가 본 적 없는 곳도 있었다. 다들 연세가 많다 보니 움직이기 불편한 분도 계셨고 심지어 화장실이 집 밖에 있기도 했다.

어르신들 댁을 둘러보고 많은 생각이 들었다. 우리 바로 가까이 살고 있었지만, 이제야 마주하게 된, 어쩌면 다른 세계에 있는 것 같은 낯섦에 내심 놀랐다.

나조차 이런데 아이들은 어떨까? 아이들의 느낌과 반응

도 나와 다르지 않았다. 유난히 낡은 집을 방문했을 때 한 아이가 내게 물었다. "왜 이런 데서 살아?" 아이 눈에는 나이 많은 어르신이 혼자 사는 허름한 집이 낯설고 이상한 모양이었다.

과거와 비교하면 아이들은 비교적 풍족한 생활환경을 누리고 있다. 일부 아이들은 명절이 지나면 설날 세뱃돈 액수를 자랑하거나 통장에 있는 용돈이 얼마인지가 이야기의 주제가 되곤 한다. 이런 아이들에게 생활환경이 다소 열악하기도 한 어르신들의 삶의 모습이 어떻게 다가갈지 고민했다. 이 반찬 나눔이 단순한 인사 나누기와 봉사활동에 그치지 않고, 마을 안에 있는 아이들과 어르신들의 연결의 의미가 살아나기를 바랐다.

반찬을 준비하면서 아이들에게 가족 안의 어르신 모습을 떠올려 보게 했다. 치아도 약하고 소화도 잘 안 되는 할머니, 할아버지를 생각하며 직접 반찬 메뉴를 정해 보자고 했다.

나는 아이들이 마을 어르신을 떠올리면서 반찬을 고민하던 그 순간부터 아이들과 마을 어르신들이 연결된다고 믿었다.

정말 그랬다. 우리의 이런 마음이 잘 전해졌음을 어르신들의 답신으로 확인할 수 있었다. 나누어 드린 반찬통이 '고맙게 잘 먹었어요!'라는 손편지와 함께 초콜릿이 가득든 채 되돌아왔다. 또 아이들의 방문을 환하게 반기시던 할머니의 모습이 아직도 아이들 마음에 남아 있는지 반찬 나눔 이야기를 할 때마다 빠지지 않는다. 반찬 나눔을 하고 나니 시골에 계신 할머니와 할아버지가 생각난다는 아이도 있었다.

이런 다양한 모습을 떠올릴 수 있고 애틋함과 즐거움, 설레임 등의 감정을 공유하며 우리가 누군가와 연결된다는 것의 의미를 깨달아 갔다.

어느 봄날, 한 아이와 함께 어르신께 드릴 간식을 담고 있었다.

"오솔길, 간식 나눔 언제까지 할 거야?"

"글쎄, 할 수 있을 때까지 해야겠지?"

"그럼, 내가 할머니 될 때까지 해 주라! 나도 간식 나눔 받고 싶어!"

아이의 바람처럼 아이가 할머니가 될 때까지, 이 마을에서 그리고 도토리에서 나와 누군가를 위한 이런 일상이 지속되었으면 좋겠다.

도토리 마을 방과후
성교육 · 피어라 13!14! ·
마을 어르신 간식 나눔

● 성교육

매년 늦봄과 가을, 겨울에 걸쳐 1학년부터 3학년, 4학년, 5학년, 6학년으로 나누어 진행한다. 일회성 외부 교육으로 끝내기보다 터전 교사들이 직접 진행한다. 일상에서 관찰했던 것을 바탕으로 아이들의 눈높이에 맞는 교육을 한다.

◆ 성감수성 데이 (가을)

준비물 성교육 책, 영상 자료나 그림 자료, 체험 자료 등

1학년부터 3학년이 모두 참여하는 '성감수성 데이'는 평소 터전이 궁금했던 학교 친구들이나 예전에 다녔던 아이들을 초대하여 진행하기도 한다. 신체 이름 알기, 2차 성징, 성교육 관련 책 함께 보기, 존중, 언어, 남녀 차이, 고정관념 등 다양한 주제를 설명, 퀴즈, 그룹 활동, 체험, 만들기 등 다양한 방식으로 진행한다. 성에 관한 편견과 오해가 생기지 않고 자연스럽게 받아들이게 하는 것에 목적이 있다. 성교육 전에 아이들이 읽으면 좋은 책들을 따로 갖춰 두거나 교사와 함께 미리 읽고 평소에 궁금했던 질문을 받는다. 아이들이 적은 질문을 게시판에 붙여 두면 터전에 오시는 부모

님들이 아이들의 질문에 답을 적어 두기도 한다. 부모님들이 어떤 답을 해 주셨을까 궁금해하며 함께 읽어보는 것도 재미있다. 4학년은 성교육 전문 강사나 외부기관의 교육을 통해 혹시 부족하거나 놓치는 부분이 있는지 확인하는 시간을 갖는다. 이후에 성감수성 데이 도우미로 참여하거나 일부 프로그램에 동생들과 함께 참여한다.

◆ 밤 터전 (봄)

준비물 안내문, 세면도구와 침낭, 질문지, 스케치북과 필기도구, 선물

5학년 아이들은 밤 터전(하루 동안 터전에서 자는 활동)을 통해 성에 관해 이야기할 충분한 시간을 마련한다. 교사는 아이들에게 질문지를 통해 성에 대해 궁금했던 부분들을 미리 받아 이야기할 내용을 정리한다. 가장 중요한 순서는 여러 가지 질문을 통해 아이들의 생각을 들어보는 것이다. 감수성 데이가 일반적이고 꼭 필요한 지식을 전달하는 것이라면 밤 터전은 아이들이 가지고 있는 성에 관한 생각을 들어보고 다양성, 존중, 자기 결정권 등을 함께 이야기하는 데 목적이 있다. 질문은 교사가 아이들의 평소 행동이나 언어를 관찰하거나 사회적 이슈가 되어 관심이 있을 만한 주제들을 골라 미리 만들어 둔다. 질문이 가지고 있는 의미나 더 생각했으면 하는 것들에 대해서도 정리해 둔다. 예를 들어 '내가 여자, 또는 남자라고 생각하는 이유를 쓰시오.'라는 질문에서는 성 정체성과 월경, 더불어 생리대 사용법을 함께 알아보거나 알고 있는 욕에 대해 써 보게 해 편견과 혐오, 단어가 가지고 있는 성차별에 관해 이야기해 본다. 이렇게 이야기하

다 보면 아이들은 자기 생각을 정리하고 친구들의 생각도 알게 된다.

◆ 젠더 교육 (가을)

  준비물 사전 자료, 영화

6학년의 젠더 교육은 이슈가 된 성과 관련된 사회 문제를 영화를 통해 함께 이야기해 보는 시간이다. 부모님, 터전의 교사들, 졸업한 아이들까지 함께 영화를 보고 자유롭게 이야기하며 이해하는 시간을 갖는다. 영화를 보기 전 관련된 기사나 글을 공유해 미리 읽어 보게 한다. 한 가지 주제를 다양한 세대와 다양한 시각을 가진 사람들이 함께 이야기하며 사회 문제에 다가가 본다.

● **피어라 13!14!**

초등학교 졸업을 100여 일 앞두고 하는 6학년들의 행사로, 2학기부터 다양한 주제-나의 버킷리스트, 내가 좋아하는 일, 초등학교 시간을 되돌아보며 드는 생각 등-를 가지고 글을 써 본다. 쓴 글을 가지고 어떻게 표현할지 고민하여 발표 자료를 만들고 동생들과 부모님들 앞에서 발표하는 행사다. 피어라 13!14!는 6학년 13살에서 피어나 중학 1학년 14살을 맞이하라는 의미이다.

● 마을 어르신 간식 나눔

준비물 간식 꾸러미, 편지

외부 단체와 연계하여 마을 어르신들께 매주 간식을 전하는 활동이다. 아이들은 순서를 정해 혼자 사시는 마을 어르신들께 간식 꾸러미를 전달한다. 간식 꾸러미는 간단한 과일과 떡 또는 과자, 절기나 명절에 맞는 음식들로 구성하고 아이들이 직접 쓴 편지를 넣는다. 아이들은 회의를 통해 어르신들 간식으로 적합한 음식을 선택해 장을 보거나 교사에게 부탁해 준비해 둔다. 편지에는 일상적인 안부를 쓰기도 하지만 자신의 이야기를 적기도 한다. 간식 꾸러미가 준비되면 교사와 함께 어르신 댁을 직접 방문해 전달한다. 댁에 어르신이 계시면 함께 이야기를 나누거나 잠시 시간을 보낸다. 교사는 어르신의 건강이나 주거 환경을 확인하여 연계된 단체에 알려 주기도 한다. 아이들은 이 과정에서 마을 어르신들을 만나고 이야기도 하면서 마을 안에서 함께 사는 이웃이라는 생각을 가지게 된다. 가끔 어르신들께 답장이나 선물을 받기도 하는데 아이들은 자신들의 작은 행동이 누군가에게 큰 기쁨이 되는 걸 경험하게 된다.

아이들이 있어
다행이야

분홍이로 살고 있어
다행이야

어린이집 교사 시절, 7세 반을 주로 맡았던 나는 방과후에 대한 막연한 호기심이 있었다. 일곱 살도 혼자서 이런저런 일을 거뜬히 해내곤 해서 이제 다 컸구나 싶을 때가 있는데 초등학생이라니. 그곳이야말로 뭐든지 다 해 볼 수 있는 신나고 멋진 곳이 아닐까 하는 환상을 가졌다.

정작 초등 방과후 교사가 되었을 땐 나의 정체성부터 다시 고민해야 했지만. 바깥에서 바라보는 방과후는 이런저런 일을 잔뜩 벌이는 것을 좋아하는 나에게는 정말 매력적인 곳이었었다.

어린이집을 퇴사하고 1년, 자의 반 타의 반 백수 생활을 하다가 막상 도토리 교사를 권유받았을 땐 마음 깊숙한 곳에서 머뭇거림이 생겼다. 초등학생은 처음이라 두렵고 부담스러웠다. 하지만 방과후에 대한 호기심과 잊지 않고 나를 기억해 준 아마에 대한 고마움에 내 마음이 움직였다. 그렇게 나는 다시 아이들과 만나기 시작했다.

내가 도토리 교사 생활을 처음 시작했을 때는 아이들이 방과후에 머무르는 시간이 짧았다. 학교 방과후 수업을 듣고 오거나, 날마다 정해진 학원에 가는 아이들도 있었다. 학년별로 일정별로 제각각 오는 아이들을 맞이하고 숙제를 봐 주다 보면 금방 간식 시간이 된다.

간식을 준비해서 먹고 자유 놀이를 하다 보면 다시 학원에 가거나 개인 사정으로 일찍 집에 가야 하는 아이들이 생긴다. 그런 아이들을 시간에 맞춰 보내고 나면 남는 시간은 겨우 한두 시간, 남은 아이들은 절반 정도.

그렇게 두세 달을 보내고 나니 '나는 교사인가? 아닌가?' 하는 의문을 품게 되었다. 정체성에 관한 고민이 시작된 것이다.

내가 상상했던 방과후 모습은 학원과 공부에서 자유롭고 학교에서 할 수 없는 여러 가지 재미있는 일들을 아이들과 함께하는 것이었다. 하지만 마주한 현실은 그런 모습과는 다소 거리가 있었다.

　함께 일하는 교사에게 궁금한 마음 반, 답답한 마음 반을 담아 "방과후 교사가 원래 이런 거예요?"라는 질문을 했다. 원래 이런 거라는 대답을 들었을 때의 기분이란….

　하지만 이곳은 공동육아 방과후가 아닌가? 나는 이 고민을 교사회에서, 방모임에서 함께 이야기했다. 당연하다고 해야 할까, 다행이라고 해야 할까. 아마들은 내 고민에 귀를 기울여 주고 공감해 주었다. 그렇게 나는 방과후 교사로 자리매김해 갔다.

　도토리 교사로 3년이 좀 지난 때였을까. 언제나 함께해 주고 따뜻하게 바라봐 주는 아이들, 잘한다 잘한다 해 주는 아마들 덕분에 내가 여전히 교사로 남아 있구나, 하는 생각이 출근길에 문득 떠올랐다. 파랗다 못해 쨍한 하늘 덕분이었을까, 그날따라 좋은 바람 때문이었을까.

　오늘은 어제 못한 이것도 하고 또 새로 저것도 해 봐야지 하는 생각 끝에 깔깔거리는 아이들 웃음소리와 다정히 별명을 불러 주는 아마들 모습이 떠오르면서 뭐든지 할 수 있을 것 같은 기운이 불타올랐다.

　아이들과 아마들의 소소하고 다정한 말과 따뜻한 마음

이 열정만 넘치던, 어설프고 고민 많던 나에게 오늘 하루도 아이들과 잘 보낼 수 있다는 마음의 연고가 되고 반창고가 되어 준 건 아닐까?

그런 시간들을 지나 터전에서 여섯 번째 해를 막 시작할 때 즈음 '이제 그만해야겠다.'라는 생각이 들었다. 왜 그런 생각이 들었을까? 갑자기 모든 것에 자신이 없어졌다. 마음의 연고와 반창고가 아무리 강력해도 모든 걸 이겨 낼 수 없다.

늘 바쁘다는 말과 쳇바퀴 도는 듯이 똑같은 문제들로 하루를 보낸 다음 왜 그랬을까 싶은 후회가 늘어가고, 하루도 빼놓지 않은 아이들과의 실랑이에 지치고, 스스로 아주 조그마한 존재가 되어 버린 것 같은 느낌에 '이게 아닌데…'라는 생각을 하게 되었다.

그런 생각으로 일 년을 보냈다. 절실하게 생각할 시간이 필요했다.

**나에게 터전이 무슨 의미인지를
곱씹어 볼 시간이 필요했다.**

애정인지, 애증인지, 안타까움인지, 지겨움인지, 자랑스러움인지, 현실 인정인지, 좌우지간 뭐든 간에.

그렇게 2020년 초, 휴직을 하고 집순이로 시간을 보내다 보니 오만 가지 생각이 머릿속에서 넘실거렸다.

익숙함과 시간을 방패 삼아 고리타분한 꼰대로 하루하루를 보낸 것은 아닐까 두려웠다. 내 나름의 최선이 잘하는 것인지, 틀린 것인지, 혹시 상처받은 사람들은 없었는지. 또 이렇게 살다 보면 잘살게 되는지 알려 주는 사람은 왜 없는지. 함께했던 교사가 떠나는 것을 지켜보면 미래에 대해 걱정과 근심이 생긴다. 누군가는 세상이 인정하는 미래를 위해서, 누군가는 너무 힘들어서, 또 누군가는 잘 맞지 않아서 그렇게 터전을 떠나는 것이 속상하고 무기력하게 느껴졌다.

'이곳을 떠나면 어떤 삶을 살게 될까? 바깥세상에서 무엇을 할 수 있을까? 또 계속 남는다면 그런대로 괜찮은 것일까?'라는 질문도 생겨났다. 그런 생각으로 하루의 시간을 채워 가기도 하고 비워 가기도 하며 시간을 보냈다.

그러다 문득 '분홍이라는 이름을 벗어 두면 나는 무얼

까?' 하는 생각이 들었다. 분홍이로 만난 아이들, 아마들, 함께했던 시간들. 그리고 좋은 사람으로 살려고 노력하고 바뀌려고 했던 내 모습들이 분홍이가 아니었다면 과연 그럴 수 있었을까 생각했다.

내가 분홍이기 때문에 지금의 모습이 될 수 있었겠지. 잊고 있었던 마음 연고와 반창고를 꺼내 나의 불안함에 붙여 본다. 반창고엔 아마 이렇게 써 있을 것이다.

'분홍이로 살고 있어 참 다행이다.'라고.

들살이 풍경화로
추억하기

해 질 무렵이면 아이들과 함께 뒷동산으로 올라가 붉은 해
가 넘어가는 바다를 바라봤다. 낮에는 동네 염전에서 바닷
물이 뜨거운 볕에 말라가며 소금으로 변해 가는 모습을 볼
수 있었다. 발이 푹푹 빠지는 갯벌로 들어가 여기저기 구
멍으로 재빠르게 도망치는 게를 찾았다.

그렇게 아이들과 함께 갯벌에서 온몸이 펄투성이가 되
어 놀았다. 까만 갯벌 위에서 붉은 악마 티셔츠를 입고 놀
던 우리의 모습이 석양빛과 대비되어 무채색 영화처럼 그
려진다.

처음으로 아이들과 들살이 갔던 때의 풍경이다.

예닐곱 살의 아이들과 함께한 야외, 숙박 활동이니 얼마
나 신경 쓸 일이 많았을까. 그런데도 생애 첫 들살이가 마
치 멋진 풍경화처럼 기억되는 것을 보면 사람은 망각의 동

물이 맞는 것 같다. 산책길에 갑자기 온몸에 두드러기가
올라온 아이 모습에 당황하고, 밤이 되면 엄마 보고 싶다
고 울던 아이를 달래며 잠을 설치는 게 당연한, 힘든 일정
이었는데도 말이다.

조금 큰 아이들의 들살이 풍경은 어떨까? 산 아래에 우
리가 묵을 숙소가 있다. 숙소 앞에는 조립식 수영장이 있
고 옆으로는 계곡 물소리가 들리는 이곳에서 더위를 식힐
수 있을 것 같다. 조금만 걸어 내려가면 깊지는 않지만, 굽
이굽이 흐르는 계곡물이 우리를 반긴다. 아이들은 누가 먼
저랄 것도 없이 구명조끼를 입고 물에 뛰어들어 찰방찰방
물을 튀기며 이리저리 자리를 옮긴다. 계곡이 제법 넓어서
뗏목도 탈 수 있으니 아이들의 물놀이가 다양해진다.

그러나 들살이 때 생리가 겹친 고학년 여자아이가 물에
들어가지 못하고 앉아 있다. 친구들과 밤새 이야기 나누고
물놀이를 기대하며 들살이에 나섰는데 예상치 못한 상황
이다. 발이라도 담그라는 말에도, 뗏목을 태워 준다고 해
도 머쓱하고 어색한지 시큰둥하다.

함께 놀지 못해 마음이 쓰였던 아이들은 뗏목 하나에 올

라타 노를 저어 아이에게 다가갔다. "공주님, 여기 올라타세요. 저희가 계곡 구경시켜 드릴게요. 부끄러워 마세요." 아이는 환하게 웃으며 뗏목에 올라타 물놀이를 시작했다.

어울리지 못하는 아이가 없이 모두 함께 놀려면 주변 친구들뿐 아니라 스스로도 용기가 필요하다. 함께 밤을 보낼 친구들에게 위로를 찾고, 자신을 깨고 나올 용기가 채워지기도 하는 것이다.

들살이는 아이들 본연의 모습이 드러나는 생활의 축소판이다.

그렇기에 짧은 일정이지만 소소한 일들에 위로를 받기도 하고 때로는 큰 용기를 내는 모습을 볼 수 있다.

또 다른 들살이 풍경을 떠올린다. 아이들이 이리저리 분주하게 숙소 부엌을 오간다. 들살이 모둠별 요리 경연이 있는 둘째 날 저녁 시간이다. 아이들이 야심 차게 준비한 메뉴는 쇠고기미역국, 라볶이, 오므라이스. 미리 준비한 요리법을 펼친다. 삼삼오오 모여서 미역을 가위로 자르고 파프리카를 잘게 썰고 호기롭게 달걀 한 판을 큰 그릇에 넣고 휘젓는다. 모두가 제 몫이 있다.

누군가 들살이 평가서에 요리하면서 실수해서 속상하고 어색했는데 동생들이 괜찮다고 말해서 고마웠다고 적었다. 본인의 서툰 모습이 쑥스러워도 다른 이의 위로로 실수를 받아들이고 넘길 수 있다. 그것은 우리가 함께 먹고 자는 한솥밥 식구이기에 가능하다. 아이들은 들살이에서 자기들만의 돈독한 공감의 시간을 공유한다.

함께 먹을 식사 준비를 더 재미있게 할 수 없을까? 숙소 뒷산으로 조금만 올라가면 약수터가 있던데, 오전 활동에 넣어 볼까? 약수터에서 물 떠다 마시던 시절 이야기를 들려줘도 좋겠는데? 들살이를 위해 큰 그림을 그려 보지만 그림을 채우는 일은 아이들 몫이다. 어떻게 채우고 어떤 색을 칠할지는 오직 아이들이 정한다. 나는 그저 그 시간을 함께하고 시간이 지나 이렇게 추억할 뿐이다.

이번엔 고학년 아이들의 들살이 저녁 시간 풍경. 모두 씻고 거실에 모여 뒹굴뒹굴하며 대화를 나눈다. 때론 유쾌하고 때론 진지하다.

한 아이가 애주가 아버지의 술에 얽힌 일화를 전하면서 고민을 풀어 놓는다. 아이의 바람을 아빠에게 잘 전할 방법을 함께 고민해 보기도 한다. 아이들은 이런저런 이야기를 들으며 때론 공감해 주고 때론 핀잔도 한다.

6학년 아이들에게는 졸업을 앞두고 가는 마지막 들살이다. 잠자는 시간조차 아까운지 잠을 미루면서 자신들의 고민과 관심사를 끝없이 꺼내 들려준다. 이 녀석들이 언제 이렇게 컸지? 아이들은 진지하다. 밤이 우리에게 주는 선물 같은 시간이다.

"논두렁이 술래해!" 자기들끼리 술래를 정해 놓고는 모두 도망가 버린다. 술래가 된 논두렁은 아이들을 잡으려고 마당을 가로질러 숨이 차도록 뛰어다닌다. 내가 술래가 아닌 게 정말 다행이다.

저녁 무렵 아이들이 뭔가를 도와달라며 우리를 부른다. 힘쓸 일이 생겼나? 여자아이들끼리 나란히 누우려고 침대를 옮기려 하나? 논두렁과 함께 방문을 열자 아이들이 촛불을 꽂은 초코파이 접시를 들고 웃으며 다가온다.

"그동안 고마웠어!"

졸업을 앞둔 아이들의 예상치 못한 깜짝 이벤트로 웃음이 멈추지 않는다. 언젠가 아이들도 이 들살이의 추억을 풍경화의 한 장면처럼 떠올리면서 웃음 짓겠지.

아이들 덕분에

"논두렁, 축구팀 좀 짜 주라!", "논두렁, 심판 좀 해 주라!"

아이들이 축구를 할 때마다 나에게 게임의 규칙과 방식을 정해 달라고 한다. 그런데 심판을 부탁해 놓고도 나의 판정에 늘 불만이 많다. 본인이 받아들일 수 없는 판정에는 고래고래 소리를 지르며 화를 내기도 한다. 도와주고도 욕먹는 꼴이다. 그래서 축구를 하고 나면 속상하거나 화가 날 때가 많았다.

왜 그럴까? 돌이켜 보면 축구를 하기 위해 하나부터 열까지, 준비물부터 규칙까지 모든 걸 내가 챙겼다. 아이들 스스로 책임지지 않았고 결국, 아이들의 축구가 아니라 논두렁의 축구인 것 같았다. 나의 지나친 관심과 도움이 아이들이 스스로 해낼 기회를 빼앗은 건 아닌지.

갈등이 생겼을 때 부딪혀 대화하며 해결할 시간도 주지

않았다. 그러니 당연히 모든 문제와 갈등은 논두렁 탓이라 생각하고, 아무도 물건을 챙기거나 동생을 돌보는 일 따위를 신경 쓰지 않았다.

이래선 안 되겠다는 생각에 모든 역할을 아이들에게 맡겼다. 몇 달이 지나자 이제는 나의 도움을 싫어하게 되었고, 자기들끼리 모든 걸 상의해서 진행했다. 어리게만 생각하고 염려 가득한 나의 인식이 문제였구나.

한번은 이런 일도 있었다. 겨울에는 날씨가 추우니 놀 때 외투를 벗지 말라고 아이들에게 말했다. 주차장에서 뛰놀다 보면 금방 더워져서 외투를 벗겠다는 아이들이 많다. 하지만 절대 허용해 주지 않았다. 특히 고학년 아이들이 가장 불만이었다.

이런 상황을 지켜보던 동료 교사의 한 마디.

"논두렁이 그렇게 다 말해 주고 정해 주면, 아이들은 스스로 온도를 느끼고 챙기는 방법을 모르게 돼요. 감기에 걸려 봐야지 나중에 외투도 챙기게 되고, 어려움을 겪어 봐야지 다음에 어떻게 대처해야 하는지 알게 되는 거예요. 놔둬요."

아하! 맞다. 이거였다. 아이들은 나의 도움을 얼마나 답답해했을까. 스스로 챙길 수 있고 알아서 할 수 있는데 내가 답을 미리 알려 주고 도와주고 있었다. 아이들은 스스로 판단하면서 겪는 시행착오들을 극복하는 경험이 필요한데, 내가 그 기회를 빼앗아 버린 것이다. 동료 교사의 이한 마디가 나에게 큰 변화를 가져다주었다.

잘하고 싶고 인정받고 싶어서 열심히 했지만, 어딘가 모르게 엉뚱하고 덜렁대는 성격 탓에 실수도 많았다. 잘 모르면서 아는 척하는 경우도 많았고, 좋은 이미지로 봐 주길 바라는 마음도 컸다. 그래서 더 힘들었던 것 같다.

처음 일을 시작할 때는 자신만만했다. 어려울 게 없을 거라 생각했는데 나의 오만이었다. 터전 일이라는 게 살림과 비슷해서 늘 돌발 상황이 있기 마련이고, 유연하게 대처해야 하는 일도 잦았다. 두루두루 다방면으로 경험이 많으면 그만큼 재미있게 일할 수 있었을 텐데, 그동안 익숙한 일만 해왔던 터라 쉬운 게 하나도 없었다. 내가 잘하는게 무엇인지 찾기까지 어려움이 많았다.

터전은 교사회 회의가 무척 중요하다. 하지만 나는 작은 것부터 큰 것까지 함께 이야기 나누는 일 자체가 어려웠다. 거기다 회의 시간에 다루는 내용이 워낙 방대했고, 일상을 세심하게 계획하다 보니 신경 써서 기억하지 않으면 놓치는 일이 많았다. 날마다 긴장의 연속이었고, 정신 차릴 틈도 없이 하루하루 흘러가는 것 같았다.

**스스로 뚫고 갈 길이 보이지 않았다.
어디에 서 있는지, 어디로 가야 하는지
몰라 답답했다.**

사실 그 해답은 누구에게 물어도 알 수 없다. 결국 직접 부딪혀 찾을 수밖에.

나는 아이들과의 놀이를 궁리하는 것으로 이 문제를 해결해 보기로 했다. 어떻게 놀지? 뭐 하고 놀지? 지금 아이들의 관심사는 어디에 있지? 이런 고민을 하면서 아이들과 주구장창 놀았다. 아이처럼 시간이 가는 줄 모르게 놀았다.

그렇게 놀다 보니 저절로 행복했고, 생기 있는 나를 마주할 수 있었다. 자신감이 떨어질 때면 아이들과 함께 놀면서 힘을 얻고 용기를 얻었다. 별거 아닌 작은 놀이, 작은 이야기에도 따뜻한 관심을 보이는 아이들 덕분에 한 발 한 발 나아갈 수 있었다.

나의 마음이 우울하고 지쳐서 다 포기하고 싶을 때 아이들을 바라보면 고민이 저절로 사라지고 빙그레 웃음이 나왔다. 아이들은 학교를 마치면 노래를 부르고 수다를 떨면서 도토리로 온다. 도토리 현관문에 들어서자마자 "논두렁 안녕!" 하고 반갑게 인사한다. 가만히 앉아 있는 내게 다가와 말을 건다. "논두렁은 몇 살이야?", "오, 논두렁 오늘 멋지게 입고 왔네! 어디가?" 이렇게 아이들과 나누는 작은 대화가 큰 위로가 되었다.

터전은 날마다 아이들 웃음소리가 쩌렁쩌렁 울린다. 아이들은 터전 문 앞에서부터 친구들과 함께 놀 생각에 잔뜩 들뜬다. 호기심 가득한 아이들의 눈빛은 늘 살아 있다.

아이들 웃음소리가 넘치는 곳에서 일해서일까? 쉴 틈 없이 돌아다니는 아이들 때문일까? 이곳에서는 지루할 틈이 없고, 날마다 새로운 일상이 펼쳐진다. 낙담하고 포기하고 싶은 순간에도 아이들 덕분에 이겨 낼 용기와 힘을 얻는다.

내 마음을 어루만져 주고 위로해 준 아이들이
나의 스승이고 나의 친구이다.

"고마워, 얘들아."

함께 걸어가는 아이들

"코로나 이전으로 돌아갈 수 없을 것입니다."

질병관리청의 브리핑에서 나온 말이다. 코로나로 예상 못한 일들이 하나씩 늘어 갔고, 재난 영화를 보는 듯한 느낌을 받을 때도 잦아졌다. 사람들은 마스크가 얼굴이 되었고, 눈빛과 몸짓으로 옆 사람을 경계하거나 피했다.

어느 주말 오후, 사거리에 멈춰서서 신호를 기다리고 있었다. 신호가 바뀌어 자동차가 출발하는 순간 내 눈에 비친 사람들. 신호등 앞에 켜켜이 서서 모두 하얀색 마스크를 쓰고 정면에 있는 신호등을 바라보고 있었다. 낯선 모습으로 누군가를 피하는 일이 일상이 된 듯 무표정했다.

그 짧은 순간의 오싹함. 영화의 한 장면 같은 상황을 현실에서 마주한 것이다. '내 모습도 저들 중 하나일 텐데….'라는 생각을 하니 그 모습이 더 무서웠다.

   우리는 이런 일상에서 어떤 희망을 찾아야 할까? 누군가는 베란다에서 악기를 연주하고, 누군가는 온라인에서 대화를 청한다. 서로 소통하는 방법을 찾기 위해 살기 위해, 여러 방법을 찾고 있다. 그렇게 서로가 연결되어 있음을 확인한다.

   터전 아이들의 일상도 무너졌다. 아이들은 학교라는 공간을 스치듯 다녀온다. 학교에서 있었던 선생님과의 에피소드도 친구들과의 이야깃거리도 운동장에서의 재미난 일상들도 모두 사라졌다. 무언가를 만들어 와서 자랑하는 일도 없고, 친구들과 힘을 모아 함께하는 수업이 힘들다고 투정 부릴 일도 없다. 새 학년이 된 학교에서는 마스크를 쓰고 새 친구와 선생님을 만나고, 칸막이가 있는 공간에서 밥을 먹는다.
   이런 학교를 다녀오고도 학교가 너무 좋다는 아이를 보며 기특함과 안타까움이 교차한다. 학교가 재미가 없다며 가기 싫어하는 아이들도 생긴다. 일주일에 한 번 학교에서 친구들과 놀지도 못하고 공부만 하고 온다고 투정 부리는 아이 모습이 짠하다.

이렇게 아이들의 일상이 달라져도 터전에선 그대로인 것들이 있다. 그중 한 가지가 1학년들의 두발자전거 타기다. 사람들은 새해가 되면 목표를 세우고 도전한다. 터전에서도 해마다 학년별로 그해에 꼭 이루어야 하는 해냄활동이 있다.

1학년들의 해냄활동은 두발자전거를 타고 서대문 안산에 있는 인공폭포까지 가는 것이다. 아직 두발자전거를 타지 못하는 아이들에겐 두려움을 이겨 내야 하는 고비가 되고, 두발자전거를 잘 타는 아이에게는 혼자가 아닌 친구들과 함께 호흡을 맞춰야 하는 숙제를 안겨 준다.

이 과정은 아이들만의 몫은 아니다. 아이와 아마, 교사 모두의 몫이다. 누군가에게는 인생의 큰 도전이고 누군가에게는 감동으로 기억될 이 과정을 마무리하고 나면 우리 모두 큰 산을 하나 넘은 듯한 뿌듯함을 맛보게 된다.

올해도 어김없이 1학년에게 두발자전거 타기 해냄활동이 주어졌다. 몇몇 아이들에겐 큰 부담이었는지 급기야 자전거 타기를 거부하는 아이도 생겼다.

"난 자전거 타는 거 싫어. 힘들어. 나가기 싫어…."

"나가서 한 바퀴만 돌아보고 힘들면 쉬는 건 어때?"

"나가기 싫은데…"

아이와의 실랑이가 시작된다. 그때였다.

"있잖아…, 나도 작년에 잘 못 탔어. 내 자전거는 분홍색이라 친구들한테 창피하기도 했었거든. 그런데 연습하다 보니까 타게 되더라고. 지금은 새 자전거도 샀고 작년보다 훨씬 더 잘 타."

누구에게도 하지 않았던 자기 이야기를 담담하게 얘기하는 2학년 형님. 그 말을 들은 아이는 눈을 동그랗게 뜨며 되묻는다.

"정말?"

"응, 나도 처음엔 잘 못 타서, 무서웠는데 하다 보니 되더라고."

아이의 되물음에 다른 1학년 친구가 2학년 형님을 대신해 대답해 준다. 그 말을 듣고 다른 아이들도 모여들어 맞장구를 친다.

"나만 자전거를 무서워하는 줄 알았어. 그래서 친구들에게 이런 모습을 보이는 것이 창피했지. 그런데 다들 그랬다고 말해 주니 나도 한 번 나가 볼게."

아이가 용기를 냈다. 살며시 뒤로 나와 그 모습을 보고 있자니 마음이 몽글몽글해졌다.

아이는 이렇게 모두의 격려와 응원으로 자란다.

살다 보면 수많은 일이 우리를 힘들게 한다. 그런 일이 생길 때마다 그 속에서 반짝이는 사람들의 이야기가 늘 있다.

각자의 자리에서 힘듦을 외면하지 않고 묵묵히 자기의 일을 해 나가는 사람들 이야기는 우리를 감동케 한다. 그들의 이야기를 들으며 우리는 일상을 살아가는 힘을 얻곤 한다. 지금 나에게 일상의 힘을 주는 것은 마음을 열고, 서로의 고민을 나누며, 함께 걸어가고 있는 이 아이들이다. 서로를 격려하고 응원하며 제자리에서 반짝이며 자라는 아이들 말이다.

안 울기 미션

"분홍이는 왜 안 울어?"

언젠가 졸업식을 끝내고 한 아이가 했던 말이다. 이건 자기 졸업하는데 왜 다른 사람들처럼 아쉬워하지 않냐는 서운함을 품고 하는 말이다. 덧붙여 다른 아이도 물어본다.

"나 졸업할 때는 울 거야?"

1학년 때부터 함께 지내왔으니 자기 졸업할 때는 울지 않겠냐는 은근한 기대를 품고 하는 말이다. 그럴 때마다 딱 잘라 "나 안 울 건데, 안 울었는데." 대답하고 웃어 넘긴다.

'졸업식 때 안 울기'

해마다 아이들이 졸업한다. 매번 다른 졸업식이지만 매

번 같은 미션을 나 혼자서 하고 있다. 나라고 6년을 날마다 만나던 아이들을 보내는 게 왜 서운하고 아쉽지 않을까. 얘는 이랬고 쟤는 저랬는데, 언제 저렇게 컸을까? 이젠 진짜 의젓해졌네. 속으로 이런 생각을 하면 마음이 울렁울렁, 울컥울컥해 온다.

어지간히 속도 상하고 고개를 절레절레 흔들 때가 여러 번이지만 또 웃기도 하고, 감동도 받고, 대견한 마음에 속상함조차 스르르 사라져 버리는 일도 여러 번이다. 그런 감정의 곡예를 한 해, 두 해 넘다 보면 고사리 같은 손에 땡글한 눈망울을 가졌던 아이들이 이젠 나의 힘듦까지 이해하고 함께 농담을 주고받는 나이가 된다. 그리고 졸업이라는 것을 하는 것이다.

이런 아이들을 보내는 거라 처음 졸업식을 할 때는 상상만으로도 눈물이 날 것 같았다. 하지만 새로운 세상으로 나가는 아이들의 설레는 마음을 행복함과 즐거움으로 채워 주고 싶었다. 그럼 바람을 표현하는 나만의 행동라고나 할까. 마무리 순간은 기쁜 마음, 기쁜 얼굴만 기억했으면 하는 바람이랄까.

그런데 그게 쌓이다 보니 이젠 유별나게 눈물을 흘릴 수도 없는 상황이 되어 버렸다. 조금이라도 눈물을 보였다가는 축하해 주러 온 졸업생들에게 "뭐야, 나 졸업할 때는 안울어 놓고, 이러기야!"라는 핀잔과 서운함 섞인 원망을 들을 것이 뻔하기 때문이다. 해마다 안 울기 미션을 성공하고 있지만 졸업하는 날이 되어 아이들을 바라보면 어김없이 코끝이 찡해져 온다.

안 울기 미션의 첫 단계는 졸업장을 만들기 위해 빈 컴퓨터 화면을 바라보고 있는 조용한 밤에 시작된다.

저마다 다른 모습으로 6년을 보내고 가는 아이들이라 졸업장에 각자의 모습을 담아 주고 싶었다. '어떤 말로 아이를 표현할 수 있을까?' 하는 생각에 사진도 뒤적거리고, '이런 일이 있었지? 그때 되게 웃겼는데…' 하면서 지난 시간을 되짚다 보면 마음이 짜르르해지면서 나도 모르게 울컥 눈물이 맺힌다. 하지만 이때는 보는 사람이 없으니 슬쩍 눈꼬리를 닦으면 그만이다.

1년을 바쁘게 지내고 다시 1월이 되면 6학년 아이들은 날짜를 세어 가며 한껏 들뜬다. 졸업을 아쉬워하는 모습은 별로 안 보인다. 휴대전화도 마음대로 못 하고, 동생들도 챙겨야 하고, 나쁜 말도 못 쓰고, 불량식품도 못 사 먹고, 아무 데나 돌아다니지도 못하는 터전에서의 5, 6년이라는 시간이 아이들에게는 답답하지 않을까? 하고 이해해 보지만 그래도 하루하루 설레는 표정을 보고 있노라면 '열심히 함께 지내 온 이곳을 그렇게 빨리 졸업하고 싶냐.'라며 괜히 서운해지는 마음에 두 번째로 울컥해지고 만다.

처음엔 '수학 익힘책'을 줄여서 '수익'이라고 말하는 것도 몰랐고, 숙제 공책을 학교에 두고 와서 다시 뛰어간 게 몇 번인지, 하교 시간이 엇갈려 학교로 동네로 뛰어다니게 하고, 들살이 때 엄마 보고 싶다고 대성통곡을 해서 옆 친구들까지 다 울리고, 잔뜩 멋 부린다고 추운 날씨에 반팔 옷을 입고 오거나 공주 원피스 입고 산을 오르고, 밤 터전 때 잔뜩 신나서 요리한다고 엄마가 애지중지하던 프라이팬을 다 긁어 놓던, 그런 아이들이 이젠 새침한 표정으로 졸업을 기다린다.

드디어 졸업식 날이 되어 어두운 무대 위에서 덤덤한 모습으로 졸업장을 기다리는 아이들을 보고 있노라면 왜 그리 애틋하고 대견하게 느껴지는지 찡해지는 목소리를 괜한 심호흡으로 가다듬어 가며 아이들과 작별 인사를 한다.

이젠 터전에서 날마다 볼 순 없지만 졸업한 아이들을 만나는 것은 나에게 또 다른 즐거움이자 뿌듯함이다. 길게는 6년, 짧게는 3, 4년쯤 지지고 볶는 일상을 보내고 나면 뭐라고 꼭 맞는 이름을 붙일 수 없는 연대감, 친근감이 만들어진다.

동네에서 만나면 호들갑을 떨며 인사하게 되고 어느새 나보다 키가 훌쩍 큰 아이들이 매너 다리로 예의를 갖춰 준다. 물론 반은 놀리는 거다 오랜만에 만나 터전에서는 절대 하지 않았을 찐한 포옹도 스스럼없이 받아 주고 혹시라도 초등학생들이 놀고 있으면 '도토리 애들인가?' 하는 마음에 인사라도 하고 갈까 하고 기웃거렸다고 하면서 잠깐 옆에 앉아 수다 친구가 되다가 제 갈 길을 간다.

옆에 있던 친구가 어른한테 반말한다고 혼내도 '우리는 원래 그런 사이야.' 하며 서로 웃는 무엇가가 있다. 물론 어색하고 쑥스럽게 얼굴을 돌리는 아이들도 있지만 그럴 땐 '지금 잘 지내고 있구나.', '살이 좀 빠졌네.', '가방이 너무 무거운 거 아닌가?' 하고 내가 알아보면 된다.

오가며 만날 거고 그때 다시 인사하면 되니까.

도토리 마을 방과후
계절 프로그램
·····················

● 봄 (3, 4, 5월)

◆ 생태 활동

화전 만들기

　준비물 식용 꽃, 찹쌀가루, 꿀(조청), 뜨거운 물, 기름

봄이 되면 아이들과 계절을 느껴보기 위해 화전을 만든다. 화전을 만들기 위한 꽃은 인터넷으로 식용 꽃을 구입하거나 시장에서 미나리나 쑥을 사기도 한다. 꽃은 물에 살살 씻어 말려 둔다. 찹쌀가루에 뜨거운 물을 넣고 반죽을 해서 동그란 경단을 빚는다. 달군 팬에 경단을 일정 두께로 누른 후 살짝 익으면 꽃을 올리고 화전을 완성한다. 쑥이나 미나리 등을 경단에 올려 화전을 만들어도 된다. 완성된 화전에 설탕이나 꿀 등을 뿌려 먹는다.

매실청 담그기

　준비물 매실, 유기농 설탕, 매실청을 보관할 병, 이쑤시개, 과도

매실 채취 시기에 매실을 구입해 깨끗하게 씻고 말린 후 이쑤시개로 꼭지

를 제거한다. 말려 놓은 병에 설탕과 손질한 매실을 넣고 100일 동안 숙성시킨다. 100일이 지난 후 병에서 매실 열매를 빼서 아이들과 별미로 나눠 먹는다. 이렇게 만들어 둔 매실청은 아이들이 체하거나 배가 아프다고 할 때 따뜻한 물에 타 주기도 하고 들살이 갈 때 상비약과 함께 챙겨 간다.

마을 꽃나무 지도 만들기

준비물 식물도감, 색연필, 마을 지도, 스티커, 필기도구, OHP 필름

마을 이웃들의 화단과 마당에 있는 나무를 알아보고 마을 꽃나무 지도를 만들어 보는 활동이다. 마을 지도 위에 OHP 필름을 붙여서 꽃과 나무의 위치를 스티커로 표시하고, 식물의 이름을 적어 보면서 마을 안에서 만날 수 있는 꽃과 나무를 알아보고 정리한다.

◆ 자연물 놀이

아까시 파마

준비물 아까시나무 줄기

아이들과 아까시나무가 있는 근처 산으로 나들이를 간다. 각자 아까시 줄기 하나를 골라 가위바위보 놀이를 하면서 잎을 한 장씩 떼어 내고 남은 줄기로 뼈대를 만들어 머리카락을 돌돌 말아 파마를 한다. 아이들은 서로의 머리를 파마해 주고 꼬불꼬불해진 머리카락을 보며 재미있어 한다.

압화 만들기

준비물 종이 액자, 꽃, 잎사귀, 줄기, 한지, 사인펜, 색연필, 딱풀

어버이날을 맞아 카드를 만들면서 압화 만드는 법을 함께 익힌다. 압화를 만들기 일주일 전 산에 올라가 떨어진 꽃과 잎사귀를 주워 책 사이에 끼워서 말린다. 말린 재료에 한지와 다른 재료들을 이용해 카드를 만든다.

토끼풀 꽃 화관 만들기

준비물 토끼풀 꽃줄기

산으로 놀러 가 토끼풀 꽃 세 줄기를 머리를 땋 듯이 교차하며 엮어 준다. 세 줄기로 땋을 때 한 줄기씩 추가해서 땋으면 토끼풀 꽃반지, 팔찌, 화관을 만들 수 있다.

아까시나무 점치기

준비물 아까시나무 줄기

아까시나무 줄기 끝에 달린 잎사귀를 하나씩 뜯으며 점을 친다. 운이 있다, 없다를 잎사귀 마지막을 뜯을 때까지 외치는 것으로 오늘의 운을 가늠해 본다.

텃밭 작물 키우기

준비물 미니 텃밭, 빈 화분, 새싹, 팻말, 모종, 지주대, 식물용 가위, 꽃씨

3~4월: 빈 화분에 새싹을 키우며 자기만의 화분을 만든다. 이 무렵 미니

텃밭을 정리한다.

5~6월: 미니 텃밭에 모종을 심고, 팻말을 만든다. 모종이 잘 커 나갈 수 있게 지주대도 세우고, 순 자르기도 해 주며 꾸준히 돌봐 준다.

6~7월: 이 시기에 나오는 꽃씨를 심고 천연 농약도 만들며 텃밭을 가꾼다.

7~8월: 텃밭에서 가꾼 꽃을 말리기도 하고 그림을 그리기도 한다. 날이 서늘해지기 전 한해살이 식물과 여러해살이 식물을 정리하며 텃밭을 관리한다.

● 여름 (6, 7, 8월)

1. 절기 활동

단오_장명루 만들기

준비물 오방색실

장명루는 흰색, 검정, 파랑, 빨강, 노랑의 오방색 실을 엮어 만든 팔찌다. 오래 살고 건강하라는 의미를 담고 있다. 대부분 반으로 접은 실을 손가락에 걸어 만드는데 저학년 아이들은 어려워해 원형 종이에 홈이 8개 뚫린 팔찌 틀을 이용해 만들기도 한다. 부모님이나 친구들에게 선물하면 좋다.

단오_부채 만들기

준비물 부채, 압화나 물감, 붓, 색 한지 등 꾸미기 재료

단오선이라고도 한다. 옛날 임금님이 신하들에게 단옷날 부채를 선물했다는 풍습에서 유래하였다. 하얀색 빈 부채에 봄에 말려 둔 꽃을 붙여 장식해도 좋고 색 한지 등을 찢어 붙이면 근사한 부채를 만들 수 있다.

단오_익모초 먹기

준비물 익모초 즙 또는 익모초 청

여름에 더위를 먹거나 입맛이 없을 때 먹으면 좋다고 알려져 있다. 익모초 풀로 차를 끓여 마시지만, 맛이 매우 쓰기 때문에 아이들이 먹기 힘들 수 있다. 파우치에 담긴 익모초 즙이나 익모초 청을 이용해 맛을 보는 정도로 아이들과 함께 먹어 본다.

단오_수리취떡 먹기

준비물 수리취떡 또는 쑥떡, 나무 떡살 또는 쿠키 틀

단오에 먹는 수리취 잎을 넣어 만든 떡이다. '차륜병'이라고도 한다. 떡을 수레바퀴 모양으로 찍어 낸 데에서 유래하였다. 큰 떡 덩어리를 아이들이 직접 떡살로 찍어 모양을 내서 먹거나 재미를 위해 쿠키 틀을 이용해서 모양을 내 볼 수도 있다. 간식으로 활용하면 아이들이 재미있게 먹을 수 있다.

단오_씨름, 팔씨름

준비물 샅바, 바닥 매트 또는 푹신한 장소

매년 단오 때 씨름대회를 열어 그해의 천하장사를 뽑는다. 단오 장사에게 '소'를 선물했던 풍습에 따라 소고기나 소 인형 등 재미있는 선물을 준비해도 좋다. 씨름할 때는 넘어져도 다치지 않게 바닥이 조금 푹신한 장소에서 진행한다. 씨름이 끝난 후 승패를 인정하며 예의를 갖춰 인사를 하는 것도 꼭 알려 준다. 몸으로 하는 씨름이 무서운 아이들은 팔씨름을 해 보는 것도 재미있다.

가을 (9, 10, 11월)

1. 생태 활동

곶감 말리기

준비물 곶감용 감, 곶감 걸이, 감자 칼

오랜 시간 감을 말려야 하므로 아이들과 감이 변화하는 모습을 관찰할 수 있다. 일반 단감은 곶감을 만들 수 없어서 시장에서 곶감용 감을 구입해서 사용한다. 아이들과 감을 깎아 걸이에 걸어 말리거나 걸이가 없다면 바늘과 실을 이용해 감을 꿰어 말린다. 아이들은 감자 칼을 이용하면 쉽게 감을 깎을 수 있다. 바람이 잘 통하는 곳에 감을 걸어 두고 말린다.

자연물 모으기

준비물 없음

단풍잎이나 은행잎 등 여러 가지 모양과 색깔의 나뭇잎과 열매를 모아 본다. 공원이나 산에서 처음 보는 나뭇잎이나 열매, 색깔이 예쁜 단풍잎이나 은행잎 등을 모아서 논다. 나뭇잎이 많이 떨어져 있을 때는 여러 명이 힘을 모아 바닥에 가득 나뭇잎을 모아서 뒹굴며 놀아도 재미있다. 놀고 나서는 꼭 자리를 정리한다.

열매로 놀기

　　준비물 없음

아이들과 산이나 공원으로 나들이 가거나 동네 산책을 하면서 해 볼 수 있다. 공원이나 산에서는 여러 가지 크기의 도토리나 좀작살나무 열매, 홍자단 열매, 버찌, 동네에서는 감이나 대추, 모과, 은행 등을 주울 수 있다. 아이들과 동네 구석구석에 어떤 열매가 열려 있는지, 어느 정도 익었는지 매일매일 찾아보는 것도 재미있다. 모은 열매로 소꿉놀이나 그림 그리기, 장신구 만들기 등을 만들 수 있다.

단풍잎 책갈피 만들기

　　준비물 단풍잎 또는 은행잎, 여러 가지 색깔 네임펜, 손 코팅지, 책갈피 끈

공원에서 주워 온 나뭇잎에 글씨를 쓰거나 그림을 그려 코팅해 본다. 단풍잎은 주워온 지 하루가 지나면 말라 버려서 책갈피에 넣어 두거나 주워 온 즉시 만드는 게 좋다. 나뭇잎 자체를 코팅하는 게 어렵다면 풀로 살짝 고

정해 책갈피를 만들어도 좋다.

매실 거르기

준비물 유리병, 거름망

봄에 담근 매실청을 거르는 날이다. 걸쭉해진 매실액은 병에 나누어 담아 겨우내 음료로 먹는다. 거르고 남은 매실은 설탕에 절여져서 새콤달콤한 맛이 난다. 일 년에 한 번 매실 거르는 날만 먹을 수 있는 특별한 간식이다. 쪼글쪼글한 매실보다 통통한 매실로 골라 먹는 게 맛있다.

● 겨울 (12, 1, 2월)

1. 생태 활동

김장하기

준비물 절임 배추, 무, 마늘, 쪽파 등의 김장 속 재료, 각종 김장 양념, 아이들용 비닐장갑, 김장 버무릴 그릇, 김치통

아이들과 함께 채소 구매, 다듬기, 썰기 등으로 역할을 나누어 진행한다. 아이들이 맡은 순서대로 제 역할을 하도록 하고, 아이들이 다듬은 채소를 버무려 배춧속을 만든다. 절임 배추를 구매해 김장하면 수월하다. 수육도 삶아 김장한 김치와 간식으로 맛있게 먹는다. 이렇게 담근 김치는 방학 동안 요긴한 점심 반찬이 된다.

2. 절기 활동

동지 – 동지고!

> 준비물 여러 색 버선 모양 인쇄지, 십이지신 부적 그림 카드, 버선을 찾
> 아 붙일 수 있는 미션지, 필기도구

동짓날은 작은설이라 해서 어르신께 버선을 새로 지어 선물했다는 유래
를 본떠 마을 곳곳에 버선 모양을 숨겨 놓고 모둠별 아이들이 함께 마을
을 돌아다니며 보물 찾듯이 색색의 버선을 찾아 미션지의 빈칸을 채우는
놀이 활동이다. 뱀 부적 등 다양한 십이지신 부적을 찾아 미션지에 붙이면
보너스 점수를 주는 등의 보물 찾는 재미와 미션의 단계를 높일 수 있다.

동지팥죽 만들기

> 준비물 찹쌀가루, 뜨거운 물, 쟁반 등

찹쌀 반죽으로 동글동글 새알심을 빚어 동지 음식인 팥죽을 만든다. 끓는
팥죽에 만들어 놓은 찹쌀 익반죽을 넣고 끓여 나누어 먹는다.

정월 대보름

> 준비물 부럼-호두, 껍질 땅콩 등의 견과류

정월 대보름은 한해의 첫 보름인 음력 1월 15일로, 정월 대보름날 아침
에 이로 부럼을 깨물어 부스럼을 없앤다는 이야기가 있다. 아이들과 둘러
앉아 부럼을 깨 먹으며 정월 대보름에 관한 이야기를 나눈다. 아침 인사로
서로의 이름을 부르며 "내 더위 사가라!" 하며 더위팔기를 한다. 간식은 되

도록 약밥, 오곡밥과 묵은나물 같은 절기 음식을 마련한다.

설날

준비물 한복 있으면 입기, 복주머니, 덕담 용지

새해를 맞아 어르신들을 만나 뵙고 세배를 드릴 수 있도록 절하는 방법을 함께 익혀 본다. 친구들과는 서로 맞절을 나누며 새해 인사를 대신해 덕담이 들어 있는 복주머니를 나눠 준다. 간식으로 절기 음식인 떡국을 나누어 먹는다.

그럼에도
서로의 안부를
묻는 일

나와 너의 연결 고리
_떠난 뒤 바라보는 도토리 마을 방과후

"반갑습니다. 논두렁입니다."

마이크를 잡고 부모님들 앞에 섰을 때 자주 하는 인사말이다. '반갑다.'는 말은 '오랜만이야.'라는 말과 비슷하면서도 전혀 다른 말이다. '반갑다.'라는 말 속에 정말 보고 싶었고, '고맙다.'라는 말이 담겨 있다고 느낀다.

언제 만나도 반갑고 고마운 사람들, 그들이 도토리 마을 방과후 부모님들이다. 어떻게 이렇게 편하고 고마운 사이가 될 수 있었을까?

아이들을 잘 키워 보고 싶은 마음 하나로 모였기 때문이라고 생각한다. 이 단순한 마음이 우리를 뭉치게 하고 단단하게 만들었다.

도토리에서는 부모님이 의무적으로 해야 하는 일이 참

많다. 주말 청소도 해야 하고, 휴가를 내고 일일 교사로 와야 하고, 각종 회의마다 운영위원으로 참석해야 한다. 그 밖에 협력해야 할 일이 많다. 이 모든 걸 알면서도 감사하게 해마다 신입생들이 열 명 넘게 들어온다. 멀리서 이사를 해서 찾아오기도 한다.

터전 운영을 위해 부모들이 해야 할 일이 많음에도, 도토리 마을 방과후 조력자에만 머무는 부모들이 때로는 신기하다. 그만큼 교사회를 믿는다는 의미일 것이다.

특히 부모 일일 교사 활동을 하다 보면 교사와 부모 사이에 더욱 신뢰가 쌓이는 것 같다. 부모 일일 교사는 우리가 짐작하는, 부모가 아이들을 위해 뭔가를 가르치는 그런 수업이 아니다.

도토리의 부모 일일 교사는 교사들이 휴가를 가면 부모들이 휴가를 내고 터전에 와서 그 빈자리를 채우는 걸 말한다. 다른 곳에서는 상상도 할 수 없는 일이지만 우리 도토리에서는 자연스러운 문화다.

부모들의 일일 교사가 교사들은 마냥 편하지만은 않다. 평소 교사들이 아이들과 어떻게 지내는지 부모들에게 온전히 드러나기 때문에 부담스럽기도 한다. 하지만 부모들이 일일 교사를 하면서 교사들에게 도움을 요청하거나, 우리의 일상을 가까이에서 보게 되면서 오히려 위로와 격려를 해 준다. 부모들이 교사를 믿지 못하는 마음으로 일일 교사를 했다면 지속하기 힘든 일이었을 것이다. 교사나 학부모 모두 서로에게 도움이 되고자 하는 마음이 가장 먼저이기에 이렇게 이어질 수 있는 것 같다.

나는 도토리 마을 방과후에서 사람들과 관계 맺고 소통하는 방법을 배웠다. 아이들과 잘 노는 것 말고는 할 줄 아는 게 없는 나를 교사회는 늘 기다리고 격려해 주었다. 작은 것에 고맙다고 표현하는 방법과 여러 사람의 의견을 받아들이고 상대의 마음을 헤아리는 방법을 주변 동료 교사들을 통해 보고 배웠다.

생각해 보면 참 많은 일이 있었다. 서로 다른 두 기관의 통합 과정도 함께했고, 아이들이 또래 관계로 부딪혀서 면담도 수없이 해 봤고, 고학년의 방향성을 두고 모두의 의견을 듣고자 하루 종일 모여서 토론한 적도 있다. 또 들살이 가서 오십 인분 삼겹살을 구워 본 적도 있고, 매달 새로운 대체 교사와 일해 본 적도 있었다. 그리고 매년 노동 개

선위원회를 하며 좌절감도 느껴 본 적 있다.

이 모든 과정을 교사회와 함께했다.

> 표정만 봐도 서로의 기분을 아는 우리는,
> 서로 똘똘 뭉쳐 우리가
> 당면한 문제를 뚫고 나갔다.

부모님들도 교사회를 믿고 따라준 바가 크다. 마음에 맞지 않고 원하는 바도 많았을 테지만 교사회가 놀이 중심, 생활 중심, 관계 중심의 교육 계획 발표를 할 때도 늘 격려하고 믿고 지지했다.

이렇게 믿음과 신뢰로 똘똘 뭉친 교사회와 무한 지지해 주던 부모님들이 곁에 있었지만 도토리를 그만두게 되었다.

30대가 되면서 비인가 단체의 구조적인 한계를 지켜보는 것이 어려웠다. 비인가 단체라 재원의 100퍼센트가 부모님들의 교육비로 운영되다 보니 기관은 늘 재정적 어려움을 겪어야 했다. 아동의 탈퇴는 곧 재정 부담으로 이어졌다.

　부모님들은 적지 않은 교육비를 내는 만큼 조금씩 불만이 있기 마련이고 아이에게 문제가 생기면 교사회가 끌어안고 해결해야 하는 일이 나에겐 다소 버거웠다. 또한, 이곳에서 5년을 일했지만 다른 센터로 이직해도 경력으로 인정되지 않는 점도 큰 부담이었다. 30대 후반이 되어서 새로운 직장으로 이직했을 때 신입 직원의 급여로 안정적인 결혼 생활을 할 수 있을까 하는 현실적인 고민과 걱정이 몰려왔다.

　직업적 안정성이 낮다 보니 교사들의 변동이 잦았고, 남겨진 교사에게 늘 어려움이었다. 신입 교사를 가르치고 호흡을 맞췄는데 얼마 지나지 않아 떠나 버리면 그 허탈함과 허무함을 이루 말할 수 없었다. 무엇보다 이런 일들이 쳇바퀴 돌아가듯 반복되었다.

　게다가 정교사는 다섯 명이고 아동 수는 예순 명가량, 학교 교육과 다르게 생활과 관계 교육을 하는 돌봄 교사로서 한 명에 열 명 이상을 맡아야 하는 것도 큰 부담이었다. 공간은 좁고 인원은 많고 해야 하는 활동과 책임감의 크기는 점점 커져서 내가 할 수 있는 역량 이상이라는 생각이 계속 내 머릿속을 가득 메우게 되었다.

아이들과 함께하는 일은 계속해서 하고 싶고, 할 수 있다고 생각했지만, 구조적인 재정적인 어려움은 나 혼자의 노력으로는 해결할 수 없었다. 결국, 이러한 거듭된 고민 끝에 2021년 2월을 마지막으로 도토리 마을 방과후를 떠났다.

지금은 아이들을 만나는 사회복지사로 일하고 있다. 새로운 직장에서 일하지만, 도토리에서 배운 경험을 바탕에 두고 다른 교사들에게 설명한다. 도토리 마을 방과후에서 해왔던 교육 철학과 방식이 지금도 옳다고 느끼기 때문이다.

그래서 도토리의 교육 철학을 지금 일하는 곳에서도 적용하고자 노력한다. 아동 주도가 무엇인지, 교사회의 관계성이 무엇인지, 부모님들의 믿음과 신뢰가 왜 중요한지, 놀이 중심 교육이 무엇인지. 이 모든 걸 도토리 마을 방과후에서 배웠다.

자랑스럽고 고맙고 사랑하는 도토리 식구들. 대가 없이 사랑하는 방법을 알려 주고 웃음으로 화답해 주며 따사로이 안아 줬던 도토리 식구들 덕분에 지금의 내가 있을 수 있다.

또한, 도토리 마을 방과후의 교사회와 선배 조합원들과 지금의 부모님들 덕분에 아이들이 놀 권리와 행복한 삶을 영위할 수 있다고 생각한다. 마을에 안전하고 놀이가 풍성한, 좋은 어른이 있는 곳이 있다는 건 정말 감사한 일이다.

아이가 성장하듯, 교사와 부모가 모두 성장할 수 있는 도토리 마을 방과후가 공적 영역까지 퍼졌으면 좋겠다. 그리고 보이지 않는 곳에서 수고하고 노력했던 손길이 공적으로도 인정되어 교사회의 안정성이 보장되었으면 한다.

귀중한 교사들을 더는 잃지 않았으면 한다.

같은 곳을 바라본다는 것

새로운 학기가 시작될 무렵, 신입 교사 현장 연수를 받기 위해 일주일 동안 부산에 가게 되었다. 2학기가 시작되면 시간을 내기 어려워 이 시기로 선택한 것이지만, 모든 게 제자리를 잡기 전 연수를 가게 되어 터전에 남아 있는 선생님도 연수를 떠나는 내 마음도 무거웠다.

숙소에 짐을 풀고 나를 맞이해 준 선생님을 따라 부산에 있는 터전으로 향했다. 대부분 온라인 회의로만 만났던 분들이라 어색하고 서먹하면 어쩌나 걱정했다. 걱정은 나만 한 것이 아니었다. 이곳 터전의 선생님들도 낯선 이의 방문에 잔뜩 긴장한 모습이 역력했다.

이럴 땐 질문이 어색함을 풀어 줄 방책이다.

"부산은 칠판에 쓴 글들이 무사하네요?"

"네?"

"저희 터전 칠판은 글을 써 놓으면 어느샌가 다른 글이 되어 있거든요. 그림이 그려져 있거나. 장난으로 낙서를 해 놔서요."

"그래요? 저희는 아이들이 칠판엔 손을 안 대기로 약속을 했어요."

"그래요? 벽에 붙어 있는 이 숫자와 이름은 뭐예요?"

"새 학년을 올라가려면 1년 동안 해야 하는 살구 판의 개수예요."

"살구요? 아, 공기. 서울에선 공기놀이라고 해요. 저희 아이들도 공기놀이 많이 하곤 해요."

"그래요?"

학교가 끝나고 아이들이 터전으로 왔다. 자유 놀이시간이다. 아이들과의 어색함을 어찌 풀 수 있을까 고민하고 있을 때 1학년 아이들이 다가왔다.

"우리 고물줄놀이 할 건데, 고무줄 좀 잡아 줄 수 있어?"

"응! 나 고무줄 잘 잡을 수 있어!"

낯선 곳에서 어색해하는 건 아이들이 아닌 나였군.

아이들과 열심히 뛰어놀고 고무줄도 하고, 목공방 구경도 하다 보니 하루가 다 지났다. 집으로 돌아가는 아이들과 인사를 나누고 이곳 교사회 회의에 참석한 뒤 퇴근했다. 교사회 회의는 서울이나 부산이나 쉬운 게 하나 없다. 숙소로 돌아와 혼자만의 시간을 보내며 한숨을 크게 내쉬어 본다.

부산에서의 일주일이 금방 지나 벌써 마지막 날이 되었다. 그간 아이들과 병뚜껑 딱지치기 등 여러 가지 놀이를 하며 신나게 놀았다. 정말 신나게 놀았다. 처음 내려왔을 때 긴장됐던 마음은 사라지고, 그 무엇도 신경 쓰지 않으며 아이들과 온전히 놀았다.

이렇게 놀아 본 것이 언제였을까? 늘 아이들 일로 고민하고, 계획을 세우고, 안전한지 살피다 보면 이렇게 맘껏 놀 수가 없다. 이렇게 힘껏 놀았던 아이들과 작별 시간이 되었다. 작별인사를 하려고 마주했는데 갑자기 목이 메이면서 눈물이 흘렀다.

생각지도 못한 감정에 당황스러워 감정을 추스리려 했지만, 눈물이 쉽게 멈추지 않았다. 이 상황을 어찌할 줄 몰라 주위를 둘러보니, 따뜻한 눈빛들이 나를 바라보고 있었다. 이곳의 선생님들과 아이들이 내가 감정을 추스를 때까지 기다려 주었다. 함께했던 얼굴 하나하나가 눈에 들어오고 이름 하나하나가 떠오르니 나도 모르게 울컥했다. 아이들은 이런 나에게 다가와 살포시 안으며 나지막한 목소리로 고마웠다고 인사했다.

공동육아 교사들은 신입 교사일 때 연수를 받는다. 이론 교육을 이수하고 나면 현장연수를 받고 이 과정이 끝나야 온전히 공동육아 교사로 인정을 받을 수 있다. 내가 부산에서 받은 연수가 현장연수 과정이다.

처음엔 새로운 터전에 가서 그곳 교사들과 아이들과 어떻게 지낼지 막막함으로 가득했다. 내가 터전을 비운 사이 고생할 동료들이 염려도 되었다. 굳이 다른 터전까지 가서 연수를 받는 것도 의아했다. 하지만 다녀와서 보니 왜 이런 번거로움을 감수하며 이렇게 연수하는지 알 수 있었다.

부산 교사들의 모습을 보면서 내가 속한 터전 교사들의 노고도 보였고, 나의 서툰 모습이 이곳 교사들에도 보여서 위로가 되었다고나 할까. 나만의 고민이라고 생각한 것이 우리 모두의 고민이었고, 함께 나눌 누군가가 있다는 사실이 큰 힘이 되었다. 이런 까닭으로 신입 교사들에게 현장 연수를 보내는 것이리라. 서로가 있음을 확인하라고.

아이들에게 향해 있는 교사들의 시선, 같은 곳을 바라보는 사람들은 같은 곳을 향해 나아갈 수 있기에 특별히 무엇을 하지 않더라도 서로에게 힘이 되고 위로되는 것 같다.

이현주 시인의 시처럼, 한 송이 들꽃은 혼자 피지 않는다. 여럿이 어울려야 비로소 핀다. 그래서 외롭지 않다. 연수 마지막 날, 일주일이 어땠는지 물어보는 부산 선생님들을 바라보며 울컥한 마음을 삼키며 소회를 전했다. 현장연수는 신입 교사 교육의 꽃인 것 같다고.

쿵, 짝, 쿵, 짝

'싸늘하다. 등 뒤로 비수가 날아와 꽂힌다.'

신입 교사가 잔뜩 긴장한 채 우리의 눈치를 보고 있는 모양이다.

"잠깐, 잠깐 모두 진정해. 또, 또 흥분했어. 워! 워!"

달아오른 분위기를 가장 먼저 눈치챈 사람이 한마디 하면 누구랄 것 없이 잠깐 숨을 고른다.

"아하하, 오해하지 마. 싸우는 거 아니야."

"내가 목소리가 좀 크잖아."

"나, 기분 나쁜 거 아니야. 미안, 미안."

나도 모르게 또 목소리가 커진 모양이다. 냉정을 유지하다가도 회의에 열중하다 보면 어느새 목소리는 한 톤 올라가고 몸은 앞으로 반쯤 나와 있다. 여느 때와 다를 바 없는 교사들의 회의 풍경이다. 물론 매번 이런 오해를 사지는 않지만, 아직 적응 중이거나 처음 회의에 참석한 교사의 눈에는 위기 상황처럼 보일 것이다.

공동육아 교사회는 굉장히 평등한 구조이다. 교사들이 어느 정도 경력이 되면 돌아가며 대표 교사를 하기도 하고 대표 교사였던 교사가 다시 학년 교사가 되기도 하기 때문에 상하 관계가 만들어지기 어렵다.

나이와 상관없이 별명을 부르고 성별이나 경력 구별 없이 업무를 나누다 보니 누군가의 생각에 무조건 맞추거나, 원하지도 않는데 전임자를 따라가야 하는 상황은 거의 없다. 그런 관계이니 신입이라는 딱지를 떼고 나면 눈치 보지 않고 자신의 생각을 자유롭게 말할 수 있고, 아니다 싶거나 이해가 되지 않는 일은 더 깊게 이야기하고, 이상하다 생각되는 부분은 서로 조금 격한 토론도 마다하지 않는다.

분위기가 이렇다 보니 교사들은 서로에게 솔은 자극이 되어 아이들과 지내는 모든 부분에서 더 완성도 높은 쪽으로 움직이게 된다.

물론 이런 구조가 꼭 좋기만 한 것은 아니다. 도토리 마을 방과후처럼 교사들이 대여섯쯤 되는 곳은 교사회 안에서 자정작용이 이루어지기도 하고 혹시나 마음 상한 부분이 있다면 다른 교사들에게 도움을 요청하거나 잠시 상황을 돌아볼 시간을 가질 수 있다.

하지만 두어 명 남짓한 소규모 교사회는 서로에게 감정이 상하거나 누군가 마음을 닫아버리면 터전 전체는 물론 아이들에게까지 안 좋은 영향을 미치는 불상사가 생긴다. 그러니 교사회의 관계는 곧 터전의 분위기가 된다.

도토리 마을 방과후 교사회의 관계는 교사 회의에서 가장 잘 드러난다.

회의는 월요일과 목요일 오전, 월초와 월말 평가와 계획 그리고 행사나 교육 활동을 구체적으로 짜야 하거나 그날 그날 논의해야 하는 상황이 있으면 퇴근 후나 일과 중 여유로운 시간에 한다. 그러다 보니 교사들의 휴가를 제외하고는 얼추 모든 날에 전체 또는 부분회의가 반복된다.

매번 하는 회의지만 시작했다 하면 누구랄 것 없이 집중상태에 들어간다. 워낙 함께 이야기해야 할 내용도 많고 주제가 세상 이를 데 없이 널뛰니 정신을 바짝 차려야 한다.

예를 들면 이런 식이다. 분명 처음에는 나들이 평가를 하고 있었다.

"이번 달은 공원 나들이가 많았던 것 같아요. 아이들이 늘 같은 놀이를 하기도 했지만 익숙한 공간이라 큰 위험 상황 없이 안전하게 놀 수 있었어요."

"너무 익숙한 곳이어서인지 3학년이 공원으로 가면 좀 끼리끼리 노는 것 같아요. 같은 공간에서는 늘 같은 아이들끼리 놀거든. 그 공간이 필요한 아이들끼리 어울리는 건지, 친한 아이들끼리 같은 공간에서 노는 건지 궁금한데 어때요?"

"3학년은 친한 아이들끼리 노는 모습이 있어요. 놀이로 모인다기보다 친한 정도로 모이는데 익숙한 공간이니 좋아하는 아이들끼리 모이는 모습이 더 많은 것 같아요."

"그런데 주만이를 보면 친구들과 어울리는 게 좀 힘든 것 같지 않아요. 공원에서도 혼자 막대기를 가지고 놀거나 자꾸 우리한테 같이 놀자고 올 때가 많아요."

"그러게요. 주만이가 몸놀이를 싫어해서 공원에서 뛰어노는 걸 내켜 하지 않는 건가요?"

"교사들이랑 놀 때는 잡기 놀이도 잘하고 잘 움직이던데 공원이 아닌 다른 장소에서는 어때요? 다른 나들이 장소라던가, 터전에서는요?"

"그러고 보니 터전에서 다른 학년들이랑 놀 때는 잘 노는 것 같은데, 아직 친한 친구가 없어서 또래에 잘 끼지 못하는 걸까요?"

"같이 놀이터로 같이 간 적이 있는데 잘 놀던걸요? 특히 동생들이랑 잘 노는 것 같아요. 놀이도 가르쳐 주고. 좀 편한 모습이라 해야 하나? 혼자 놀거나 놀이에 못 끼거나 하는 모습은 못 봤어요."

"그럼 그건 또래에서 아직 친한 친구가 없어서 그런 걸 수도 있겠네요. 학년 시간에 주만이가 잘하는 것을 활동으로 만들어 내거나 그룹 활동을 진행해서 또래에서 주만이 위치를

다져 주면서 상황을 좀 지켜보면 어떨까요? 그런데 또래에서
아직 자리를 못 잡은 거면 따로 이야기가 있을 것 같은데 아마
랑 이야기해 본 건 없어요? 친구 이야기라든가 적응 관련해서
라든가."

"아직 적응 중이라 걱정하는 건 없는 것 같아요. 좀 지켜보
다가 이번 면담 때 이야기해 볼게요. 아직 문제라고 보는 건
아니니까요."

"그래요. 곧 들살이도 있으니까 거기서 다른 시너지가 생길
수도 있고, 들살이를 기회 삼아 모둠을 만들어 주거나 뭔가 친
구들끼리 으쌰으쌰 할 수 있는 부분을 만들어 주면 자연스럽
게 어울리지 않을까요? 그럼 주만이가 들어간 모둠의 교사가
관찰을 해 줘야겠네요. 다른 학년에서도 좀 끌어 올려 줘야 하
는 아이들이 있으면 아예 들살이 프로그램을 그런 기회가 되
게 만들어 보면 어때요?"

"그럼 아예 들살이로 넘어가요? 그런 아이들이 더 있나 확
인해 볼까요? 나중에 하면 잊어버리니까."

이쯤 되니 회의록을 작성하던 교사가 잔뜩 당황한 얼굴로 슬며시 손을 든다. 회의록 담당은 거의 신입 교사인데 나들이부터 아이의 적응 과정과 면담, 활동 방향, 거기다 들살이까지 사방팔방 흘러가는 이야기에 갑자기 회의록 작성 방향을 잃어버리고 마는 것이다.

터전의 모든 일상이 연결되어 흘러가는 터라 어쩔 수 없기도 하지만 신입 교사가 아니더라도 순간 흐름을 놓치면 이야기를 따라가기 버겁다. 그래서 교사들은 틈날 때마다 이야기를 나눈다. 이런 시간이 쌓이다 보면 저 교사가 무슨 일로 고민을 하는지, 누가 속을 썩이는지 하나부터 열까지 설명하지 않아도 훤히 아는 그런 사이가 된다.

하지만 매번 이야기가 이렇게 쭉쭉 잘 뻗어 나가는 것은 아니다. 터전의 교육 철학이나 가치관에서 놓치고 가는 부분은 없는지, 이곳을 채우려다 저곳이 소외되지는 않는지, 교사의 욕심이 과한 부분은 없는지 끊임없이 이야기하다 보면 마음과는 달리 서로 목소리가 높아지기도 한다.

"아니! 내 말은 그런 뜻이 아니고!", "그런데 그렇게 말하는 건 너무 일반화 아닌가?", "안 되는 부분이 있으면 미리 말해 주면 좋겠어요. 다른 사람들도 시간 여유를 가질 수 있게 미리 공유하면 좋겠는데.", "아이들을 설득할 건지가 중요한 거예요? 아니면 처음부터 아이들이 원하는 것을 하는 것이 중요한 거예요?" 이런 이야기가 오가다 보면 처음처럼 누군가 나서 진정 모드로 분위기를 전환한다.

이런 교사회가 불협화음 없이 오랫동안 함께할 수 있었던 이유는 무엇이었을까? 세상 어디에도 없는 합리적이고 공평한 기준이 우리에게만 적용되는 것도 아닐 텐데 말이다.

그건 아마 '쿵' 하면 '짝' 하고 빈 박자를 채워 주는 사람들 덕분이 아닐까? 서로에 관한 이야기가 비난이 아니라 함께하기 위한 것임을 잘 아는 사람들, 순간의 나의 감정보다 터전 생활이 우선이었던 사람들. 서로를 향한 든든한 지원군이자 함께라면 망가지는 것도 두려워하지 않는 사람들 해 보내기 잔치 때 꼭 단체 댄스를 요청하는 교사가 있었더랬지, 한쪽이 너무 올라가면 다른 쪽이 내려와 균형을 맞추는 일도 자연스러운 그런 사람들과 함께라서 우리는 늘 열정적이었던 게 아닐까?

누가 '쿵' 하면 누가 '짝' 할지 정하지 않았지만 자연스레 쿵, 짝, 쿵, 짝 박자를 맞춰 리듬을 만들어 내던 사이, 그리듬으로 함께 앞으로 나아갔던 우리는 그래서 함께하는 것이 즐거웠고, 지금도 그때를 생각하면 즐거운 것이 아닐까?

얼마 전 모처럼 오솔길, 자두, 논두렁을 만났다. 이렇게 모인 것이 퇴사하고 두 번째인가? 별다른 것 없는 시시콜콜한 이야기만 하다 헤어졌는데 돌아오는 전철 안에서 함께 갔던 배우자가 한마디 한다.

"넷이 모이니까 다들 즐거워 보이더라."

그 말에 내 답은,

"그래? 우리는 그냥 똑같았는데."

함께 차린 밥상
_근속 10주년을 돌아보자면

공동육아에 발을 들여놓으며 함께했던

교사들과 아마들, 그리고 아이들 생각이 납니다.

제 인생에서 많은 가르침과 의미를 준

그들에게 감사합니다.

지금 제 곁에 있는 분들을 소중히 여기면서

앞으로의 날도 잘 일구어 가겠습니다.

챙겨 주셔서 감사합니다.

이 글은 지난 2020년 공동육아 교사로 10주년 근속상을 받을 때, 총회 자리에서 전체 교사들에게 전했던 인사말이다. 예전 어느 영화제에서 한 배우가 수상 소감으로 "60여 명의 스태프가 잘 차려 놓은 밥상을 받아서 저는 맛있게만 먹으면 되는데, 스포트라이트는 다 배우가 받아 죄송한 마음이다."라고 했던 것이 생각난다.

공동육아 교사로 2003년에 첫발을 내딛고, 긴 시간 동안 밥상을 차리고 맛있게 먹을 수 있었던 것은 내 주위에 동료 교사들이 함께였기에 가능했다.

나는 무언가 새로운 전환을 그리면서 2003년 초 공동육아 어린이집 교사가 되었다. 결혼한 이듬해였고, 엄마를 하늘에 보낸 지 다섯 달이 지난 시점이었다. 엄마와 헤어진 후 마음의 무거움을 떨치기 위해 전과는 다른 생활의 변화를 원했던 것 같다.

어린이집 교사 자리를 알아보다가 찾아낸 것이 공동육아였다. 공동육아가 지향하는 자연을 벗 삼은 교육관이 좋았고, 부모들과 교사들이 협력한다는 운영 내용도 마음에 들었다. 그동안 위계와 질서로 운영되는 기관에서 일하다가 권위적이지 않은 교사회를 만나니 새롭기까지 했다.

물론 이전 직장 동료들도 좋은 사람들이 많았지만, 공동육아 교사회는 또 달랐다.

공동육아 교사회는 작은 것 하나도 함께 머리를 맞대 의논했다. 위에서 아래로 내려오는 지침이 아니라 수평적인 논의였다. 나들이는 어디로 갈지? 어느 반이 먼저 나들이 출발하는 게 좋은지? 아이들 간식으로는 뭐가 적절한지? 이번 주는 무슨 놀이를 가르쳐 주면 좋을지? 누가 보면 사소하다고 여길 만한 여러 가지 것을 주제로 삼아 함께 의논하고 결정했다.

일이 익숙해지고 안정적인 교사로 십 년 정도 되었을 때였다. 정부가 관리하는 크고 넓은 유아 기관이 얼마나 잘하는지 알고 싶어 부푼 기대를 안고 이직했다.

원아가 100명 가까이 되는 큰 건물을 가진 어린이집이었다. 영유아반은 물론이고 초등 방과후까지 있어서 원의 규모도 컸고 교사의 수도 도토리보다 세 배 이상 많았다. 출근 전 인수 인계를 받으러 간 날, 내가 한 일은 밤 9시가 넘도록 다른 선생님들과 원에 비치된 게시판을 정돈하는 작업이었다. 새 학기를 맞아 층별로 마련된 게시판 테두리에 있던 종이를 뜯어내고 새로운 한지를 오려서 붙였다. 조용히 함께 작업하던 한 선생님이 나지막하게 나에게 물었다. "선생님, 왜 여기 왔어요? 여기 다들 못 버티고 그만둬요. 저도 그만두려고 시기를 고민하고 있어요."

집으로 돌아와 밤새 고민했다. 그 선생님이 내게 해 준 말도 마음에 걸렸지만 '새 학기 환경 구성'이라는 이름으로 진행되는 쓸데없는 일로 교사들을 12시간 넘게 일하게 하는 환경이 가장 마음에 걸렸다. 회의하느라 늦은 시간까지 있는 건 이해가 되지만, 한지 싸는 일로 시간을 소비한 것이 도무지 이해되지 않았다.

그러나 그날 하루만 보고 판단하기엔 이르다고 생각해 다음 날 출근을 했다. 내가 쓸데없다고 생각한 일이 이곳에서 의미 있는 일이라면 이유가 있겠지.

하지만 그 후로도 이해 안 되는 일이 여럿 있었다. 우선은 사진 촬영이었다. 그전까지 교사로서 촬영한 아이들 사진은 나들이 때나 놀이하는 모습이 예뻐서 남기고 싶고, 아마들에게도 보여 주고 싶어서 찍었다. 무엇보다 아이들이 잘 노는 게 중요하지 사진 자체가 크게 중요하진 않았다. 촬영자의 의도가 그러하니 그간 찍은 사진 속 아이들은 카메라를 보지 않을 때도 많고 활짝 웃는 옆모습이 나오기도 했다.

그렇지만 이곳의 사진은 '오늘 이런 활동했어요!'가 드러나야만 했다. 사진을 위해 아이들 손에 나무 열매를 들리고, 장난감을 쥐여 준다. 몇 초에 담긴 사진만으로 그날의 활동은 그 의미를 다하게 되는, 사진 그 자체가 목적이 되었다. 놀이에 집중하는 아이의 모습이 즐거워 보여서 그 순간을 나누고 싶어서가 아니라, 보여 주기 위해 찍은 사진은 아이들과 함께한 활동의 의미를 퇴색시켰다.

선생님들이 작성한 연령별 활동 기획안은 여러 차례 반려되기 일쑤였다. 선생님들은 새로운 기획안을 쓰느라 바쁘고 한편으로는 아이들과 지내느라 여유가 없었다. 다른 어떤 것보다 서류 작업이 중요한 곳, 교사 간의 협의와 협력보다는 하달과 명령이 더 중요한 곳이었다.

이곳에서 이런 것들이 의미 있는 이유는 무엇일까? 나는 답을 찾지 못했고 그해 나를 포함한 여러 명의 교사가 퇴사했고 새로운 교사들로 채워졌다.

동화 속에 나올 법한 궁전 모양을 한 예쁜 원에서 대체 교사로 잠시 지낸 적도 있다. 원에 들어서면 커다란 바오밥 나무 모형이 웅장하게 맞아 주는 모습이 마치 놀이동산에 온 듯 아이들을 반기는 그림책 같은 공간이었다. 원장님은 어찌나 예쁘고 멋있는지 드레스를 갖춰 입은 여배우처럼 보였다.

나는 이곳에서 세 명의 선생님과 3세 반을 맡았다. 이상하게도 그렇게 예쁜 원인데 교실에 창문이 없었다. 그래서 아이들이 기저귀를 갈고 식사하는 교실의 공기가 탁했다.

낮잠 시간이 되어 아이들을 재우려고 토닥이고 있는데 선생님 한 분이 방향제를 허공에 대고 마구 뿌리기 시작했다. 누워 있는 아이들은 천장에서 흩뿌려지는 방향제 방울을 보며 이슬비를 맞듯 즐거워하며 손을 흔들어 댔다.

가습기 살균제 문제도 있었던 만큼 나는 불편한 마음에 "선생님, 이거 몸에 안 좋을 수 있는데, 아이들 있는 곳에서는 사용하지 않는 게 좋겠어요." 하고 염려되는 내 마음을 전했다. 선생님은 되레 내 말이 불편하다는 듯이 "왜요? 인체에 무해하다고 써 있어요!" 하고 대꾸했다.

'왜 교사들이 아이들 문제에 민감하지 않지? 왜 원장은 화려한 겉모습만 중시하고 환기 안 되는 교실을 신경도 쓰지 않지? 왜 관리자들은 명령을 위한 명령을 하면서 일을 한다고 생각하고 있지?' 물음이 끊이지 않았다.

2017년 초 도토리 마을 방과후 교사회 일원이 되었다. 잠시 대체 교사로 근무했던 과천 공동육아 방과후의 교육 활동을 접한 후 방과후 아이들과의 생활에 매력을 느꼈던

차에 첫 공동육아 어린이집 동료 교사가 '도토리 마을 방과 후' 교사 채용 소식을 알리면서 지원을 제안해 준 덕분이었다.

여전히 이곳의 교사들은 아이들의 일상을 고민하고, 새로운 활동이나 놀이를 제안하고 의견을 나눈다. 각자의 목소리를 높여 본인들이 가진 생각과 그것의 의미를 설명한다. 다른 교사의 의견이 이해되지 않으면 그 이유를 말하고 의견을 덧붙이는 꽤 긴 시간의 회의를 한다. 그리고 가족 같은 동료 교사와 가족보다 긴 시간을 함께한다.

그런 동료들이 나의 10주년을 자신의 일처럼 기뻐하며 축하해 주었다. 근속 10년이 아니라 마치 건강하게 환갑을 맞이하는 축하연 같았다.

나의 10년은 나만의 10년이 아니라 그간 함께 울고 웃었던 동료 교사들과의 시간이다. 내 앞에 차려진 밥상은 온전히 나 혼자 차린 것이 아니라 우리가 함께 차린 것이라는 것을 내 발자취를 돌아보며 깨닫는다. 오늘의 나를 만든 그들에게 늘 감사하다고 사랑을 담아 말하고 싶다.

우리가
잃어버린 것과
지켜 낸 것

우리의 미래가 궁금합니다

배우자 이야기를 해 볼까 한다. 나와 배우자는 같은 일을 한다. 그가 방과후 교사가 된 지 10년 가까이 되었으니 꽤 오래 일한 셈이다. 남자로 공동육아 현장에서 오래 일을 한다는 것이 흔치 않은 일이라 이젠 유일한 10년 차 남자 교사라고 해도 과언이 아니다.

공동육아 현장에서 남자 교사는 결혼하고 나면 가족의 생계를 위해 터전을 그만두는 일이 대부분이다. 배우자가 넉넉한 경제 활동을 하는 게 아니라면 교사 월급만으로는 한 가족의 생계를 유지하기가 어렵기 때문이다.

하지만 나와 배우자는 일하다 만나 결혼까지 했으니 풍족하지 않은 주머니 사정이야 문제가 되지 않았다. 어차피 맞벌이이기도 했고 둘 다 딱히 경제적 풍요로움을 목표로 삼지 않으니 월급이야 그저 그러려니 하고 지냈다.

같은 일을 하는 사람으로 서로 이해하는 부분이 많아 집에서도 터전 일이나 아이들을 대하는 방식들로 갑론을박을 벌이기도 하고 새로운 아이디어를 주고받기도 했다. 서로의 터전에서 미처 생각하지 못한 부분의 이야기를 들으면 자극이 되기도 한다.

이렇게 저렇게 가까운 곳에서 몇 년을 지켜보니 '저 사람이 일에 참 진심이네…' 하는 순간들이 종종 있었다.

일단 아이들 간식에 진심이다. 밖에서 맛있는 걸 먹게 되면 아이들에게 해 줘야 한다며 꼭 챙긴다. 그럴 때마다 나는 집에서 해 볼 생각을 하는 게 어떻겠냐고 구박을 하기도 했다. 또 놀이에 진심이다. 아이들은 잘 놀아야 하고 교사도 함께 놀아야 한다고 늘 이야기한다. 그래서 놀이 동아리도 만들고, 교사 대회마다 놀이 강의를 하기도 하며 늘 어떻게 더 잘 놀까를 고민한다.

아이들과 노는 게 좋다고, 아이들을 만나는 일을 계속하면 좋겠다고. '정말 하고 싶은 일이 뭐야?'라고 내가 물을 때마다 늘 같은 대답하는 그런 사람이다.

그런 사람이 2022년 백수가 되었다. '비자발적 실업자'

라고 해야 하나. 다니고 있는 조합이 해산되었고 그 결정에 따라 나의 배우자는 2021년 공동육아 초등 방과후에서 마지막 해를 보냈다. 지역의 아이들이 줄어들고, 조합원 모집이 어려워지면서 그리 결정되었다고 한다.

배우자에게 조합이 해산하기로 했다는 말을 처음 들었을 땐 '그동안 힘들었으니까 이젠 좀 정리하고 쉬는 게 좋겠다.'라는 생각을 가장 먼저 했다. 그리고 그다음엔 '이게 뭔가?'라는 생각이 들었다. '실업자'라는 충격이 아니라 내가 속한 곳의 현실을 자각하면서 생긴 깨달음이랄까. 우리나라의 저출산 문제가 이렇게 영향을 줄 줄이야. 그리고 20여 년이나 된 조합이 이렇게 해산하게 될 줄이야. 지금껏 지내왔던 시간이 이렇게 허무하게 끝나 버릴 줄이야, 줄이야, 줄이야.

배우자가 있는 조합이 해산을 결정했다는 소식을 듣기 일 년 전쯤부터인가 여러 곳의 공동육아 방과후에서 신입생 모집에 애를 먹고 있다는 이야기가 들려왔다. 아이들 수가 적어지기도 하고 조합 방식을 어려워하는 부모들이 늘어나면서 규모가 줄어드는 터전을 옆에서 종종 보게 된 것이다. 배우자의 조합도 몇 해를 걸쳐 그런 수순을 밟아

가고 있었다. 그러던 중 규모가 꽤 큰 다른 방과후가 공동 육아 단체를 탈퇴했다. 경력 교사들도 많고 역사도 오래된 터전이었던지라 적잖은 충격이었다. 이런 여러 가지 상황 들이 머릿속에서 모이니 내 생각은 한껏 복잡해졌다.

공동육아 방과후의
미래는 무엇일까?

결국, 해산하거나 탈퇴를 하고 각자 입맛에 맞는 방향으 로 모습을 바꾸는 게 우리의 미래인 건가? 그곳의 교사는 어떤 모습의 미래를 생각할 수 있을까?

공동육아 조합은 백 퍼센트 부모들의 출자와 보육료로 운영되는 구조로 거기서 오는 어쩔 수 없는 한계가 있다. 터전의 공간은 부모들의 출자금 규모로 결정되며, 교사의 월급과 터전의 운영비는 아이들의 보육료로 결정되니 매 년 등원 아동의 수는 민감한 문제이고 보육료의 인상과 교 사의 임금은 떼려야 뗄 수 없는 사이이다.

'도토리 마을 방과후'도 두 개의 터전이 통합되면서 아이 들과 조합원의 수는 두세 배 늘었지만, 운영 방식이나 재정 구조는 아이들이 스무 명 정도였던 이전의 터전과 비슷하다.

물론 이러한 태생적인 한계를 처음부터 알고 있었지만 교사로서 할 수 있는 최선을 다해 한계를 감당한다면 앞으로 더 좋아지고 발전해서 뭔가 멋진 모습의 우리가 될 것이라고 나름 긍정적으로 생각했던 것 같다.

재정의 열악함을 극복하기 위해 아이들의 수를 늘리는 것에 동의하고 부족한 교사 수만큼 더 많은 역할을 맡고, 함께 애쓰는 동료 교사에게 조금이라도 부담을 덜 주기 위해 체력을 단련하고, 매년 최저임금 오르는 수치만큼이라도 월급을 올려 보자고 다짐하면서 지낸다면 말이다.

바깥의 눈으로 보면 공동육아 초등 방과후는 하는 일조차 불분명한 사적인 단체에다 그곳 교사들은 직업란에 기타로 표시되는 사람들이다. 10년을 일했다 하더라도 어디가서 단 1년의 경력 인정을 받을 수 없는 사각지대에 놓여 있다.

몇 해 전부터 국가에서 초등 돌봄을 공적인 영역으로 편입시키고 있다. 하지만 우리에게 그건 남의 나라 이야기이다. 직업의 법적 지위도 획득하지 못하고 공적 책임을 운

운하는 돌봄의 영역에서 어떤 지원도 받지 못하고 있으니 말이다.

> **어떤 사람들은 자기들끼리**
> **좋아서 하는 일이면서**
> **바라는 것도 많다고 말할 수 있다.**

그런 시선들이 있을지라도 이 모든 일이 특정한 누군가의 행복만을 위해서라고 생각하지 않는다. 굳이 말하자면 아이들을 위한 것이고 이 시간과 공간들이 아이들에게 좋은 어린 시절을 주고 있다고 확신한다.

살가운 돌봄을 받고, 언제나 의지할 수 있는 곳이 있고, 친구들과 실컷 놀 수 있는 시간은 아이들에게 꼭 필요한 것이다. 아이들이 안전하고 행복하게 지낼 수 있는 곳은 어떤 사회에나 꼭 필요한 곳이지 않겠는가.

하지만 당장 그곳의 미래는 생계 걱정과 고용 불안, 해마다 치솟는 보육료와 개인 부담금, 해산되는 조합의 모습일 수 있다. 또 늘어나는 월급이 조합에 부담이 될까 스스로 그만두는 교사의 모습일 수도 있다. 또 어쩌면 그동안 지켜가던 가치나 목표를 바꾸는 모습일 수도 있다.

우리는 눈앞의 문제를 해결할 때, 지금 할 수 있는 방식을 선택하는 게 최선이니까.

터전은 20대 후반에 시작해서 40대가 된 나의 사회생활의 전부였다. 그리고 퇴근하고 집으로 돌아오는 길에 아이들의 모습을 생각하며 나를 웃게 하는 곳이었다. 이곳의 미래가 깜짝 놀랄 만큼 나아지길 바라지 않는다. 아이들을 생각하며 웃을 수 있는 퇴근길이 미래의 걱정으로 사라지지 않기만 바랄 뿐이다.

누구나 가슴속에 사직서를

2022년 현재 공동육아 초등 방과후는 전국 17개소가 회원 기관으로 가입되어 있고, 전체 공동육아 방과후 교사 회원 수는 45명 정도이다. 2022년 12월 현재, 조금 더 감소이 가운데 매월 대표 교사 회의에 참석하며 교류하는 곳은 14개 기관이다.

　방과후마다 차이는 있지만 대부분의 터전은 교사 두 명 체제로 운영되며, 매년 네 번의 공동육아 방과후 교사 대회를 통해 연대하여 교육과 토론에 참여하고 있다. 매월 대표 교사 회의 첫 번째 꼭지는 근황 나눔 시간으로 각 터전의 한 달 동안의 생활을 공유한다.

　　그런데 이달에도 터전마다
　　교사 퇴직에 대한 소식이 빠지지 않았다.

코로나 상황이라 함께 만나는 것이 어려워 온라인으로 교사 대회를 치를 만큼 전체 교사회의 교류가 약해졌지만, 어딘가에서 나와 같은 마음과 철학을 가지고 아이들을 만나온 동료가 현장을 떠난다는 소식은 기운을 빠지게 한다.

'제가 개인적인 사정으로 이달 말까지만 근무하게 되었습니다. 선생님들 모두 감사했습니다!' 전체 방과후 교사들이 모여 있는 채팅방에서는 한 달 새 벌써 교사 두 명이 방을 나가며 인사했다. 으레 새 학기가 되면 새로운 아이들이 입학하듯이 교사들의 이직도 함께 이루어지는데, 올해는 유독 중간 퇴사자들이 많았다.

학기를 마무리 짓지 못할 만큼 개인적으로 급한 사정이 있을 수도 있고, 어쩌면 학기까지 지내기 어려울 만큼 마음을 둘 수 없는 건지도 모를 일이다. 퇴사하는 교사마다 사정을 들어보지 못해 무슨 연유로 떠나는지 정확하게 알 수는 없지만, 퇴사에 붙은 '개인적인 사정'은 대개 이러한 것들이 아닐까 추측해 본다.

비영리 임의 단체 운영으로 인한 방과후 체제의 불안정성 몇몇 공동육아 방과후는 사회적 협동조합이지만 대부분은 임의 단체이며 모두 정부 지원이 없다 비슷한 일을 하는 다른 직종 사람들보다 낮은 처우, 조합 형태에서 오는 일의 피로감, 조합에 꼭 한 명씩은 있다는 전지전능한 아마의 개입, 교사 업무와 역할의 광범위함에서 오는 멘붕, 때론 공과 사의 구별이 모호한 업무 환경, 함께 일하는 교사들 간 교육관의 차이와 갈등, 잦은 회의와 교육으로 인한 체력 소모와 개인 시간의 부족, 매번 새롭게 고민하고 계획해야 하는 활동의 부담감, 열심히 일해도 보상이 느껴지기 어려운 일의 특성, 이렇게 일하다 얻게 되는 건강의 악화, 그리고 에너지 소진 등.

퇴사하는 교사들에게 짐작해 보는 이런 다양한 퇴사의 이유는 나 역시 느끼고 있는 현실적인 문제들이다. 이미 방과후의 성격이나 업무 환경을 이해하는 교사라고 해도 말이다.

사실 위에 언급한 것이 아니라도 누구나 일을 그만둘 만한 더 많은 이유가 있을 것이다. 단지 내가 이곳에 머물 단한 가지 이유도 찾을 수 없을 때 가슴속에 품었던 사직서가 모습을 드러내겠지.

그만둘 만한 사유 가운데 불안한 체제에 관해 이야기하

지 않을 수 없다. 공동육아 어린이집이 미인가 시설로 운영되었을 때부터 교사로 근무했고, 이후 어린이집이 점차 정부 체제 안으로 들어가는 과정을 겪었기에 현재 비영리임의 단체 공동육아 방과후가 정부 지원 체제로 들어가지 못하는 현실이 답답하다.

사람은 누구나 '안정적'인 것을 원한다. 그래서 교사들의 여러 사직의 이유 가운데 체제의 불안정성이라는 구조적인 문제에 대해 생각하게 된다. 왜 공동육아 방과후는 안정적이지 못할까?

정부는 2018년 초등 아이들의 온종일 돌봄을 강화하기로 하였다. 초등 돌봄에 대한 국고 지원을 확대해 국가 책임을 강화하기로 하고 학교 안팎의 다양한 자원을 활용한 지역 중심 돌봄 확대를 약속했다. 그래서 지자체별로 온종일 돌봄 대상과 돌봄 기관을 늘리기 위한 다 함께 돌봄센터의 설치를 확대 중이다.

이렇게 국가가 나서 초등 돌봄을 강화한다는 마당에 전국의 17개 방과후 40여 명의 교사의 수는 되레 줄었다. 지난 5년간 공동육아 방과후 교사회는 회원 기관 탈퇴와 더불어 신규회원 가입이 주춤하기 때문이다. 초등 돌봄기관이 늘어나는 와중에도 말이다.

앞서 말했듯 공동육아 초등 방과후의 대부분은 비영리 임의 단체 또는 협동조합으로 운영되고 있다.

이미 각자의 자리에서 많게는 20년 이상 돌봄의 역할을 해 왔음에도 국가의 지원이 없다는 사실은 교사들의 이직에 큰 영향을 미치고 있다. 그래서 공동육아 방과후 교사들의 잦은 이직 원인이 교사들이 겪는 개인적 문제보다 공동육아 방과후가 지닌 구조적인 문제라고 생각하는 것이다.

전국의 공동육아 초등 방과후의 아동의 수를 많게 잡으면 500명. 전체 초등학생의 0.018퍼센트 정도가 공동육아 초등 방과후에 참여한다. 초등 돌봄 중에서도 극소수다. 비록 돌봄 참여 아동수는 적지만 그간 초등 돌봄에 쏟아온 공동육아 방과후 교사들의 교육 경험은 비율로 산정하기 어렵다.

정부는 초등 돌봄 키움 센터를 확대하고 있지만 현재 운영 중인 마을 방과후를 초등 돌봄기관으로 인정해 주지는 않고 있다. 오랜 시간 동안 초등 돌봄의 전문성을 유지해 온 공동육아 방과후의 경험과 노력은 무시한 채 소수의 의견으로 치부해 돌봄 기관으로 인정하지 않는 정부도 문제이고, 회원 단체로서 힘을 내지 못하는 공동육아 방과후 교사회와 사무국의 대처도 못내 아쉽다.

이런 상황에서 방과후의 안정적인 체제 운영을 위해 정부 지원되는 키움 센터로 전환해야 하는 것이 아니냐고 말한다.

'우리 동네 키움 센터'는 서울시가 공적 돌봄 인프라 구축을 위해 만들고 있는 초등 방과후 기관이다. 2022년 7월 현재 서울시에는 총 218개소가 운영되고 있고 종일 돌봄이나 시간제 돌봄, 일시 돌봄 등 보호자가 이용을 희망하는 시간 동안 아이가 돌봄을 받을 수 있다.

키움 센터는 '놀면서 배우는 우리들 꿈터'를 표방하지만, 생활형 방과후인 공동육아 방과후와 성격이 상이하다. 어떤 기관이 옳고 그르고의 문제가 아니라 초등 아이들에겐 다양한 돌봄의 영역이 필요하다는 것을 강조하고 싶다.

공동육아 사무국도 키움 센터 위탁 운영을 늘려가며 입지를 닦고 있다. 하지만 공동육아 어린이집이 정부 지원 '부모 협동 시설'이라는 하나의 새로운 운영체제로 자리 잡은 것처럼, 공동육아 방과후 역시 키움 센터와는 다른 하나의 형태로 인정받아야 한다.

키움 센터와 공동육아 방과후는 각자의 고유의 색이 있고 강점이 있다. 그럼에도 아이들의 수가 적다는 이유로 키움 센터로 변경하거나 결합하라는 것은 매우 폭력적이다. 아이들의 다양성만큼 아이들이 머무는 공간의 다양성을 존중해 주는 것이 기본적인 돌봄의 가치였으면 좋겠다. 그래서 교사들이 자기의 색을 내지 못해 그만두거나, 운영 체제가 불안정해서 터전을 옮기는 일은 없기를 바란다.

떠나도
다시 만날 수 있는 곳

2021년 2월 25일 마지막 출근.

이런 날이 나에게는 오지 않을 줄 알았다. 아침에 일어나 평소대로 움직여 화장실 거울 앞에 선 나 자신을 바라보았다. 그런데 내 모습이 왜 이렇게 아련한지. 괜찮은 듯 스스로 강하게 마음먹겠다고 다짐하며 나오지 않는 미소를 슬쩍 지어 본다.

"휴, 잘 인사하고 마무리하자. 울지 말고…."

그러나 그건 다짐일 뿐 요동치는 내 마음을 토닥여 주지 못했다. 나갈 채비를 모두 마친 뒤 출발했다. 신나는 음악을 틀어 봤지만, 괜히 기분만 더 우중충해져 모든 소리를 끄고 정적 속에서 앞만 보고 운전했다.

마지막 날인 만큼 내가 선생님들을 맞이하고픈 마음에 평소보다 일찍 나섰다. 미리 도착해서 11시에 출근하는 선생님들을 맞이하며 인사를 나누었다. 그런데 서로가 마지막이라는 걸 알아서였을까? 나는 마스크로 가려진 내 슬픈 표정을 들키고 싶지 않아 "안녕하세요."라는 인사 말고는 아무 말도 할 수 없었다. 태연한 척, 어색한 느낌이었다.

선생님들이 모두 회의에 들어갔고 나는 뒤이어 미리 준비한 선물을 들고 들어갔다. 나를 나답게 만들어 주고, 이해해 주고 믿어 준 우리 교사회 선생님들에게 이 고마운 마음을 꼭 전하고 싶었다.

"이거 주려고요. 그동안 정말 고마웠어요. 히히. 정말 감사해요! 나 딱 한마디만 해도 돼요? 아이들이 오면 바쁠 테니⋯. 먼저 오솔길⋯." 하고 말하자마자 폭풍 눈물이 흘러나왔다.

특히 오솔길과 분홍은 함께 우여곡절이 많았다. 많이 싸워도 봤고, 같이 웃기도 해서 정이 너무 많이 들어서일까, 이름을 부르자마자 눈물이 계속 나왔다. 그동안의 시간이 스쳐 가면서 떠나는 발걸음이 무거웠고 미안했다. 아무 말도 못 하고 계속 눈물만 흘릴 것 같아서 회의실을 나와 버렸다.

망했다. 이따가 아이들과 송별 모둠을 할 때 더 울 것 같았다. 물 한 잔 마시며 숨을 돌렸다. "괜찮아, 괜찮아. 송별 모둠 때는 울지 말자."

오늘은 아이들과 원 없이 놀 작정이었다. 나의 애정 표현은 아이들이 땀을 삐질삐질 흘릴 만큼 재밌게 놀아 주는 것이니까. 점심을 일찍 먹고 주차장에 내려가 아이들과 흠뻑 뛰어놀았다. 마지막 날을 위해 에너지 풀 충전! 아이들도 마지막을 알아서였을까, 정신없이 놀다가도 쉴 때마다 힐끗힐끗 나를 쳐다본다. 잠깐 눈빛이 마주치면 서로 말없이 빙그레 웃기만 한다. 눈빛으로 주고받은 그 마음의 깊이를 서로 헤아린다.

아이들과 놀다 보니 시간이 금세 흘렀다. 그렇게 송별 모둠 시간이 다가왔다. 많은 선생님을 떠나보낼 때면, 나에게는 이런 날이 오지 않을 줄 알았는데 벌써 마지막이라니. 여러 생각이 스쳤지만 마음을 다잡기 위해 애썼다. 아이들이 모두 모였다. 터전이 꽉 찼다. 동그랗게 모여 오솔길이 아이들에게 오늘 모이게 된 이유를 설명해 주고 논두렁과 지낸 이야기를 들려주었다.

오솔길의 떨리는 목소리를 듣고 있으니 애써 눌러 놓았던 생각들이 터져 나왔다. 여름마다 겨울마다 함께 떠났던 들살이 여행, 저녁마다 치열하게 고민하며 회의했던 시간들, 두 방과후가 통합하며 총회를 열었던 순간들, 아이들과 나들이 가방 메고 이리저리 돌아다녔던 시간들. 잘 놀기 위해 노력하며 지냈던 모든 순간, 아이들의 웃음소리가 울려 퍼지던 모든 순간이 다 떠올랐다.

오솔길의 이야기가 끝나고 내 차례가 되었다. 미리 준비한 편지를 한 줄 한 줄 읽어 내려갔다. 역시나, 역시나 나는 아이들 앞에서 나는 펑펑 울고 말았다. 사실 편지 내용은 특별할 것 없이 아이들과 함께한 추억 이야기였는데 눈물이 하염없이 나왔다. 이별은 언제나 서툴고 어려운가 보다. 휴.

그런데 울고 있는 내 모습을 보고 내가 담임을 했던 6학년 여자아이들이 웃음을 터트리고 말았다. 논두렁의 눈물은 슬픔보다 역시 웃긴 거였다.

녀석들 덕분에 눈물을 멈추고 남은 편지를 모두 읽을 수 있었다. 편지를 다 읽고 나니 아이들이 나에게 한마디씩 말해 줬다.

"같이 놀아 줘서 고마워."
"재밌는 놀이 알려 줘서 고마워."
"재밌었어."

함께 놀면서 지낸 시간들을 아이들이 알아 주는 것 같아 뭉클했다. 이제 진짜 이별이다. 떠나는 사람이지만 다시 만날 날을 기약하며 각자의 위치에서 최선을 다하며 지내자고 약속했다. 마지막까지 잘 마무리를 하고 부모님, 선생님들과 아이들과 기분 좋게 인사를 나눌 수 있어서 행복했다.

21년 10월, 9개월 만에 도토리 식구들을 다시 만났다. 나의 결혼식장이었다. 오랜만에 만난 아이들은 그사이에 자라 있었다. 변성기가 온 아이들도 있었고, 키 높이 구두를 신은 나보다 키가 더 커진 아이들도 있었다. 로비 안과 밖이 도토리 식구들로 꽉 찼다. 한 분 한 분 오실 때마다 마음을 주체하기 힘들 정도로 기쁘고 반가웠다.

북적북적 아이들 소리가 식장을 더 풍성하게 만들고 내 마음도 형언할 수 없이 충만해져서 부담과 긴장은 금세 사라졌다. 기억에 오래오래 남을 결혼식이었다.

이십 대 후반부터 삼십 대 초반까지 짧다면 짧고 길다면 긴 오 년의 시간 동안 내 삶의 전부였던 아이들, 교사들, 부모님들과 함께했던 추억들을 평생 잊지 못할 것 같다.

도토리 마을 방과후는 나에겐 너무나 특별한 곳이다. 아동의 놀 권리를 보장해 주며 놀이의 중요성을 전하는 교사로서의 내 방향성을 제시해 준 곳이다. 또한 나다움이 무엇인지 발견하고 사람들과 소통하고 공감하는 감수성을 기르며 성장하게 만든 곳이다. 하지만 뭐니뭐니 해도 도토리의 가장 큰 선물은 동료 교사와 부모 조합원들이다. 우리는 계속 연결되어 있고 서로를 지지하는 든든한 친구이다.

"우리 계속 만나자."

자
두

사라지고, 남겨지고,
다시 돌아올 것들

여느 때처럼 부산스럽게 터전으로 갈 준비를 하고, 집을 나선다. 뭔가 허전하다. '아, 마스크!' 이젠 실제 얼굴보다 더 익숙한 마스크. 코로나로 쓰기 시작한 마스크는 1년이 지나도록 내 얼굴을 덮고 있다. 우리의 얼굴을 덮고 있다.

"1호가 될 순 없어!"

터전에서 누군가 외쳤다. 무슨 말인가 싶어 이유를 들어 보니 터전에서 코로나 확진자 1호가 될 수 없다는 얘기였다. 사람들은 모두 조심한다. 내 잘못이 아님에도 만약 나로 인해 다른 사람이 힘든 상황을 겪을 것을 염려하여 모두가 숨을 죽이고 몸을 사린다. 교사들은 말할 것도 없고 아이들도 그러하다. 목을 너무 많이 써서 조금만 칼칼해지면 긴장한다.

뉴스에선 연일 코로나 백신에 대한 이슈들이 나오고 있

다. 어떤 순서로 백신 접종을 할 것인지, 언제부터 맞을 것인지 등에 대한 것들이다. 그런 뉴스들을 접할 때면 사람들은 '어떤 백신을 맞으면 좋다더라.', '백신 부작용으로 지금은 맞지 말고 추이를 지켜봐야 한다.' 등의 이야기를 한다. 그러나 아이들과 함께 생활하고 있는 교사들은 아스트라제네카, 얀센, 화이자, 모더나 등의 백신 종류가 중요하지 않았다. 백신 부작용에 관한 걱정과 두려움 때문에 좀 더 기다려 보고 싶지만 그럴 여유가 없다. 최대한 빨리 맞고 안정적으로 아이들과 생활해야 하기 때문이다.

우선 접종 대상자. 의료기관과 약국 종사자, 사회 필수 인력 경찰, 소방 등, 취약시설 입소·종사자, 만성신장 질환자, 유치원·어린이집·초등학교 1·2학년 교사 및 돌봄 인력 등이 우선 접종 대상자라고 했다.

백신에 대한 두려움보다 반가움이 더 컸다. '드디어 맞을 수 있겠구나.'

그러나 우리는 '비인가 초등 마을 방과후'였다. 나라에서 인정해 주는 어린이집도, 지역 방과후도, 학교 방과후도 아니었다. 60명의 아이가 종일 지내는 곳일지라도 인가받지 못한 곳이라 교사도 인정받지 못한다. 우선 접종 대상자에 포함되지 못한다.

그런 이유로 백신 원정기가 시작됐다. 일단, 가까운 보건소에 전화를 걸어 본다. 백신에 대한 문의가 한창일 시점이라 통화가 연결되는 것도 하늘의 별 따기보다 어렵다. 여러 번의 시도 끝에 겨우 연결됐다. 연결되자마자 "저희는 초등 마을 방과후인데요. 아이들이 60명 정도 됩니다. 저희도 우선 접종 대상자에 포함되지 않을까요?" 등등 관계자에게 설명해 본다. 구구절절한 설명과는 다르게 돌아오는 간결한 답변. "당연히 대상자에 들어가지만, 저희가 해 드릴 수 있는 게 없네요."

다른 기관에 다시 문을 두드려 본다. 터전에서 아이들과 생활하며 이런 전화를 한다는 것이 불가능하기에 출근 전에 한 시간 정도 전화를 해 본다. 200통, 300통… 통화 연결음만이 애타는 마음을 대변해 준다.

그러기를 며칠. 드디어 통화가 되었다. 다시 시작된 구구절절한 설명. 그러나 들려오는 허탈한 답변 "며칠 전에 부서가 바뀌어서요. 다른 번호로 하셔야 하는데 어쩌지요?" 허무한 마음을 다잡으며 전화번호를 받아적었다. 그러면서 한 가닥 희망이 될까 싶어 다시 터전 소개를 해 본다. "당연히 우선 접종 대상자에 포함되시는 것 같아요. 그러니 담당 번호로 연락을 해 보시면 어떨까요?" 흠.

들려오는 연결음을 친숙하게 들으며 오늘도 불통 횟수 200통. 불통이나마 작은 희망을 놓을 순 없다. 일상의 변화가 터전에서 우리가 아이들과 했던 행동들의 많은 의미를 앗아 가고 있기 때문이다.

터전에서 아이들과 했던 자연스러운 하이파이브. 터전에 왔을 때, 집에 갈 때 반갑게 하이파이브를 하며 서로의 눈을 맞추던 행동들. 가까이 와서 손을 맞대며 서로의 온기를 전하고, 눈을 맞추던 우리만의 의식들은 이제 그저 눈을 마주하는 것으로, 허공에서 손을 흔드는 것으로 대신하고 만족해야 했다.

점심과 간식을 먹을 때, 우리 풍경이 달라졌고 우리가 의미를 두고 있는 것들을 앗아 갔다. 음식을 먹기 전 감사한 마음으로 읊던 이현주 시인의 '밥을 먹는 자식에게'라는 시도, 음식을 먹으며 도란도란 얘기하던 풍경도 사라진 것이다. 당연히 옹기종기 모여 앉지도 못했다. 우리가 의미를 두고 했던 행동들이 사라져 가고 있었다. 그렇게 잊히고 있었다. 위태로운 상황에 당연한 행동들이지만, 안타까운 마음은 어쩔 수가 없었다.

교사들은 아이들의 일거수일투족을 사진으로 담아낸다. 날마다 담아낸 사진들은 특별한 날이 아니라도 매달 마지막 주에 아이들과 함께 보기도 한다. 아이들은 사진을 보면서 그렇게 재미날 수가 없나 보다. 낄낄대면서 저땐 이랬네 저랬네 말도 많다. 이 사진들이 차곡차곡 쌓여 6년이 지나면 졸업 앨범이 만들어진다. 6년의 시간이 오롯이 담긴다.

이런 소중한 사진들에 이제 아이들의 얼굴이 없다. 이렇게 달라지고 사라진 것들이 많은, 코로나와 함께하고 있는 시간들. 놀라고 아쉽고 사라진 의미들이 안타까운 시간이다.

그러나 우리는
우리가 의미를 두고 했던 모든 것들이

다시 우리에게 돌아올 것이라고 믿는다.

우리 곁엔 끈끈이가 있기 때문이다. 팬데믹이 우리의 삶을 질풍노도의 시기로 바꾸어 버리기도 했지만 그 가운데서도 끈질기게 남아 우리를 지탱해 주고 있는 끈끈이. 서로가 힘들까 걱정하고 나누고, 배려하는 그런 끈끈한 마음들이 힘든 상황일수록 우리 곁에 꼭 붙어 있기 때문이다. 그 끈끈한 마음들은 우리가 의미를 두고 한 행동들이 다시 우리에게 돌아올 때까지 우리 곁에 남아 있을 것이다.

내가 만난 도토리

도토리 마을 방과후 학교에 아이를 보낸 부모의 글입니다.

좋은 사람이
되어 가는 중입니다

우리 가족은 지휘가 여섯 살 때 마을로 이사를 왔어요. 저는 마포 토박이였는데 결혼하고 지휘가 태어난 후 길음동 아파트로 이사를 하였어요. 친한 친구들이 마포에서 공동육아 어린이집에 아이들을 보내고 있었지만 저는 그게 유별나다고 생각했던 것 같아요.

지휘는 길음동에서 여섯 살까지 아파트 단지 내 어린이집에 다녔어요. 다섯 살부터 리틀 축구단도 했고 친하게 지내는 가구, 친구들도 생겼지요. 세 살 터울인 다혜도 태어났고요. 그런데 지휘가 일곱 살이 되자 이웃들은 이제 슬슬 학원을 보내야 한다고 이야기했어요. 영어, 수학, 태권도, 수영, 피아노, 미술. 그런데 저는 잘 모르겠더라고요.

그때 통나무와 저는 처음으로 우리 가족이 어떤 곳에서 어떻게 삶을 꾸려 나갈지, 우리 아이들이 어떤 환경에서 어떻게 자라면 좋겠는지 찬찬히 돌아보게 되었어요. 가족, 공동체, 교육, 환경에 대해 생각했어요. 그래서 마을로 이사를 오게 되었습니다.

그런데 만약 마을에 초등 방과후인 도토리가 없었다면 둘째인 다혜만을 위해 삶의 터전을 옮기기는 쉽지 않았을 거예요. 친구들이 마을에 살고 있고, 아이를 도토리에 보내고 있어 이야기를 들을 수 있었고 지휘가 초등학교에 가도 도토리가 있으니, 다혜는 공동육아 어린이집에서 첫 기관 생활을 할 수 있으니 괜찮다 싶었습니다. 그렇게 지휘는 도토리 생활을 시작했고 6년을 지내고 이제 졸업을 앞두고 있어요.

사실 모두가 처음인 육아에, 제각각 독립적인 성향인 아이들을 키우는 일에 '꼭 이렇게 해야만 해.'라는 것은 없는 거 같아요. 어디에 있든 따뜻한 애정과 관심만 있다면 아이들은 스스로 쑥쑥 건강하게 자라는 아름다운 존재들이니까요. 저는 오히려 저에게 울타리가 필요했던 거 같아요. 저는 불안감이 많은 엄마였거든요.

아기가 열이 많이 날 때 해열제를 먹여야 하나 물수건으로 몸을 닦아줘야 하나 응급실을 데려가야 하나 전전긍긍하며 아기의 생명, 일상, 미래가 많은 부분 부모의 선택에 달린 것 같은 현실이 너무 버겁고 힘들었어요. 그래서 저는 기댈 곳, 같이 이야기를 나눌 수 있는 곳, 내 생각과 선택을 지지받을 수 있는 곳이 필요했던 것 같아요.

도토리 마을 방과후는 아이들이 아이답게 자라는 곳이에요. 이곳에서 아이들은 몸과 마음이 단단해져 가요. 그런데 어른인 저 또한 이 울타리 안에서 같이 성장하고 단단해져 갔습니다.

저는 도토리 마을 방과후에서 아마들과 노는 게 제일 재미있어요. 집도 가깝고 아이들 이야기도 할 수 있고 그래서 소모임도 만들고 같이 놀았어요. 물론 이미 다 커 버린, 내 맘이 네 맘 같지 않은 어른들이니 갈등도 있고 서운함도 있고 섬같이 외로울 때도 있고 공동체 생활이 버거울 때도 있어요. 하지만 신기하지요. 더 새로울 것도 없을 것 같던, 어른인 내 생각과 마음이 바뀌고 자라났어요.

모든 선택에는 기회비용이 있습니다. 어떤 길을 가면 못 가본 길에 대해서는 섣불리 예상할 수 없어요. 때론 아쉬움도 있고요. 그런데 저는 도토리를 보내지 않았다면 할 수 있었을 어떤 경험들이 아쉽거나 생각나지는 않는 것 같아요. 지휘 또한 그렇게 이야기하고요.

도토리에서 아이들은 6년 동안 많은 활동과 배움을 가집니다. 모둠 토론, 살림, 인권 교육, 성교육, 환경 교육, 공동체 교육, 자전거 활동, 연극 활동, 희망 나눔 반찬 나눔 활동 등 물론 이런 활동들도 값지지만 저는 6년이라는 기간 동안 아이에게 새겨졌을 매일매일의 시간이 무엇보다 더욱 값지게 여겨져요. 그 시간 동안 수없이 마음에 오고 갔을 어려움, 실망, 슬픔, 갈등, 기쁨, 뿌듯함, 만족, 환희 등 형님, 동생, 선생님, 어른과 맺는 수많은 관계에서 느낀 복잡다단한 감정들은 씨실 날실로 엮여 차곡차곡 아이의 마음에 쌓였을 것입니다.

이 느낌들은 결국 세상을 '같이' 살아가는 데서 겪어야 할 감정들일 텐데, 단단하게 엮인 이 그물망은 아이들의 마음에 든든한 지지대가 되어 줄 거라 생각합니다. 이제는 누가 무엇을 좋아하고 싫어하는지 알아서 적절히 거리와 관계를 유지해 가는 친구들, 무엇이든 항상 회의하고 무언가를 같이 도모하고 일을 벌이며 즐겁게 노는 어른들, 아이들에게 진심이고 노는 것도 진심, 이야기하는 것도 진심, 혼내는 것도 진심인 선생님들, 내가 자라는 모습을 옆에서 죽 지켜보는 마을 사람들, 어린 시절 이들에게 받는 진심 어린 지지와 응원은 명확한 수치나 데이터로 그 가치를 증명하기는 어려운 것들입니다.

마을 글쓰기 수업시간에 난민 수용에 대한 찬반 토론을 했다고 합니다. 아이는 찬성을 했다고 해요. 이유를 물으니 '반대하면 그 사람들은 살 수가 없잖아, 그 사람들도 살아야 하는데….'라고 대답합니다. 6학년치고는 너무 순진한 대답인가요? 하지만 저는 그 대답이, 그 마음이 너무도 감사했습니다. 사람의 생명이 소중하다는 것, 그들도 우리와 똑같은 생명을 지닌 인간이라는 것을 아이는 알고 있는 것 같았거든요. 이야기를 들은 누군가 '그게 바로 인권 교육이지!'라고 말합니다. 그렇게 말해 주는 어른이 있는 곳, 아이에게 그런 마음이 스며들게 해 준 곳, 선생님들이 계신 곳에 저는 머리 숙여 감사 인사를 전합니다.

저는 어린이들과 함께 책 읽는 활동을 합니다. 아이들과 같이 읽을 책을 고를 때 저는 아직 어린아이들에게 현실의 어려움 적나라하게 보여주는 책을 고르지 않습니다. 건강한 사람들과 밝은 세상이 그려진 책을 고릅니다.

왜냐하면, 어린아이들이 세상은 살만한 곳이고, 사람들은 믿을 만하며 진실과 착한 마음은 힘이 있다는 것을 먼저 알았으면 하기 때문입니다. 아니, 아이들은 이미 그런 믿음을 지니고 있습니다. 그런 아이들의 마음 덕에 저는 처음으로 좋은 어른, 좋은 사람이 되고 싶다는 마음을 가지게 되었습니다.

그것은 아이들이 지닌 힘입니다. 저는 아이들이 지닌 그 힘과 믿음이 오래갈 수 있기를 바랍니다. 어느 시기가 되면 아이들은 험난한 세상을 마주하겠지요. 그 세상은 책에서 나오는 정의로운 세상, 든든한 울타리 안의 세계와는 사뭇 다를 테지요. 하지만 세상에 대한, 사람에 대한 신뢰가 마음에 가득 차 있는 아이들은 설령 미처 그렇지 못한 어렵고 불편한 세상을 만난다고 하더라도 힘차게 헤치고 나아갈 수 있을 겁니다.

그런 마음의 든든함을 주는 곳, 아이들뿐만 아니라 어른인 나도 끊임없이 성장하고 살아 있는 존재임을 느끼게 해주는 곳이 저에게는 마을과 도토리 마을 방과후입니다. 어른이든, 어린이든 우리는 모두 무언가 되어 가고 있습니다. 완성이 어디일까요? 끝이 있을까요? 좋은 사람이 되어가는 긴 여정을 우리는 모두 함께 걷고 있고 그래서 저는 든든하고, 감사합니다.

길들인다는 것

하
수
오

각자의 삶을 자유 비행하다 자의 반 타의 반 착륙해 보니 딴 세상이었다. 부모가 되어 있었다. 사막에 불시착한 비행사처럼 막막했다. 아무것도 없어서 사막이 아니라 아무것도 겪어 본 적 없는 세상이라 사막일지 모른다.

우리도 이곳에서 어린 왕자를 만났다. 비행사가 만난 어린 왕자는 양을 그려 달라고 했다. 우리가 만난 어린 왕자는 참나무를 그려 달라고 했다. 없는 실력에 여러 장의 참나무 그림을 그려 보였지만 어느 것도 자기를 닮지 않았다고 했다. 비행사가 어린 왕자에게 양 대신 나무 상자를 그려 준 것이 기억나서, 참나무 대신 도토리를 그려 주기로 했다.

도토리 한 알에는 참나무 한 그루가 들어 있다고 한다. 그걸 안 이상 도토리는 더 이상 도토리가 아니다. 세상의 모든 도토리는 참나무가 되어 가고 있는 도토리 단계의 참나무이다. 도토리 한 알이 어떤 모양의 참나무 한 그루가 될지 다 자라기 전에는 아무도 모른다. 도토리들은 저마다 타고 난 속도와 방향이 있지만, 뿌리를 내리는 토양과 싹이 올라와 맞이하는 날씨와 주변 환경에 따라 변화무상하게 성장해 간다. 한 그루의 참나무를 키우기 위해서는 가정이라는 이름의 화분만으로는 부족했다. 마을이라는 정원이 필요했다.

한 아이를 키우는 데는 온 마을이 필요하다고 한다. 어린 왕자가 소행성 B612를 떠나 개성 강한 어른들이 지키고 있는 6개의 행성을 거쳐 7번째 행성 지구에 도착했듯이, 우리는 모두 저마다 여정에 따라 한 마을에 모였다. 어린 왕자가 만난 어른들만큼이나 다양한 삶을 지향하고 있지만 한 가지만큼은 똑같이 지키고 싶은 것이 있다. 도토리가 도토리답게, 어린이가 어린이답게 자라는 세상이다. 부모라는 이름으로 불시착한 무지의 사막에서, 아이가 아이답게 자라는 곳 '도토리 마을 방과후'라는 오아시스를 같이 만들어 가는 이유이다.

주양육자인 경우 자녀가 취학하는 시기에 휴직이나 퇴
사를 결정하는 비율이 높다고 한다. 초등학교 하교 시간은
이르고, 방과후에 아이들이 갈 곳이 없다는 증거이다. 여
전히 취학 아동 돌봄의 공백은 개인의 숙제로 남아 있다.
교육 면에서도 가정과 학교만으로는 충분하지 않다. 학원
이나 클리닉이 아니라, 아이들은 마을 안에서 일상 안에서
생활 교육이 필요하다. 돌봄과 교육 사이, 도토리 마을 방
과후 선생님이 소중한 이유이다.

'부모-되기'에서 '학부모-되기'라는 새로운 영역에 진입
한 우리에게도 친구가 필요하고 선생님이 필요했다. 도토
리 마을 방과후는 어린이들뿐 아니라 어른들도 돌봄과 교
육을 서로 주고받으며 지내는 곳이다.

어른들이 나이에 상관없이 이름 대신 별명을 부른다. 아
이들도 어른들에게 다른 호칭 대신 별명을 부르며 친구처
럼 반말을 쓴다. 터전, 아마, 마실, 나들이, 들살이, 모꼬지,
해 보내기 잔치 등 낯선 용어와 활동들이 있다. 매년 신입
조합원 교육 때마다 자세히 설명하지만 경험하기 전에는
해독이 어려운 것들이다. 알고 나면 쉬운데 모를 때는 어
려운 암호 같다. 암호를 풀고 문이 열려도 탁 트인 풍경이

아니라 미로가 펼쳐진다. 처음에는 코너를 돌 때마다 문이 아니라 벽이지만, 어느 순간 우리가 만나는 벽도 또 다른 문이라는 걸 알게 된다. 굳이 출구를 찾지 않아도 되는 놀이 공간에서 지내다 보면, 사막의 오아시스는 점점 넓혀지고 사막은 더 이상 사막이 아니게 된다.

어린 왕자는 길들인다는 것의 의미를 여우에게 배웠다면, 우리는 도토리 마을 방과후 선생님들에게 배웠다. 여우는 어린 왕자에게 장미의 까탈에 숨어 있는 마음 읽는 법을 가르쳐 줬다. 선생님들은 부모가 다 안다고 생각해서 지나치는 아이들의 마음을 다시 볼 수 있게 가르쳐 줬다.

길들인다는 건 서로 시간을 들이고 관심을 기울이고 수고를 기쁨으로 선물 받는 관계임을 알려 줬다. 우리는 서로를 길들이며 같은 것을 바라보고 같은 설렘과 행복을 나눈다.

무언가에 집중할 때 윗입술이 쭉 튀어나오는 내 아이의 특징을, 애써 눌러 오다가 격하게 터져 나오는 내 아이의 감정 타이밍을 나만큼이나 정확하게 파악하고 있는 또 다른 어른들이 있다는 건 복 받은 일이다. 노란 밀밭을 닮은 어린 왕자의 황금빛 머릿결을 같이 기억하는 또 다른 여우가 있다면, 어린 왕자를 처음 길들였던 여우는 더 크게 설레고 더 오래 행복할 테니까.

길들인다는 것의 의미를 배운 어린 왕자는 수많은 장미와 같지 않은 단 하나의 장미를 비로소 알아본다. 숲을 이루는 수많은 나무도 자연이 정성껏 길들여 온 생명임을, 세상의 모든 도토리도 같은 것이 없음을 알게 된 우리는 어린 왕자가 정원에서 마주한 장미들 하나하나도 누군가에게는 세상에 하나뿐인 귀한 존재임을 안다.

한 아이만을 향하던 사랑이 모두의 아이에게로 향하는 과정에서 부모와 학부모 사이를 벗어나 비로소 어른이 되어 간다. 아이들이 타고난 속도에 맞게 성장하고 스스로 배워 갈 수 있도록 기다려 준 선생님들이 부모가 어른이 되어 가는 과정도 기다려 줬다는 걸 깨닫는다. 그것이 서로를 길들이는 방식이었음을 안다.

'어른이'들의 더딘 성장에 비해 '어린이'들의 성장은 얼마나 빠른지. 골목에서 마주치는 아이들 모습은 몰라볼 정도로 달라져 있다. 유년기에서 청소년기로 훌쩍 넘어왔듯이 아이들은 곧 청년기로 접어들 것이다. 어린 왕자를 떠나보낸 뒤에 비행사는 하늘의 별을 올려다 본다. 수많은 별 중에 어린 왕자의 별을 보고 있을 것이다. 여우도 장미도 뱀도 같은 별을 보며 어린 왕자를 생각할 것이다. 우리가 도토리 마을 방과후에서 만난 반짝이는 순간들을 떠올리듯이. 보통의 단어와 설명에 담을 수 없는 관계, 곁을 나눈 사이에서만 존재할 수 있는 의미를 배웠다. 도토리 시절 같은 기억을 품고 참나무가 되어 가는 아이들을 바라볼 수 있는 사람들. 긴 호흡으로 아이의 성장을 지켜보고 기다리고 응원해 준 선생님들.

도토리 마을 방과후 선생님들 모습에서 우리를 본다. 육아의 사막을 건너는 동안, 부모가 아이를 키운 것이 아니라 아이가 부모를 키운 것을 깨닫듯 모든 가르침이 아이에게서 왔다고 말하는 선생님들에게 동지애를 느낀다. 내 자식도 아닌데 그럴 수 있다는 것에 존경심이 인다.

교육은 가르침을 들이붓는 게 아니라 촛불 하나를 켜는 것이라고 했다. 촛불에 불을 붙이는 일도 어른이 도와주지 않고 아이들이 스스로 찾아낸 타이밍에 자기만의 방법으로 시도할 때까지 지켜보고 응원해 주는 일임을, 아이들

곁에서 기다리고 응원하는 선생님들을 통해 배웠다.

생텍쥐페리는《어린 왕자》서문에서 '나는 이 책을 어린 시절의 그분에게 바치고 싶다. 어른들도 처음에는 모두 어린이들이었다. 그러나 그것을 기억하고 있는 어른들은 별로 없다. 그래서 나는 헌사를 다음과 같이 고쳐 쓴다. 어린 시절의 레옹 베르트에게.'라고 썼다.

도토리 마을 방과후 선생님들도 같은 마음으로 이 책을 쓰지 않았을까. 처음에는 모두 어린이였으나, 그것을 기억하고 있지 못하는 이 세상 모든 어른에게, 어린 시절의 어른들에게, 참나무 한 그루가 되어 있는 한 알의 도토리들에게 이 책을 선물해 준 거라고.

비행사는 사막에서 어린 왕자를 우연히 만난 게 아니라, 어린 왕자를 필연적으로 만나기 위해 사막이 필요했던 건지도 모른다. 우리 역시, 아무것도 모르는 곳에서 시작했기 때문에 부모가 되는 과정을 한 걸음 나아갈 수 있었던 건지도 모른다.

운 좋게도 도토리 마을 방과후라는 오아시스를 찾았고,

지혜로운 선생님들을 만났다. 아이가 아이답게, 어른이 어른답게 더불어 성장할 수 있도록 친구가 되고 선생님이 되어 주셔서 고맙습니다!

도토리 놀이 꾸러미

우리는 이렇게 놀아요

도토리 마을 방과후에서 아이들이 하는 바깥 놀이를 모았습니다.

함께 놀아야 제맛

혼자 놀 수도 있지만, 같이 노는 건 신나고 재밌는 일입니다. 함께 놀면서 궁지에 몰린 자신을 구해 주는 친구에게 고마운 마음이 생기기도 하고, 위험을 무릅쓰고 도전할 때 큰 즐거움을 느끼기도 하지요. 놀이에서 지면 속상하기도 하지만, 친구들과 함께 놀면서 느끼는 즐거움, 할 때마다 조금씩 잘하게 되는 자신을 발견하는 재미에 포기하지 않고 계속 놀이를 해 나갑니다.

또 놀이를 하다 보면 다쳐서 우는 아이도 많이 생깁니다. 하지만 친구들의 격려와 위로 덕분에 다시 놀 힘을 얻습니다. 이처럼 공동체 놀이는 아이가 희로애락을 느끼며 자연스럽게 관계를 맺는 법을 익히는 최고의 교육입니다. 어울려 놀다 보면 아이들의 기질과 특성을 이해할 수 있고, 또 전통 놀이를 잊지 않고 이어 갈 수도 있습니다. 놀이에 맞는 상황과 장소를 잘 살펴 공동체 놀이를 하면서 함께 노는 기쁨을 모두가 누려 보길 바랍니다.

달팽이 놀이

✔ **대상** 저학년

✔ **준비물** 물조리개나 뾰족한 나무나 돌멩이나 분필

🔊 **일러두기** 참여 인원에 따라 달팽이 크기를 조절할 수 있지만, 7:7은 넘지 않는 게 좋다.

사람 한 명이 지나갈 수 있는 달팽이 모양을 바닥에 크게 그린다. 팀을 나눠 한 팀은 달팽이 안쪽에서 출발, 다른 팀은 바깥쪽에서 출발한다. 팀별로 한 명씩 출발해 만나면 가위바위보를 한다. 이긴 사람은 쉬지 않고 계속 달려 가고, 진 사람은 그 자리에 앉아서 같은 편이 다가와 터치해서 살려 주기를 기다린다. 가위바위보에서 지면 같은 팀의 새로운 사람이 이어서 출발한다. 이러한 방법을 반복해서 한다. 이 놀이는 상대편을 모두 이기고 상대편 진까지 먼저 도착하면 끝난다. 놀이 한판이 끝나면 안쪽과 바깥쪽을 교대해서 다시 시작한다.

✔ **대상** 저학년
✔ **준비물** 물조리개나 뾰족한나무나돌멩이나분필

지렁이 놀이

📢 **일러두기** 참여 인원에 따라 크기를 조절할 수 있지만, 7:7은 넘지 않는 게 좋다.

지렁이 모양의 길을 길이는 7~10m 정도, 폭은 사람 한 명이 지나갈 수 있을 정도로 그린다. 지렁이 한가운데 '폭탄'이라고 부르는 주름도 그린다. 폭탄은 밟으면 안 된다. 두 팀으로 나뉘어 양쪽 길 끝에 선다. 팀별로 한 명씩 출발해 만나면 가위바위보를 한다. 이긴 사람은 쉬지 않고 계속 달려 가고, 진 사람은 길옆에 앉아서 같은 편이 다가와 터치해 살려 주기를 기다린다. 가위바위보에서 지면 새로운 사람이 이어서 출발한다. 살리고 죽는 과정이 반복되고, 먼저 상대편 진까지 도달하면 게임이 끝난다. 놀이 한판이 끝나면 서로 위치를 바꾼 다음 이어서 한다. 3판 2승제가 적당하며 놀이가 끝나면 새롭게 팀을 정해서 다시 진행한다.

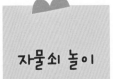

자물쇠 놀이

✔ **대상** 모든 학년
✔ **준비물** 없음

📣 **일러두기** 최소 인원은 8명이 넘어야 좋다.
20명 정도 모이면 더 재미있다.

술래 1명, 도망자 1명을 정하고, 나머지는 3명씩 자물쇠 모둠을 만들어 손을 잡고 나란히 옆으로 선다. 술래는 도망자를 잡으러 쫓아다니고, 도망자는 술래를 피해 도망가다가 자물쇠 모둠 양끝에서 있는 사람 중 한 손을 "찰칵" 하고 외치며 잡는다. 손을 잡히지 않은 사람은 도망가야 한다. 술래가 도망자를 잡으면 술래가 된다. 이때 십 초를 센 다음 도망친다. 이렇게 도망자가 계속 바뀌는 놀이로 모든 학년이 어울려 놀기에 좋다. 자물쇠들이 너무 멀리 흩어져 있으면 술래도 힘들고 기다리는 자물쇠들도 재미가 없으니 공간을 적당하게 활용한다.

✔ **대상** 저학년

✔ **준비물** 술래용 형광색 조끼 3~5개

📢 **일러두기** 공간이 넓을수록 놀이하기 좋다.

바나나 얼음땡

얼음땡 놀이의 변형이다. "얼음" 하고 말하는 대신에 "바나나" 하고 외친다. "바나나"를 외칠 때는 두 팔을 높이 들어 만세 자세를 하면서 말한다. "바나나"를 외치고 멈춰 있는 사람은 2명이 다가와 "찍" 하고 말하며 두 팔을 내려 주면 다시 풀려나 뛰어다닐 수 있다. 이때 한 사람이 연속으로 "찍", "찍" 해서 두 팔을 내리게 할 수는 없다. 꼭 서로 다른 사람 2명이 와야 한다. 술래가 자주 바뀔 수 있어서 눈에 잘 띄게 형광 조끼를 입으면 좋다.

✔ **대상** 모든 학년
✔ **준비물** 없음

📢 **일러두기** 아이들이 잡은 손으로 팔이 너무 당겨지지 않게 주의해야 한다.

나비와 그물

한 명의 술래 그물로 시작해 점점 술래가 늘어나는 놀이다. 단, 술래가 늘어날 때마다 손을 잡고 상대방을 잡으러 다닌다. 반드시 양쪽 끝에 있는 사람만 도망 다니는 나비를 잡을 수 있다. 손을 잡고 있는 가운데 손으로 잡거나, 잡은 손이 끊어진 상태로 잡으면 무효이다. 그리고 나비들은 그물 사이로 통과할 수 있다. 통과할 때는 문을 열어 줘야 한다. 모든 사람을 잡으면 게임이 끝나고, 마지막까지 살아남은 사람이 다음 판 술래를 한다. 서로 협력을 해야 하고, 술래가 늘어날수록 호흡을 맞추기 어려워 잡기 쉽지 않다. 친구들 놀리는 재미가 있어서 아이들이 좋아하는 놀이이다.

✔ **대상** 모든 학년
✔ **준비물** 없음

📢 **일러두기** 장애물이 있는 놀이터가 놀기에 좋다. 저학년 아이들도 쉽게 따라 할 수 있다.

다방구 놀이

술래는 전체 인원의 10~15퍼센트 정도로 정한다. 술래의 본진은 눈에 잘 띄는 기둥으로 위치를 정한다. 술래와 본진을 정했다면, 다른 사람들을 잡으러 간다. 술래들의 역할 분담이 중요하다. 잡힌 아이들은 술레 본진으로 가서 잡힌 사람들끼리 손을 잡고 서 있는다. 잡히지 않은 사람들이 술래의 눈을 피해 본진 기둥을 치며 "다방구"라고 외치면 갇혀 있던 모든 사람이 한꺼번에 풀려난다. 술래들이 모든 사람을 다 잡으면 놀이가 끝난다. 잡힌 사람들끼리 다시 술래를 정하여 놀이를 이어간다.

진놀이

✔ **대상** 3학년 이상
✔ **준비물** 바닥 분필

📢 **일러두기** 참여 인원은 5:5 혹은 7:7 정도가 적절하다.

양쪽 진에 가로 출발선을 길게 긋고, 선 가운데 사람 한 명이 서 있을 만한 크기에 큰 원을 그린다. 이 원이 본인 팀의 본진이다. 상대편 본진에 무사히 도착해 "진"이라고 외치며 원을 밟으면 이기는 놀이다. 단, 포로로 잡힌 사람이 아무도 없어야 한다. 원을 밟기 전에 상대편에게 잡히면 포로가 된다. 포로는 본진을 지키는 아이와 신체의 한 부분을 꼭 맞대고 있어야 하며 다음에 잡히는 포로와 손을 잡아 길게 서서 자기 팀이 구하러 올 때까지 기다린다. 진에서 나중에 나온 사람일수록 힘이 세진다. 출발선에 모두 서 있다가 상대 팀의 눈치를 보며 들어갔다 나오기를 반복하며 힘이 세졌을 때 상대 팀을 잡는다. 즉, 첫 번째로 나온 사람은 두 번째 나온 사람을 잡을 수 없지만 두 번째 나온 사람은 첫 번째 나온 사람을 잡을 수 있다. 대신 다시 들어갔다가 나오면 순서가 바뀐다. 포로로 잡혀 있을 때는 같은 편이 다가와 터치해 주면 살아난다.

✔ **대상** 고학년
✔ **준비물** 바닥 분필 혹은 뾰족한 나무 혹은 돌멩이

📢 **일러두기** 참여 인원에 따라 원의 크기를 조절할 수 있다.

삼국지 놀이

큰 원을 그린 뒤 세 등분한 다음 큰 원 주위에 쉼터로 쓰일 작은 원 2~3개를 그린다. 큰 원을 세 등분하고 고구려, 백제, 신라 팀과 위치를 정한다. 그리고 각 땅 안 구석에 팀에서 정한 보물을 올려 둔다. 작아도 되지만 어떤 게 보물인지 구별할 수 있어야 한다. 보물을 빼앗긴 팀은 땅을 빼앗기고 모두 아웃이 된다. 각 땅의 입구는 하나만 만든다. 각 팀 땅에서는 두 발로 다닐 수 있고, 원 밖을 나가면 한 발로 다녀야 한다. 쉼터에서는 두 발로 서 있을 수 있으나 십 초 이상 있을 수 없다. 서로 작전을 짜서 보물을 지키는 역할, 땅 밖으로 나가 상대편과 겨루는 역할 등을 맡을 수 있다. 각 팀의 땅에서만 싸울 수 없다. 상대편 땅에 들어가 보물을 빼앗고 무사히 탈출해서 본인 땅으로 돌아오면 보물을 빼앗긴 팀원들은 한번에 모두 아웃이 된다. 원 바깥에서 서로 밀거나 잡아당겨서 한 명씩 아웃시키거나, 선을 밟게 하면 아웃이다. 모두 아웃시키면 이긴다.

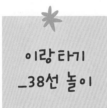

이랑타기
_38선 놀이

✔ **대상** 모든 학년
✔ **준비물** 바닥 분필

🔊 **일러두기** 인원수에 따라 선의 길이를 조절할 수 있지만, 너무 길면 빠져나가기 쉬워 재미가 없다.

두 팀으로 나누어 공격과 수비를 정한다. 4m 정도 길이의 가로 선을 5~6개 정도 그린다. 가로 선의 간격은 2m 30cm 정도가 적절하다. 수비하는 사람은 한 줄에 한 명씩만 서 있다. 수비수는 선을 밟으며 좌우로만 움직일 수 있다, 앞으로 발을 내디뎌 선 밖으로 움직일 수 없다. 앞뒤로 손을 뻗었을 때 아슬아슬하게 잡히지 않을 정도의 길이가 적당하다. 공격수들은 출발선에서 마지막 가로 선까지 무사히 통과해서 다시 출발선까지 돌아와야 한다. 잡히면 아웃이고, 최종으로 살아 돌아온 사람이 몇 명인지에 따라 승부는 판결된다. 모두 잡히면 즉시 공수를 교대한다. 만약 한 명만 살아남았다면, 그 위치에서 가위바위보를 해서 출발선까지 돌아올 수 있다.

✔ **대상** 고학년
✔ **준비물** 바닥 분필 혹은 뾰족한 나무 혹은 돌멩이

📢 **일러두기** 그림을 크게 그리더라도 6:6은 넘지 않는 게 좋다. 전략 놀이라 고학년이 좋아한다.

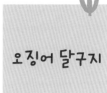

오징어 달구지

바닥에 오징어 모양을 그리고 공격과 수비팀으로 나눈다. 수비는 네모에서 공격은 세모에서 시작하며, 수비는 공격수들이 원을 통과해 네모를 지나 세모까지 다시 돌아오지 못하게 막는 놀이이다. 서로 끌어당겨 선을 밟게 하거나 입구가 아닌 쪽으로 밀어내어 아웃시킨다. 공격수는 바깥에서는 한 발로 다니다가 무사히 가운데 몸통 길을 "암행어사"라고 외치며 통과하면 그 이후부터는 두 발로 다닐 수 있다. 수비는 공격이 암행어사를 못 하도록 막고 지키고 있는 자리를 공격수들이 밟지 못하도록 막아야 한다. 격한 몸 놀이라서 다치지 않도록 주위 장애물을 치우고, 옷을 잡지 못하도록 규칙을 정한다.

깡통 차기

✔ **대상** 모든 학년
✔ **준비물** 깡통

📢 **일러두기** 참여 인원은 10명 이하, 이 중 술래는 한두 명이 적당하다.

큰 원을 두 개 그린다. 하나는 깡통 본진, 다른 하나는 감옥이다. 술래가 아닌 사람들이 시작할 때 깡통을 멀리 차고 난 뒤 시작된다. 술래는 깡통 본진에 꼭 깡통이 들어 있을 때만 다른 사람들을 잡으러 갈 수 있다. 술래가 아닌 사람들이 깡통을 차면 감옥 문은 모두 열려서 도망칠 수 있게 된다. 술래가 모든 사람을 감옥에 가두면 한 판이 끝난다.

✔ **대상** 모든 학년
✔ **준비물** 없음

무궁화 꽃이
피었습니다

📢 **일러두기** 장소에 제약이 없어 어디서든 쉽게 할 수 있다.

술래가 "무궁화 꽃이 피었습니다." 하고 말할 때 슬금슬금 움직여 술래를 '땡' 치고 돌아오는 놀이이다. 술래가 아닌 아이들은 "무궁화 꽃"이라고 외칠 때 다양한 자세를 취하다가, 술래가 돌아볼 때 멈춰야 한다. 술래는 '무궁화 꽃' 대신 여러 가지 꽃이나 사물을 넣어 응용할 수 있다. 이때 참여한 아이들은 다양한 자세를 미리 약속해 놓는다.

아이들 나라의
어른들 세계

초판 1쇄 발행일 2023년 1월 10일

지은이 박민영 박상민 손요한 한은혜

펴낸이 金昇芝
편집 노현주
디자인 표지 ALL designgroup

펴낸곳 베르단디
출판등록 제2022-000085호
전화 070-4062-1908
팩스 02-6280-1908
주소 경기도 파주시 경의로 1114 에펠타워 406호
이메일 annesroom@naver.com
인스타그램 @verdandi_books

ISBN 979-11-91426-82-3 (03810)

현재의 운명을 주관하는 여신이라는 뜻의 '베르단디'는 블루무스 출판사의
인문·에세이 브랜드입니다.